果然我的青春戀愛喜劇搞錯了。⑨

My youth r... comedy is
wron... d.

渡 ... ATARI】

繪者／p...

日本小學館正式授權繁體中文

果然我的青春戀愛喜劇搞錯了

My youth romantic comedy is wrong as I expected.

登場人物【character】

比企谷八幡……… 本書主角。高中二年級，個性相當彆扭。

雪之下雪乃……… 侍奉社社長，完美主義者。

由比濱結衣……… 八幡的同班同學，總是看人臉色過日子。

戶塚彩加…………… 隸屬網球社，非常可愛的男孩子。

川崎沙希…………… 八幡的同班同學，有點像不良少女。

葉山隼人…………… 八幡的同班同學，非常受歡迎，隸屬足球社。

戶部翔…………………… 八幡的同班同學，負責讓葉山團體不會無聊。

三浦優美子……… 八幡的同班同學，地位居於女生中的頂點。

海老名姬菜……… 八幡的同班同學，隸屬三浦集團。是個腐女。

一色伊呂波……… 足球社的經理，高中一年級當選學生會長。

折本佳織…………… 八幡的國中同學，目前就讀海濱幕張綜合高中。

平塚靜…………………… 國文老師，亦身為導師。

雪之下陽乃……… 雪乃的姐姐，大學生。

比企谷小町……… 八幡的妹妹，國中三年級。

渡航
【Wataru WATARI】
繪者／ponkan⑧
9
nine

Contents

三浦優美子
Yumiko Miura

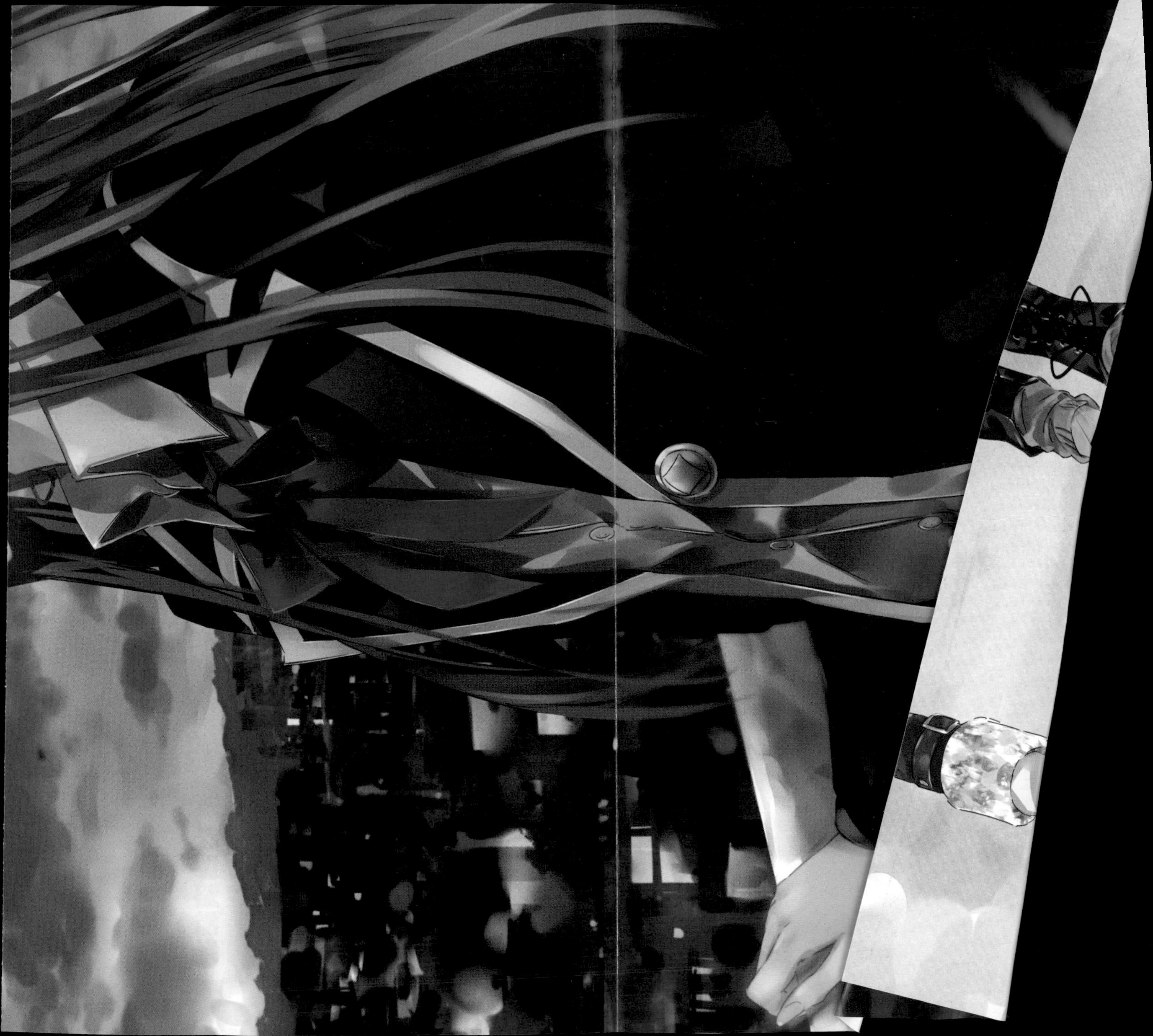

0

儘管如此，那間社辦仍舊上演無止盡的日常

這裡位置臨海，周圍又沒有高聳建築，使凜冽的寒風長驅直入，吹得窗戶喀噠作響。

我下意識地扭頭看向窗外。

樹木不斷左右搖擺，撒下滿地枝葉，乾燥的風捲起陣陣沙塵；路上的行人稀疏，個個豎起外套衣領，縮著肩膀埋頭前進。

冬天早已降臨這個校園。

去年明明也經歷過相同的季節，我卻從來不知道，原來北風這麼寒冷。

風聲中不時混雜某人的說話聲。

「最近天氣不是超乾燥的嗎？所以，優美子帶了一個迷你加溼器來，結果上課時整間教室都是水氣。說到現在的加溼器啊，插在Ｕ……ＵＳＪ？還是ＵＳＡ上就能

是空虛的互動，度過如履薄冰的時間。

「最近真的好冷喔。不過，聖誕節也快到了呢……」

由比濱再度轉換話題。

我跟雪之下跟著空洞地應和「是啊」、「越來越冷了」、「明天還會更冷吧」。由比濱見氣氛沒有熱絡起來，猛地將身體往前傾。

「啊！要不要去拜託平塚老師，在社辦裝一臺電暖器？」

「這個可能很困難。」

雪之下不為所動，靜靜地苦笑。

「老師的話，還是先想想給她自己的獎賞吧。」

真要說起來，她當前最重要的，就是趕快找個人把自己送出去。我是認真的，拜託哪個人快來娶她好不好？

由比濱見我們回應得冷淡，興致跟著往下掉。

「這樣啊……也是。」

她的肩膀略為垂下，露出失望的表情。

一連串的話題到此告一段落。

我跟雪之下本來就不多話，拿不出什麼能輕鬆閒聊的話題，所以最近大多是由比濱主導會話。

這一陣子的會話，十之八九是無關緊要、對大家都沒什麼顧忌的內容，可說是特別設計過的打發時間方式。

根據我的觀察，由比濱尋找話題的方式，比以前更高明了。

不，這樣說其實不太對。

她在加入侍奉社之前，應該就很擅長這種事。從過去到現在，她不斷培養自己察覺現場氣氛，避免眾人陷入沉默，將外表粉飾得漂漂亮亮，一副什麼也沒發生的能力。

這種行為說不定跟我攤開書本，實際上卻沒在看書很相似。

一行又一行的文字隨著時間流逝，我隨意聽聽她們的對話，不時插個一、兩句，偶爾再看看時鐘。

按照這幾天的固定模式推斷，雪之下差不多要宣布解散了。

其他人也明白這一點，由比濱抬頭看向窗外的天空，說道：

「開始變暗了呢。」

「……是啊，今天到這裡結束吧。」

由比濱的那句話如同暗號，雪之下聽到了，闔起書本收進書包，我們也收拾各自的東西，從座位上起身。

我們關掉電燈後，走出昏暗的社辦，這片漆黑一路蔓延到視野盡頭。

一行人緊閉嘴巴，走過空蕩蕩又充滿寒意的走廊，下樓來到室外。

夕陽已經西沉，校舍內流瀉的燈光相當微弱，天空的餘暉也無力照亮校舍陰影

一色伊呂波
Iroha Isshiki

生日
4月16日

專長
向人拜託

興趣
做點心、自我磨練

假日活動
社團活動、購物、
跟隨便的男生出遊

折本佳織
Kaori Orimoto

生日
2月21日

專長
不論對誰都能自然搭話

興趣
拍照、騎腳踏車

假日活動
打工、騎腳踏車

*「折本佳織（折本かおり）」系列原譯「香織」，全名於第八集出現，經原作指定漢字表記後統一。

K H
禮物清單
還・有……
家裡的洗衣精快沒了，
回家時記得買喔♥

小町的聖誕
圖書卡
禮物卡
白色家電
……不過，
小町最想要的，
還是哥哥得到幸福。
呀～～！
小町這句話是不是
超超超超棒的！

1

再一次，一色伊呂波敲響社辦大門

……啊不就好棒棒？

一天的課程開始前，我坐在自己的座位上嘀咕。

書包裡出現一封信，我對信上的字跡再熟悉不過。這是妹妹小町寫給我的東西。

這封信件滿是應景的聖誕節色彩，上面撒滿閃亮亮的金蔥粉，像雪花一樣討人喜愛。打開信封一看，內容卻是一點也不可愛的聖誕禮物採買清單。

小町的重點其實只有一個，就是要我回家時順便買洗衣精。果然很有她的風格……是她的風格沒錯吧？不然怎麼會寫出這種擺明是要轉賣出去的禮物清單？討厭啦，我的妹妹好恐怖喔。

總而言之，清單上的前三樣東西暫且不管，回家時要記得買洗衣精。

不過，能放著不管的也只有前三樣東西，之後的內容縈繞上我的心頭。

我的幸福——

這究竟是什麼樣的東西？

幸福到底是什麼……住在吃得到美味醬油的家裡（註1）？什麼嘛，那我不是早就幸福得不得了！生在千葉真是太好了！千葉的醬油全日本最強——（主要是生產量）！

哎呀～好險好險，要是我沒生在千葉，搞不好會因為苦思不出「幸福到底是什麼」，陷入強烈的低潮。謝謝你，龜甲萬——話說回來，龜甲萬的龜甲又是什麼意思？永遠的十七歲？喂喂喂！（註2）

誠如所見，如果我不想個冷笑話，順便誇耀一下自己的家鄉，根本無法直視眼前的這封信。小町本人恐怕也是如此，才故意在最後畫蛇添足，多加那一句話。我們果然是兄妹。

不過，小町會寫給我這種信，說不定也有她自己的理由。

前些日子學生會選舉時，我向小町請求協助，所以她也曉得期間發生的一連串經過。

註1　出自明石家秋刀魚的歌曲《幸福到底是什麼》，之後成為知名的龜甲萬醬油廣告曲。「住在吃得到美味醬油的家裡」為其中歌詞。

註2　龜甲萬的「龜甲」發音為「キッコー」，同配音員井上喜久子暱稱。每當井上喜久子自我介紹十七歲時，觀眾用「喂喂喂」吐槽已成為固定戲碼。

直到現在，我仍然無法判斷，那算不算得上好事。

小町似乎體察到我的心境，在選舉結束後沒有特別過問。畢竟，她真要問個仔細的話，我也沒辦法好好說明，只會更加煩躁，然後再次跟小町吵起來。我可受不了兩個人再冷戰一次。

小町說不定正是明白這一點，才用這種迂迴的方式表達關心。我的妹妹果然很不簡單。

我想實現妹妹願望的心情當然是 MOUNTAIN MOUNTAIN（註3），無奈自己的錢包不允許。不僅如此，我連她半帶玩笑心態寫下的願望都無法實現。

比企谷八幡的幸福、比企谷八幡的願望、比企谷八幡的欲求——

我從來沒有深思過這個問題。

因此，直到現在，我依舊不明白自己的幸福為何，想要的東西又是什麼。

如果能像小町為我許願那樣，自己也許下什麼願望，如果這個願望能被聽見、被允許——

我……

……我一定會祈求小町的幸福！這位可愛的蜜糖公主正值美少女階段，我要為她祈求幸運，幫她的快樂充電唷（註4）！

註3　出自樂團「美夢成真」歌曲《行きたいのは MOUNTAIN MOUNTAIN》。
註4　原文此句同時包含動畫《光之美少女 Happiness Charge》標題以及四位主要角色名。

話又說回來，我可愛的妹妹為了升學考試，正處於非常時期，現在最好不要打擾到她。

在重要時刻占用她的時間，造成她不必要的困擾，也不是我所樂見。

不管怎麼樣，自己的幸福先擱一邊，我把小町寫的信折起來，收進制服口袋。光是這麼做，我便覺得胸口多了一絲暖意。搞什麼，我是不是太喜歡妹妹小町了？沒關係，她是親妹妹，所以安全——不對，正因為是妹妹才不行吧！

看著妹妹寫給自己的信吃吃傻笑，可是一件非常糟糕的事，我趕緊挺直腰桿，整好領口的衣服。沒錯，我還是要維持酷酷的形象才行。順帶一提，即使我認為自己總是一副酷樣，周圍的人只會覺得我是個陰沉的傢伙，這點請多加留意（根據個人調查）。

就此打發好一會兒後，導師時間即將開始，幾名同學匆匆忙忙地跑進教室。

在那群人當中，只有一個人絲毫不在意上課鐘聲，慵懶地緩步踱進來，黑中帶青的長髮隨著腳步左搖右擺。

那個人叫川……不對，好像叫山什麼的，還是豐？算了，就算叫什麼川豐也無所謂（註5）。那位川什麼的完全不理會教室內的樣子，逕自走向座位，途中，冷徹的雙眼跟我碰個正著。

我們愣住好一陣子，身體不知為何僵硬起來。

註5 暗指日本演歌歌手山川豐。

我們並非互不相識，還是打個招呼比較好。雖然我不知道她的名字。再說，之前學生會選舉期間受過她的幫助，我也還沒好好道謝。不過，到了要開口的時候，我卻不知道第一句話該說什麼。

「呃……那個，怎麼說呢……」

總之，先用沒有意義的句子跟氣聲把握對話的契機。對方見到我的舉動，也覺得自己應該說些什麼，嘴脣不知所措地開合好一會兒，終於發出游絲般的聲音。

「……早。」

「啊，喔。」

她皺著一張臉對我打招呼，我不禁生硬地應聲。

由於第一句話就觸礁，我遲遲擠不出像樣的句子。對方見對話發展不下去，快步走向自己位在窗邊的後排座位。

唉，沒辦法，誰教對話沉默了下來，使氣氛陷入尷尬，這種時候當然只有逃避的份。況且，我老早便坐定位，必須有所行動的自然變成另一方。

川什麼的不知是睡眠不足，還是沒有精神，她一入座便立刻趴到桌上。我一邊看著她，一邊冷靜地回想剛才兩人的互動。

……喂喂喂，這不是在作夢吧？那個叫川什麼的竟然跟我打招呼！我們明明不知道彼此的名字，這已經是很大的進步了吧！

說是這麼說，打招呼這種小事，連小學生都做得很好，學校甚至教導小孩，對於可疑人物更要主動打招呼。這樣一想，川什麼的方才主動向我打招呼，難道是對可疑人物的先制攻擊？這個道理如同「你看什麼看」或「你哪間學校的啊」。

有道理，見到一個對妹妹寫的信吃吃傻笑的可疑傢伙，發動這種程度的攻擊也很理所當然。但是請等一下，我沒記錯的話，對方是不是也對弟弟川崎大志傳的手機簡訊傻笑過——啊，對，想起來了，原來她叫川崎沙希。

……討厭啦，那個人太可疑了！下次我也要主動上前打招呼，來個先發制人！

所以說，打招呼真的非常重要。

用招呼的力量，打造監視社會（本週標語）。

在這個對方主動打招呼不但不代表友善，自己還得懼怕哪天有人主動打招呼的世界，**poison**（註6）。

我撐著臉頰觀察川崎，順便看看教室的其他角落。

班上同學沒有什麼顯著的變化，場景倒是有一點改變。

後方的置物櫃塞滿大衣跟圍巾，以及不知是誰帶來的熱水壺。大多數的女生在大腿蓋上毯子，把腳藏在裡面。

其中只有一個人大大方方露出修長的雙腿——三浦優美子。

她用手指撥弄微卷的金髮，緩緩翹起從短裙下伸出的美腿。這時，她的裙子翩

註6　改寫自反町隆史主演日劇《麻辣教師GTO》由其作詞的主題曲「poison」。原歌詞為「在這個想說的話卻說不出口的世界，poison。」

然飄動。

我費盡所有心神，才勉強眼睛不被整個吸過去，在不該看的東西即將進入視線前及時煞住車。唉，我的克制力還是不夠，眼睛自然而然地就……啊，可是等一下！明明是三浦自己要那樣坐，才會讓春光……咦，不對，她的四周籠罩一層煙霧。那是什麼玩意兒，打馬賽克嗎？如果我買藍光光碟，是不是能移除那些白霧？

我平時便是一副黯淡的瞇瞇眼，現在再把眼睛瞇得更細，說不定能看出什麼名堂（粉紅色）。果不其然，我發現一臺飄出煙霧的小型裝置。原來如此，那八成是由比濱之前提到的加溼器，的確營造出煙霧瀰漫的效果，有種敵人即將登場的感覺。

三浦今天也像個君臨天下的女王，由比濱跟海老名也如同往常隨侍在側。

「優美子，那樣不冷嗎？」

海老名關心地問道，三浦自信滿滿地撥一下頭髮，泛起微笑回答：

「哪裡冷，這種溫度很普通啊。」

她嘴巴上那樣說，還是打了一個小噴嚏。由比濱跟海老名見她顯得尷尬，皆露出溫暖的表情。嗯，沒錯，不知道為什麼，連我都感染到那份暖意。

相對於大方露出美腿的三浦，海老名跟由比濱在裙子下搭一條運動褲。喂，那樣穿會讓看到的人很失望，拜託別鬧了行不行？

……再等一下。會那樣穿的好像也只有高中女生。這麼一想，我便開始覺得其實也不錯。短裙與俗到不行的運動褲構成的套裝，有一種謎樣的不搭調感。正因為隱藏在衣料下，我們更能恣意發揮想像的翅膀，在其中的光輝翱翔。妳們是我的雙翼啊（註7）！在此奉勸一句：千萬不要小看男生的想像力！

不過，她們周圍的男生的確沒什麼興趣，根本不看運動褲一眼。受不了，現在的年輕人真沒有想像力，這樣是不行的——好吧，其實無妨，我也不是要他們非看不可。

我繼續仔細觀察，發現那群男生似乎不是因為缺乏想像力，才沒把運動褲放在心上。

雖然不敢說是決定性的證據，戶部一下子把後髮際往上撥，一下子扯來扯去，身體跟著左搖右晃，一副焦躁不安的模樣。他每晃一次，便瞄一眼團體內的動靜，似乎顧忌著什麼。

戶部看一眼葉山，看一眼三浦集團，最後轉回大岡、大和的方向。

「不過，真的很冷呢。」

「是啊。」

大和點頭同意他的話，大岡也誇張地嘆一口氣。

「這種天氣真希望能減幾堂社團課啊——」

「加一加一～」

人家要減，你在旁邊喊加，到底是贊成還是不贊成……難道你們的加加減減其

註7　出自動畫《超時空要塞Frontier》角色早乙女・阿爾特之臺詞。

實是相同意思，這個世界早已被圓環之理引導了（註8）？

「對吧？」戶部泛起輕浮的笑容，尋求葉山和三浦等人的同意。

葉山略為笑了一下，除此之外，便沒有再說什麼。

至於始終看著他們互動的三浦，她只是看一眼葉山，完全不開口說話。

在閒雜人等的眼中看來，葉山集團看起來或許跟平常沒什麼兩樣。老實說，如果我沒注意到他們剛才的細微舉動，八成也會這麼認為。

然而，他們之間確實產生了裂痕。

儘管男生組跟女生組處於同一個區域，雙方其實沒有任何交流。

我終於發現，戶部等人並非對三浦毫不在意，他們正是因為在意，才刻意不看過去。

那群人表面上跟往常一樣，事實上卻產生了改變。

個中原因，恐怕是兩邊集團中心人物的些微距離感。當男生和女生團體的中心人物出現隔閡時，雙方成員自然會拉開距離。

沒有人把這件事說出口。

但是，「沒有人說出口」本身即說明他們的距離感，還會使距離越拉越遠。

他們之間究竟發生了什麼事？應該不是三浦討厭戶部，才故意無視他吧？討厭啦～戶部好可憐喔～怎麼跟我一樣！

註8　出自《魔法少女小圓》之臺詞。

原因應該不是出在戶部，而是三浦對先前目擊的四人約會耿耿於懷。按照常理思考，既然是葉山的話，跟其他學校的女生出去玩，根本沒有什麼好大驚小怪。只不過，這樣的想法恐怕不太正確。

葉山不是那種花名在外的男生。根據我的觀察，他對不熟識的女生，一定會保持安全距離。

這樣一想，那天三浦目睹的景象，的確可能帶給她不小的衝擊。說不定我眼中的葉山，跟三浦眼中的葉山是不同的人。換句話說，三浦所知道的葉山，不會做出那種事情。

……哎呀，我開始有點覺得過意不去了。他之所以那麼做，我也不能說是沒有責任。當初就是因為跟我扯上關係，才會讓三浦產生不必要的擔憂。不過，那也要怪葉山多管閒事，主動找上我，我可是一點也不認為自己有錯。但是，三浦也沒有做錯什麼……再加上那天不小心看到她的內褲（粉紅色），我對她的愧疚感越來越強烈。

三浦一沒有精神，整個團體便跟著無精打采。而且，不是只有三浦出現異狀。

由比濱也有點不同於往常。

她面帶笑容，默默聽著戶部那群人對話；至於三浦和海老名這裡，她也當個專業的聆聽者，在適當的時機點頭。

她不會主動開啟話題，也不會勉強找話題延續對話。最重要的一點，是她沒在觀察其他人的反應或臉色。

在侍奉社社辦的由比濱不是如此。

對現在的由比濱來說，跟三浦等人在一起，或許更讓她心情平靜。那間社辦肯定不再是讓她喘息的地方。

這件事實在我的心中留下一大塊疙瘩。

葉山團體那邊的對話有一搭沒一搭，戶部勉強用「啊～～」的氣聲避免場面沉默。接著，他拖著尾音這麼開口：

「……啊——對了，不覺得最近超冷的嗎？我都快凍死了～」

戶部！ＯＰ了！那個話題已經用過了！天氣是缺乏話題時很好用的梗沒錯，但你也不能一直玩一直玩一直玩吧……這豈不是變成「權藤權藤雨權藤（註9）」了嗎？

大岡跟大和的反應跟稍早差不多。

「畢竟是冬天嘛。」

「對吧～」

他們對話重複度之高，早已超越事先套好招的境界，讓人懷疑是不是整個世界陷入迴圈。好在今天戶部接下來的話不一樣了，雖然我不清楚他平常是什麼樣子。

真抱歉啊，對你一點興趣都沒有～

註9　此指前職棒選手權藤博。當時登板頻率之高，只要比賽不因雨中止，幾乎都由他上場先發，從而產生這句名言。

「對了，聖誕節有沒有什麼計畫？」

我說戶部，你表現得像是在詢問葉山，耳朵卻向著海老名那邊喔！

海老名察覺到他的舉動，先一步開口：

「我年底有一堆事情要忙。」

嗯，沒錯沒錯。每年到了冬天，有明那裡都會舉辦一場盛大的祭典（註10）對吧？我暗自點頭表示理解。在此之前興致缺缺的三浦突然有所反應，撥弄卷髮的手指也停了下來。

「聖誕節嗎……海老名大概沒有辦法……那你們呢？」

她說這句話的同時，瞥了一眼葉山，又很快別開視線，書桌下的手也對裙襬捏了又放、捏了又放，一副心神不寧的模樣。不知道是不是我的錯覺，她的臉頰好像微微染上桃紅（粉紅）色。

喔喔，非常好！三浦，加油——奇怪，為什麼我要幫那個女王打氣？啊，至於戶部的話就免了。

可惜我的加油沒發揮作用，葉山輕輕搖頭說：

「我可能也……」

「咦？」

註10 此指每年舉辦的同人誌即賣會Comic Market，會場「東京國際展示場」位於東京江東區有明。

三浦對葉山的回答感到訝異，喉嚨有點擠不出話。

「隼、隼人……你已經有、有什麼計畫了嗎？」

「……對，家裡有點事。」

葉山揮別先前臉上的陰鬱，轉為以往帶有暖意的笑容。

「嗯……」

三浦從葉山的身上別開視線，裝出無所謂的樣子，再度開始把玩自己的長髮。她一定有什麼問題想問得要命，但是又絕口不提出來。

兩人的對話結束後，男生組與女生組自然而然地拆成兩邊，各自討論起寒假期間的社團活動，以及聖誕節相約出去購物的話題。

戶部對這樣的發展不滿意，他把頭髮往上撥，豎起指頭環視所有人。

「那那那……不然，新年參拜怎麼樣？」

看來他還是很想討論先前的話題。忘記是什麼時候，葉山提過他是在團體內帶動氣氛的人，果然是這樣沒錯。那個傢伙乍看之下沒有在想什麼，但其實很懂得觀察周遭。另外一種可能，是他本能地察覺到不能讓雙方的裂痕持續擴大。戶部總是活在感覺與周遭的氣氛中，難怪會那麼敏銳。

「嗯……新年的話，我可能跟家人一起過。」

海老名輕易閃過那項提議，戶部見自己的努力泡湯，失望地垂下肩膀。

就在下一刻，海老名用手指抵住臉頰，發出「嗯——」的聲音思考。

「不過，在新年期間之外，大家一起出去玩也很不錯呢。」

三浦聽到她刻意強調「大家」，迅速把臉抬起來。

「啊，好主意！」

「是啊。」

由比濱也表達贊成，大和與大岡跟著點頭同意。「對吧？對吧？」戶部興奮地一一向所有人確認，葉山見了，這才露出笑容。

「……是啊。」

「我就說吧！那那那，要挑哪一天？對喔，隼人，你什麼時候有空？反正我隨時都可以。」

「別忘了社團活動……」

葉山不知該說什麼，無奈地嘆一口氣。一旁的三浦聽到這裡，用漠不關心的語氣問道：

「那麼，要什麼時候？我基本上都可以。」

雖然三浦表現得很無所謂，還把手舉到燈光下觀察指甲，她仍然藏不住內心的緊張。直到確定大家都要去後，嘴角才泛起笑容。

海老名用溫和的眼神，看著三浦的反應。

由比濱見大家總算恢復以往的互動，放心地舒了一口氣。

「啊，不好意思。」

她這麼報備後，暫時離開現場。哎呀，是要去摘花（註11）嗎？如果換成男生，這種時候又該怎麼說？去獵鹿？聽起來好像滿帥的。

回歸正題，由比濱似乎不是要去洗手間，她走到教室後方的置物櫃，東摸西摸一會兒，接著不回去三浦那裡，而是往我的方向走過來。

「自閉男。」

我往聲音的方向抬起頭，看見由比濱侷促不安地扭動身體，不太好意思地開口：

「你看得太過頭了……」

「咦？哪有，我才沒有在看……」

我一時語塞。雖然自己目不轉睛地從頭看到尾，被對方當面這麼說的時候，還是很不好意思。我即將想到藉口的時候，由比濱揮揮手，用受不了的語氣先一步說：

「明明就有，而且看得超久。我看向你的時候發現你一直盯著這裡，立刻覺得『天啊……』」

「『天啊』是什麼意思……不覺得那樣很傷人嗎？

「妳自己也一樣，不要往這裡看過來……」

「咦！那、那是因……因為我感覺到奇怪的東西！該說是壓力還是寒意……」

註11 日文中去洗手間的委婉說法。

妳難道不認為，壓力跟寒意是兩種完全不同的東西……由比濱手忙腳亂地為自己辯解，最後才問道：

「倒是你，為什麼一直看著我們？有什麼事嗎？」

這個問題乍聽之下相當單純，我卻覺得胸口被揪了一把。為什麼我要看著他們？

「……沒有，沒什麼事……你們那麼顯眼，便忍不住看過去了。」

「是嗎……」

我無法從由比濱的反應分辨她是否接受這個理由，但我並沒有說謊。葉山那群人總是很醒目，人們總會自然而然看向醒目的事物，故得證我看他們根本沒什麼好奇怪。

只不過，我之所以看著他們，理由肯定沒有這麼單純。

面對已經產生的裂痕，應該如何粉飾？

如果是葉山他們，說不定會告訴我答案。

觀察人類的真髓不是觀看別人，而是透過這個行為，將自己投射到對方身上，達到反思的效果。

我之所以看著他們，大概是明白那裡充滿虛偽、欺瞞的人際關係，而在他們之中看到自己的影子。

戶部可能察覺到團體內的不尋常氣氛，下意識地採取行動，海老名則是主動填補彼此間的裂痕。

三浦、葉山、戶部、海老名都在磨合彼此的細微不合與不自然，調整自己的定位，找出大家都能接受的折衷點。

原來還有這種方法。

即使是他們，同樣對自己的交流模式抱持疑問，在煩惱中持續摸索。

──那麼，到底哪一邊才是虛偽？

「你有在聽嗎？」

由比濱的聲音把我從思緒拉回現實。我抬起頭，看見她略顯擔心地盯著自己。在不知不覺中，我們的臉湊到一起，我得以清楚看見她溼潤的眼眶，感受她溫熱的吐氣。

我迅速靠上椅背，跟她拉開距離。這種時候不能再露出讓由比濱擔心的表情，她想必也對侍奉社的現狀感到疑問，造成侍奉社變成這樣的又是我自己，所以現在至少該表現得正常一點。

我暫時不再思考這件事，留待獨處的時間再來煩惱。好在我時間多得要命，這種時候便覺得獨行俠好處多多。

先轉換話題吧。

「我說妳啊，不希望別人看的話，就講小聲一點啊。聚集在你們那裡的視線中，高達四成都是抱怨你們怎麼那麼吵。」

「是、是嗎……不過，有戶部在的話恐怕很難。」

妳知不知道自己說了多傷人的話……戶部的確很聒噪，又煩得要命，但他還是有優點的，例如髮質很強韌。

話說回來，即使他們閉上嘴巴不說話，我的視線還是會到處游移。像我現在跟由比濱說話，兩顆眼珠又開始不安分了。

沒辦法啊，你想想看，當視線範圍出現動靜時，難道你一點也不會在意？更何況出現在視線範圍的，是一個可愛的小人兒。

基於上述原因，在教室前門開啟的瞬間，我的視線立刻飄了過去。

穿著冬季運動裝的戶塚彩加走進教室。走廊上大概相當寒冷，所以他進來時吐了一口氣。看到那一幕，我也忍不住用力吸一口氣。啊啊……戶塚吐出的氣，進到我的身體裡……嗯，病到這種程度，連我自己都覺得噁心。

戶塚注意到我跟由比濱，叮叮咚咚地走過來。

「早安。」

他綻放像花一樣燦爛的笑容，朝氣蓬勃地跟我們打招呼。由此可知打招呼真的很重要，為了防患未然等等的理由打招呼，實在是一件悲哀的事。嗯。

「早安，小彩。」

「早安啊。」

我跟由比濱跟著道早安後，戶塚突然眨了眨眼睛，好可愛……啊，不對，現在不是說這個的時候，為什麼戶塚會有點可愛地露出驚訝表情？真要說的話，我才應該為他的可愛度感到驚訝。

「怎麼了嗎？」

我納悶自己是否說了什麼奇怪的話。戶塚察覺我的疑惑，稍微在胸前揮手否認。

「你們會在教室聚在一起，感覺滿稀奇的。」

「會、會嗎？」

由比濱有點意外，戶塚見狀，連忙補充：

「啊，因為之前幾乎沒有看過。」

經戶塚一提，我也才發現在教室的時候，由比濱幾乎不會主動找我說話。

這樣想想，由比濱剛才雖然繞去後方的置物櫃，走過來時卻兩手空空，她可能覺得直接過來的話會落人口實，為了避免如此而預做緩衝。該說她會設想到這一點，很不簡單嗎……

但即使她顧慮到這一點，看在別人眼裡，還是覺得很不自然。

「……發生了什麼事嗎？」

戶塚來回看著我跟由比濱，擔心地詢問。

「沒、沒什麼……嗯，其實，有點社團上的事要討論……」

「喔，原來是社團。」

由比濱一時焦急，回答得閃爍其詞，戶塚倒是雙手一拍表示理解。嗯，不會懷疑別人果然是一項美德。遇到像戶塚這麼純潔無瑕的人，騙他的一方反而有可能受不了強烈的良心苛責而死。

「你們能跟之前一樣維持社團活動，真是太好了。」

看著戶塚的笑容，我相信他真的沒有多想什麼。學生會選舉期間發生的事，戶塚也有參與一份，所以他聽到我跟由比濱在討論社團活動時，想必會認為一切都順利解決了。

然而，由比濱的表情變得生硬。

「是、是啊……啊，對了！小彩，你有什麼困擾的話，也歡迎隨時過來喔！」

「……沒錯。」

她支吾了一下，但還是很快地用笑容掩飾過去，我也在一旁幫腔。

我不知道侍奉社算不算得上「跟之前一樣」。我們的確跟雪之下保持對話，彼此的關係絕對稱不上險惡，也不會刻意無視誰，或因為意見不合而衝突。

什麼事都沒發生。

正確說來，是什麼都沒有，如此而已。

戶塚對於我們慢一拍的反應偏了偏頭，露出疑惑的眼神，似乎想問發生了什麼事。但我不認為自己有辦法交代清楚，還是改變話題比較快。

「沒有啦，就算沒什麼事也可以來。我們隨時歡迎你！」

「你怎麼突然這麼有幹勁!?」

由比濱聽到我的話，錯愕地睜大雙眼。奇怪，難道我平常看起來那麼沒幹勁……

「啊哈哈！好啊，到時候我一定會去。」

戶塚愉快地笑起來，順便看一眼時鐘。班導師差不多要出現了。

「導師時間要開始了。」

「嗯，我們也該回去囉。」

由比濱跟戶塚說完後，準備回去各自的座位。

「……啊，對了。」

離去之際，由比濱忽然轉回來，把頭湊到我的耳邊。

一陣花香竄進鼻腔，輕柔的氣息逗弄耳垂，她出其不意地靠這麼近，使我想起過去某天放學後的傍晚，在那間某種東西剛畫下句點的冰冷社辦中，也散發著這樣的暖意。

我的心跳瞬間加速，由比濱悄聲說道：

「……今天，一起去社辦吧。」

她不待我回答，便跑回自己的座位。我愣愣地看著她離去，一隻手在不知不覺間擺上自己的胸口。

我的心跳不再劇烈。先前多跳的部分此刻逐漸往內收束，深深地掐住身體。

由比濱會特地跟我說這種話，代表她沒辦法大方地踏進社辦。

這點我也一樣，我實在不怎麼想去侍奉社。

可是，我們依然每天照常報到，這已經有點接近被虐傾向。雖然我敢說在我們三個人當中，沒有任何人想再進那間教室。

儘管如此，大家還是固定在那裡見面。因為沒有人願意面對，自己失去的事物是多麼重大。

另一種可能，是純粹出自保存、維持這一切的義務與使命感，如同生物繁衍後代，確保自己的物種不會消失。

我們所做的一切，只是防止自己逃脫。

我們所做的一切，如同哀悼往逝之人。

為了不讓「失去」成為藉口，為了不在無理之前屈服低頭，我們才更加打起精神，表現出比平常更像平常的樣子。

如果這不是欺瞞，還會是什麼？

然而，做出如此選擇的，正是我自己。

我不可能回到過去，重新做出選擇。逝去的時間永遠不會回頭，無法挽回的事情也多到數不清。事後的悲嘆只是對過去自己的背叛。

人之所以會後悔，代表曾經擁有寶貴的事物。因此，我從來不會悲嘆。我們得以在一段有限的時間中，擁有原本不屬於自己的東西，就應該感到滿足。

不論是幸運還是幸福，習慣之後便成為再平凡不過的日常；唯有它們消失時，我們才會感到不幸。

既然如此，只要我們視未來不會再得到什麼為理所當然，往後的人生自然會豐富許多。

不管怎麼樣，至少不要否定過去的自己。

接下來的日子，我也會用這樣的心態度過吧。

× × ×

如同往常，放空心神度過一整天的課程後，我收拾好東西，第一個走出教室。我在開門前稍微看向由比濱的座位，她還在跟三浦那群人說話。

今天早上，她跟我說放學後要一起去社辦，我便應該留下來等她。不過，這也不代表我必須在引人注目的地方等待。

於是，我離開教室走了幾步，靠在走廊的牆壁上等待。

過不到一分鐘，由比濱匆匆忙忙地奔出教室，在走廊上左看看、右看看，很快發現我的存在。她氣呼呼地對著我質問：

「你怎麼可以先走！」

「我哪有先走，只是在這裡等而已。」

「是沒有錯！咦……那好吧。」

由比濱說服自己後，稍微吐一口氣，接著打起精神，背好背包。

「……走吧。」

「嗯。」

我們互看一眼，一起往特別大樓出發。

兩個人這樣對看，像極了不安好心的傢伙。

我提醒自己放慢步調，不要用平常的速度走路，否則由比濱會被拋在後頭。

走廊上冷冷清清，跟先前待的教室截然不同。

前方不見任何人影，兩人的腳步聲是唯一的聲響，我們不發一語地走著。由比濱以前在社辦總是最多話的人，今天也變得安靜，有如過去說太多話產生的反作用。

但隨著社辦逐漸接近，由比濱終究耐不住沉默，開口：

「那個……」

「嗯？」

我這麼一問，她又無力地搖頭作罷。

「……沒什麼。」

「喔。」

兩人又陷入沉默。再轉過一個轉角便到達社辦，我上次來這裡是一天前的事情，那麼由比濱又是如何？她早已固定每天中午去社辦，跟雪之下一起吃午餐，不知道最近是否維持這個習慣。於是，我開口詢問：

「對了，妳們最近中午都怎麼過？」

「咦？嗯——跟之前一樣。」

由比濱思考一下，帶著苦笑回答。

「……是嗎。」

聽到這樣的回答，我便了然於心。由比濱想必是不著邊際、天南地北地拋出話題，接著由雪之下應答，然後不斷重複這個過程。

仔細想想，只看表面的話，那跟過去沒有什麼不同，難怪由比濱第一時間回答不出來。

雖然身處的時間、地點，和坐在旁邊的人都一樣，但她怎麼樣都不覺得那是往常的情景。

自從那天之後，我們便不斷尋找，究竟是哪裡發生改變。但我們遲遲找不出答案，今天再度來到這間社辦。

大門的鎖已經解開。

儘管導師時間結束後，我們立刻過來這裡，侍奉社的主人又比我們更早到。

我打開門，踏進一步環視室內，突然覺得這間社辦空蕩得難以想像。過去我們所在的地方，真的像這樣什麼東西都沒有？從桌椅到目前無人使用的茶具組，絲毫沒有動過的痕跡。

雪之下雪乃也如同往常地待在那裡。

「你們好。」

「嗨囉！小雪乃！」

由比濱提起精神打招呼，隨即坐上她的座位，我也輕輕頷首示意，走向自己的位子。固定不動的椅子，宛如把我們釘在這裡的木樁。

雪之下入座後挺直背脊，以再熟悉不過的坐姿翻開看到一半的書，由比濱拿出她的手機，我也從書包拿出文庫本。

這一連串的行為如同某種固定儀式。我們或許認為，只要按照過去的方式依樣畫葫蘆，即可重現相同的往日。然而，就算我們已經滿足發動條件，也不可能回到那個時候。僅止於表面的模仿，終會使一切磨損殆盡。

我並沒有嘆氣。

「聽我說喔，今天小彩他——」

由比濱突然開口，像站在母親跟前的小孩，一個勁兒地報告今天發生的事。不過，她不是真的想跟大家分享，而是為了化解沉悶的氣氛，才勉強自己不停說話。

我彷彿再度看見，當初那個只會看別人臉色，不敢表達自己意見的由比濱。

儘管心裡這麼想，我還是加入她的話題。

這樣沒完沒了的互動，究竟要持續到什麼時候，我們又能維持到什麼時候？要是哪天再也持續不了，又會變成什麼樣子？

看來今天也會跟昨天沒什麼兩樣。

明天、後天恐怕也是如此。

存在封閉世界裡的不是平靜，而是閉塞、停滯。我們可以走的路只會逐漸枯朽、腐敗。

由比濱用完準備好的話題，對話戛然而止，沉默立刻籠罩下來。

就在這時，外面有人敲門，打破沉默與閉塞感。

× × ×

門外的人又敲了一次。

由於許久沒有人來諮詢，我們不禁面面相覷。這種時候有人上門，不知道雪之下跟由比濱會怎麼想。由比濱猛然看向門口，雪之下不動聲色，至於我自己，則是在不知不覺中咬緊牙根。

「請進。」

雪之下瞥一眼門口應道，在外面等待的人這才開門。

「學長……」

一名晃著亞麻色頭髮，用過長的開襟毛衣袖口按著眼角的女生走進來。

這個人是總武高中的學生會長，一色伊呂波。她並沒有因為當上學生會長，便學著把制服穿整齊。

由比濱見來者是一色，露出驚訝的表情，雪之下微微蹙眉，我自己則八成看傻了眼。這個傢伙，剛當上學生會長沒多久，就來這裡做什麼？雖然不像是來玩的……

一色不顧我們的躊躇，嬌聲嬌氣——也可以說是不顧形象——地哀求，走到我的座位旁，開始「嗚嗚嗚……」地故作抽泣。

「學長～～不好了不好了啦……」

她還是老樣子，故意給我裝可愛……這樣會激起我的保護欲，拜託妳不要再哭了好嗎？不然我真的會想成為妳的力量。要是換成一色以外的人，我搞不好會二話不說，當場答應幫忙。

「伊呂波，妳怎麼了？先坐下來吧。」

「啊，謝謝結衣學姐。」

經由比濱這麼說，一色有如忘記自己前一秒還在哭泣，瞬間換上若無其事的表情坐到座位。

接著，雪之下開口：

「總之，我們先聽聽妳的問題。」

她的聲音跟往常一樣，沒什麼讓人在意的地方。我為此稍微放心，同時也為自己的反應感到不太自然。

為什麼我會覺得放心？

我還沒找出是哪裡不太自然，一色便開始道來：

「其實呢……上個星期，我們學生會開始了第一件工作——」

「啊，已經交給你們了嗎？好快！」

由比濱點頭說道，一色也點頭回應「是啊」，繼續她的話題。

「然後，那件工作超級麻煩的……」

一色大概是想到那件工作，整個人瞬間消沉下去。有那麼嚴重嗎……儘管心裡很不爽，我還是先問問看，究竟是什麼樣的工作內容。

「怎麼樣的麻煩法？」

這時，她迅速抬起頭。

「聖誕節不是快到了嗎？」

「是啊……咦，等一下，妳的話題跳太遠了吧？」

話題竟然會玻色子跳躍（註12），嚇我一跳……好啦，聖誕節是快到了沒錯。一色不滿意我的回應，故意鼓起臉頰外加嘟嘴脣。

「哪有，請你好好聽我說完！」

「就是說嘛～」

不知道為什麼，由比濱也站在一色那邊。這是怎麼回事，難道真的是我不對？妳們女生的說話方式也太奇特了吧，那樣講誰會知道！

註12　一種會產生時間差的瞬間移動，曾於動畫《機動戰艦大和撫子》登場。

我擺出死魚眼，用眼神告訴一色「好啦我知道了，快點說下去」，她才繼續剛才的內容。

「然後，我們得跟附近的高中聯合起來，以年長者跟小朋友為對象，為鄰近地方舉辦聖誕節活動……」

「喔？是哪間學校？」

「海濱綜合高中。」

嗯，那間高中是吧……跟總武高中相距不遠，又是水準不錯的升學型學校。海濱綜合高中是很久以前由三間學校整併後重新創立，歷史較沒那麼悠久的高中。既然它的前身是由三間學校組成，當然占地更寬廣、設備更豪華、校舍也更美觀。聽說建築物裡有電梯，讓學生不必煩勞雙腿，上課還直接用ＩＤ卡點名，簡直是走在時代的尖端。不僅如此，他們採用一種叫做「學分制」或是什麼五四三之類我搞不懂的修課方式，聽起來就有很先進的感覺，所以也是大家搶著念的學校。

不過，海濱綜合高中跟總武高中似乎沒什麼交集，現在突然決定一起辦活動，總覺得不太自然。

「……這個計畫是誰提的？」

一色大概覺得我的問題很幽默，泛起「討厭啦～學長」的淺笑，故作神祕地壓低音量，像是只告訴我一個人似的回答：

「當然是對方囉～我怎麼可能提出這種計畫？」

「我想也是……」

這個女的到底把學生會當成什麼？妳以後成為上班族，八成會是大家眼中的麻煩鬼。有句話說：「借鑑他人，改正自己」，為了不帶給周遭的人困擾，我更加確信自己絕對不能出去工作。

不過，真是敗給她了。明明是其他學校提出的計畫，她竟然就那樣答應……我愣愣地看著一色，一色也想起當時的情景，甚至忘記要維持自己的可愛形象，氣呼呼地說下去。

「通常聽到那種提議，不是都先拒絕再說嗎？而且我聖誕節也有活動了～」

「先拒絕再說啊……」

「妳的理由太自私……」

一色說得大言不慚，我跟由比濱都快聽不下去。該說她精神面堅強，還是不知天高地厚……搞不好她的性格也差勁得要命，程度僅在我之下。我頓時對一色湧起強烈的親切感，說不定一個不小心還會喜歡上她，所以拜託趕快改一改好嗎！

但實際上，一色好像也不是不知天高地厚，她無力地垂下肩膀，幽幽地低喃：

「可是，平塚老師要我們參加……」

什麼嘛，弄了半天，果然還是因為那個人指使。連拿平塚老師沒轍這點都跟我一樣，我對一色的親切感更加提高，說不定一個不小心以下略。

「所以，我們開始籌劃這個活動啦。但是該怎麼說呢～大家好像沒辦法團結起來……」

一色這次是真的很喪氣，她不再用先前打哈哈的方式說話。儘管她算不上特別認真的人，又有點把學生會的工作當兒戲，還是頗為這件事情煩惱。一色沒有撒手不管，而選擇來侍奉社諮詢，光是如此，她的積極態度便值得肯定。畢竟，她當初並非自己想當學生會長，而是被我連哄帶騙，才坐上那個位子。出於這份罪惡感，我的態度逐漸軟化。

「既然跟其他學校共事，這也是難免的。不用放在心上。」

「……是啊～」

一色不忘把頭偏向一邊，抬起雙眼用「對吧」的眼神看過來。可惜那般舉動太過故意，反而失去可愛成分……這一點跟我的妹妹小町大不相同。

總之，先將一色不得要領的諮詢內容整理出重點。

如果我的理解正確，新任學生會接到的第一份工作，是辦一場以公益為目的之地方性聖誕節活動，而且是跟鄰近的海濱綜合高中共同舉辦，不是總武高中單獨進行。

這件工作的難度比學生會的日常事物高出許多，兩校之間的協調這點當然不在話下，學生會內部的人際關係與立場也尚未穩固，對一群剛上任的人來說，在這樣的情況下籌劃活動，實在是勉強了些。

從時間點上思考，聖誕節活動應該是一色成為學生會長前，就拍板定案的項目。換句話說，這是上一任學生會沒解決的問題。

前人留下的爛攤子是吧～我瞭解我瞭解～之前打工時也遇過。

本來自己的事情做得好好的，那玩意兒就像地雷一樣忽然冒出，我還來不及搞懂便落到頭上來。

更誇張的是，即使去問上一個負責人，也只得到「那是很久以前的事情，已經不記得了」之類的答覆，這樣是要我怎麼做啊！結果我到辭職之前，從來沒動過那件工作，直接留給下一個人去傷腦筋。為了終結這種令人傷心的負面循環，以後我絕對不要出去工作。

個人話題到此為止。

現在的問題在於現任與上一任學生會長。

「我說啊，妳來這裡之前，應該先去跟城迴學姐談吧。」

城門城門額頭高♪的巡學姐☆——城迴巡是上一任學生會長，為人溫溫和和，相當可愛。這種說明未免也太隨便。

照理來說，目前仍處於前後任交接的階段，一色應該先去找她的學姐商量。這麼說來，為什麼巡學姐沒有出現，只有一色來這裡？稻荷、狐啼……學姐出現吧！（註13）好啦，其實她不用來。

一色聽到我的提問，偷偷地別開視線。

註13 改寫自漫畫《狐仙的戀愛入門》臺詞。

「是沒有錯……可是，學姐正在準備升學考試，這種時候去打擾她不太好吧～」

人家已經通過學校推薦申請上大學，我想應該不怎麼忙才是……一色該不會不擅長應付學姐那種人吧？有可能。她只是刻意表現得輕飄飄又溫和天真，真正遇到輕飄飄又溫和天真的人時，可能會覺得太過耀眼。真材實料的東西總是很耀眼，難以伸手企及。我可以體會她不想面對學姐的心情。

「現在我能依賴的，只剩下學長學姐了～」

聽完她的說明，我跟由比濱輕嘆一口氣，連話都說不出來。

眾人閉上嘴巴後，社辦頓時陷入無聲。

之所以變得寂靜，還有另一個原因。

過去有人來侍奉社諮詢時，雪之下總會主動詢問細節，今天她卻什麼也沒說。

我察覺到這點，看向雪之下。

雪之下輕輕垂下修長的睫毛，用靜止湖面般的雙瞳看著一色——不，其實是看著我們。

這一瞬間，我忽然明白先前的不自然感是什麼。

一色走進社辦，見到雪之下時，兩個人沒有發生任何事情，我為此感到放心，同時也為這種反應感到不自然。

如果，當時雪之下是真的想參選學生會長——

成為她的絆腳石的，無疑是一色，也就是在背後操盤的我。

這樣一想，一色提出的委託其實有點殘忍。

一旦侍奉社接受委託，便幾乎等於代替學生會籌備聖誕節活動。

雖然我不瞭解雪之下真正的想法，在她的面前提到學生會的事情，未免殘忍了些。大刺刺地展示別人想要也要不到的東西，無疑是最殘酷的行為。

我猶豫著該不該接受委託，一色見所有人都不說話，視線開始不安地游移。

「我應該怎麼做比較好？」

一色似乎打定主意尋求我們的協助，但我很在意雪之下會怎麼開口。只不過，我等待了半天，雪之下依然連半句話都不說。

她察覺到我跟由比濱的視線，才將手輕輕抵住下顎，做出思考的樣子。

「嗯……我是明白妳的情況……」

雪之下沉吟好一會兒，才終於開口，但她不立刻做出結論，為自己的話保留模糊地帶。

她看一眼我跟由比濱。

「你們覺得呢？」

這說不定是她頭一次詢問我們要不要接受委託。過去的她總是獨自做出決定。

從好的方向解釋，這可以說是雪之下的讓步。然而，我不認為事實會是如此。

相較之下，由比濱的答案很明確。

「好啊，就答應她吧！」

雪之下凝視著她，用眼神詢問理由。

「好久沒有人來諮詢了，總覺得這一陣子，過得很閒……」

在雪之下平靜的眼神注視下，由比濱的話音越來越微弱。

「所以，我覺得，可以像之前那樣，努力看看……」

我聽出其中的關鍵字——「像之前那樣」。

由比濱可能想把握這個機會，像之前那樣接下委託，然後在達成委託的過程中，消除現在的詭譎氣氛。

「是嗎？那麼，就接下委託吧。」

但是，雪之下透徹的聲音否定了那種可能。

她臉上的淡淡微笑，以及徵詢我們的意見，根本不是為了化解僵局所做的讓步。

那是妥協，是在心死之後，把判斷和決定權交給某人的讓步罷了。

「……不，我看最好不要。」

我的嘴巴自己動了起來。

以當前侍奉社的狀態，我不認為這起得了多少作用。再說，我不忍心讓雪之下眼睜睜地看著學生會長出現在自己的面前。儘管無從得知她的真正想法，我的猜想大概也八九不離十。

不能再讓目前的僵局惡化下去，我們不應該承擔這份風險。

既然是為了守護而行動，便要堅持這個理念到底。雖然我不知道「最後」會在哪一刻到來，「終點」又存在何方。

雪之下聽了我的意見，默默地看過來，由比濱也向我詢問理由。

「咦，為什麼？」

「這是學生會自己的問題，而且一色一開始就想找人幫忙，也不是什麼好事。」

「是、是沒有錯……」

她聽完我說的話，撥了撥頭上的丸子開始思考。雖然這只是表面上的理由，但也合情合理，足以讓我們就此抽手。

在場只有一個人無法接受。

一色滿不高興地大聲抱怨。沒關係，這也在我的預料範圍內。

「咦～～那是什麼意思～～」

「妳以為這裡是萬事通便利屋嗎？我們做的頂多是從旁協助，可不接受妳把整件麻煩事丟過來。當個轉包商可是超辛苦的，難道妳沒聽過承包法？沒關係，我也沒聽過。總之，這件事妳自己想辦法。好，結案。」

我連珠炮似的說完這麼長一串，催促一色起身，自己也離開座位，準備關門放狗——更正，是開門送客。

在我的區域緊逼防守下，一色不情不願地聽從，但還是不忘記抱怨幾句。

「我是聽學長那麼說，才當會長的耶～學長應該幫忙想辦法吧～」

我的態度開始鬆動。

當初是因為我做了那些事，而讓一色伊呂波當上學生會長，所以我當然得對她負責。既然如此，在一色之外，我還得對另一個人負起責任。

因此，我該怎麼做，答案已經很明顯。

我送一色離開社辦，自己也跟出去。

反手關門，走遠幾步後，我重新看向滿臉不高興的一色，輕輕嘆一口氣。

「雖然剛剛說出那種話……由我來想辦法行不行？」

「咦？」

一色面露疑惑，不太理解自己聽到什麼。這也是當然的，畢竟我幾秒前才那麼狠心地拒絕，現在又說出完全相反的話，她的腦袋難免轉不過來。於是，我一字一句仔細地向她說明：

「也就是我不經過社團，以個人的身分幫忙，所以雪之下跟由比濱不會參與。這樣的話，或許還有辦法解決。」

她一邊聽我說明，一邊瞇細眼睛思考，接著很快點頭答應。

「……好吧，這樣也可以。只有學長一個人的話，我也比較好使……比較安心，或者該說是好依靠呢？」

其實妳沒有重講一次的必要……

「那麼，這樣沒有問題吧？」

「沒問題！」

我再確認一次，一色也很爽快地回應。

不管怎麼樣，我先在自己的能力範圍內做做看。能做到什麼程度，固然是很大的問題，但至少能幫上她的忙才是。

雖然一色乍看之下傻傻的，她的腦袋絕對不差。如果她有辦法不依賴我們，好好完成自己的工作，想必很有學生會長的樣子。

說到依賴，我又想起，先前為了說服一色擔任學生會長，自己曾經傳授過一項祕技，看來她還沒有拿出來用。在展開行動之前，最好先把這一點問清楚。

「對了，葉山呢？這種時候去拜託他，一切問題不是都解決了？」

一色聽了，臉頰略為泛紅，別開視線說道：

「……這件事情真的很麻煩，拜託他的話，可能會帶給他困擾。」

妳的意思是帶給我困擾就沒關係嗎……算了，不跟妳計較。

不過，一色懂得不要造成葉山的麻煩，已經很不簡單。果然是戀愛中的少女，我由衷感到佩服。

才剛這麼想，她立刻露出小惡魔般的笑容。

「而且啊，如果只是做不到一點小事，還會讓人覺得很可愛。看到別人犯一點小迷糊的時候，學長不會覺得很可愛嗎～但如果是真的很麻煩的事，對方只會覺得很沉重喔～」

「是、是喔……」

喔——這個傢伙的性格還真是不敢領教。把我的感動還來！這哪裡是小惡魔，根本是真正的惡魔！魔鬼！編輯！

真是徹底被她打敗……小惡魔ｉｒｏｈａ不理會我，自顧自地開始說明接下來的計畫。

「那麼，學長，今天在學校後門集合，放學後我會馬上過去。」

「咦，今天就要開始？」

她露出抱歉的表情，低聲下氣地回答：

「對不起，實在沒有時間了……」

沒有時間的話，應該代表企劃本身進行到一定的程度，由此可推知一色已經以自己的方式努力過。既然如此，就算她最後決定請侍奉社協助，我也沒什麼理由再苛責。

「……沒關係。但能不能換一個地方集合？要是被朋友看到，之後傳出我跟妳一起回家的謠言，感覺滿丟臉的……」

「啊？」

一色的神情很認真。奇怪，難道她跟我已經屬於不同世代，所以無法理解嗎？她沒有吐槽我「學長，你又沒有朋友」，而是真的感到疑惑。最後，她愣愣地嘆一口氣。

「唉，是可以啦……學長知不知道車站附近的公民會館？我們固定在那邊開會。

直接在那裡會合也可以。」

「喔，那裡啊。」

要去車站一帶時，我常常經過那個地方，附近好像還有日間開放的設施跟托兒所。原來如此，所謂的「地方性聖誕節活動」，就是以那一帶的年長者跟幼兒為對象，當天八成也是在那裡辦活動。

關於其他細節，可以留待他們開會時再瞭解，現在不如先離開學校。

「我知道了，準備好就過去。」

「好，麻煩了，待會兒見。」

一色泛起笑容，輕輕舉手對我敬禮。所以說這個傢伙很會裝可愛……

× × ×

目送一色走過轉角後，我走回侍奉社辦，打算在約定時間前做好出發的準備。一打開門，由比濱跟雪之下同時看過來。

「伊呂波說了什麼嗎？」

我用預先想好的說詞回答。

「跟我抱怨老半天，但最後還是接受了。」

「這樣啊……」

由比濱略顯失望地垂下肩膀，把眼珠轉向雪之下的方向，小聲嘟噥：

「不覺得……偶爾有些事情做，不是很好嗎……」

「有什麼關係，早晚會有下一個委託。」

到了那個時候，我又會做出什麼樣的選擇？在得出結論前，我先脫口說出浮現腦海的回答，藉此應付過去。

接著，雪之下發出相當微弱的嘆息，用快要聽不見的聲音說道：

「……說不定，沒有人來委託，就這樣平靜地度過，反而比較好。」

她看向窗外朦朧的深紅色天空。

「……或許吧。」

我好不容易才擠出這幾個字。為了避免大家在這裡沒完沒了，我立刻接下一句話。

「今天大概不會有別人來了。」

「是啊……」

雪之下接收到活動結束的暗示，闔起書本，我也拿起自己的書包。

「那麼，我先走啦。」

「嗯，今天就到此為止吧。」

由比濱跟雪之下也開始收拾書包，我轉過身，先一步走出社辦。

其實我很久以前便明白，每一次都插手不見得是正確的做法。自己認為對別人好而採取的行動，有可能造成最壞的結果，甚至沒有重來的機會，再也無法挽回。

那麼，我——

我們至今所做的一切，到底是什麼？

2 會議漫舞，一團和氣，只是沒有進展

跟一色約好會合的公民會館距離學校不遠，只有數分鐘的腳踏車程。

老實說，我從來沒踏進過公民會館，不過平常在那周圍來來去去，對位置早已相當熟悉，完全沒有迷路之虞。

公民會館坐落於車站附近，同一條路上又有MARINPIA購物中心，因此傍晚時會看到不少住在附近的婆婆媽媽，以及參雜在其中的學生。MARINPIA是附近高中生放學後消磨時光的好去處，我自己也經常繞去那裡的書店、電動遊樂場，或去打擊場揮揮球棒。

抵達公民會館後，我把腳踏車停到專用停放處。

我轉頭看看四周，找不到一色的身影。好吧，畢竟當時也沒有講好明確的時間。

早知道就跟她一起過來……

可是，為了避免雪之下她們察覺我獨自幫一色的忙，只有在校外會合這個方法。在現在的雪之下面前接受學生會委託，對她而言太過殘忍；把一色完全拒在門外的話，又未免太不負責任。雖然也可以單獨不讓雪之下參與，這樣做又好像深深地背叛她。考慮侍奉社的現狀後，最好的方法還是由我以個人身分行動。

我再次得出這個結論，走向公民會館，坐到入口處的臺階上。

放空心思等了一陣子，我看見一色從對面的便利商店走出，手裡拎著沉甸甸的袋子。她一看到我，馬上小跑步過來。

「對不起～讓你久等了～我剛剛去買東西……」

那個袋子好像真的很重，一色累得喘一大口氣。

「……沒有關係。」

我這麼說道，同時把手伸過去。不過，她一個閃身避開，盯著我的手猛瞧，還露出不解的表情。

「什麼？」

「還什麼咧，那表情真讓人火大。妳不是想說袋子很重，要我幫忙提嗎？」

一色聞言，摸摸自己的頭髮，偷偷別開視線，臉頰不知是因為驚訝還是疑惑，微微泛起紅暈。

「唉……其實，我現在沒有什麼特別的意圖……」

喔，是嗎？我以為這個女的只把男生當苦力使喚，看到她的那般舉動，才會不小心想太多。大家想想看，戶部不是常常幫她跑腿，還一副理所當然的樣子？

一色愣了一會兒，接著突然想到什麼，迅速擺出架勢，跟我拉開一步的距離。

「啊！學長你那樣做該不會是想追求我？對不起雖然我瞬間心動了一下但是冷靜下來後還是發現我們根本不可能。」

「喔，是喔……」

我到底還要被她發幾次卡……現在連否認都嫌麻煩了……

話說回來，一色光是這樣便心動的話，她得格外注意才行，否則連旅行都沒辦法好好放鬆。難道每次空服員姐姐幫忙抬行李，她都要心動一次？應該不至於吧……不對，搞不好會喔（美麗空服員姐姐的參數補正）。不對，再等一下，即使不是空服員，做粗工的大姐姐說不定也很讓人心動……果然有工作的女性最棒了（家庭主夫志向的參數補正）！

「算了，隨妳怎麼說。」

我不理會一色的舉動，一把將她手上的袋子搶過來。

「啊……謝謝你……」

她握住毛衣的袖口，用力對我鞠躬答謝。我無法從她低下的頭窺知表情，不過，一色這麼坦率地說謝謝，意外地讓我有些不好意思。

「……沒什麼，這屬於工作範圍。」

為了這點小事便動不動道謝的話，小町的口頭禪豈不是變成「哥哥謝謝你，愛你喔！」我迂迴地告訴一色不用放在心上，想不到下一秒立刻後悔。

「哇～學長真可靠～既然學長這麼說，下次也拜託囉♪」

她在胸前握住雙手，綻放像花一樣燦爛的笑容。

唉，總覺得袋子突然變重了……不知道裡面裝了什麼。

我看向袋子內部，想瞭解為什麼這麼重。裡頭清一色是點心、飲料等吃的喝的，總之就是每次開會少不了的茶點，而一色正是跑腿的人。

對話進行不下去時，大家可以吃些點心喝口茶，藉以填補空白時間。這個道理類似對方在聊天時發出「哈哈」的乾笑，接著含一顆FRISK薄荷糖。這種時候就知道：「啊，他不怎麼想跟我對話……」

順便告訴各位，即使雙方沒有對話，對方詢問「要不要來一顆FRISK」時，代表他在暗示你有口臭！這點千萬要注意！你的內臟說不定有什麼毛病！最好是要注意這個啦！

話題回到點心上。挑選在會議上吃的點心，其實也是一門學問。會發出「咔哩咔哩」聲響的，或味道太香的，都有可能妨礙會議進行。那麼，就讓我們看看一色挑了哪些點心。

容易入口的巧克力、水果口味的喉糖、軟仙貝……嗯，選得還不錯，而且每一種都是單獨包裝，吃的時候不用另外準備容器，不會把手弄髒，收拾起來也很輕鬆，這點值得給予肯定。

「喔——妳滿精明的嘛，真想不到。」

一色不滿意我的小小讚許，不太高興地鼓起臉頰。

「什麼叫『真想不到』……人家心思可是很細膩的～雖然對方也會準備點心。」

「是喔，那妳其實不用買嘛。既然對方有經費買點心，大大方方地吃就好啦。」

「那樣不行啦……」

一色這麼說時，表情轉為生硬。

原來如此，看來她的確注意到許多細節。對方每次都準備點心的話，我們總不能老是兩手空空前往——一色是這個意思。

如果我們是過去作客，接受對方招待，自然沒有必要在意這些細節，但今天我們是跟對方共同舉辦活動，在地位上平起平坐，就算只是點綴會議的點心，也必須維持跟對方相當的水準。

與外校打交道是相當麻煩的事。一想到實際開始籌備後，會產生什麼樣的影響，我便覺得手上的袋子變得更沉重。

×　×　×

我在一色的帶領下，進入公民會館。

由於過去從來沒到過裡面，我還真不曉得這裡是做什麼的。會在一陣「登登登登登♪」的音效後回復HP嗎？又不是某某寶貝中心。

實際進入裡面後，冰涼靜謐的空氣流瀉而出，有種來到公家機關的感覺。一樓就是圖書館，所以沒人敢在這裡高聲交談。

我跟著一色步上二樓，環境立刻有些不同。這裡變得比較嘈雜，還依稀傳來音樂。

沿著樓梯繼續步上三樓，原來先前的音樂是從上面傳下。

我跟一色不約而同抬頭，想知道上面的人在做什麼。

「三樓有一個大型禮堂，聖誕節的活動好像要在那裡進行。」

「喔……」

地板發出微微震動，上面大概是舞蹈社或什麼團體在使用。

照這樣看來，公民會館大概跟活動中心差不多，是提供地區居民舉辦各式活動的空間。那麼，這兩者的差異在哪裡？規模大小？

由於第一次來這個地方，我好奇地東張西望。這時，負責帶路的一色在某個房間前停下。

房間門上掛著「講習室」的牌子，她們大概就是在這裡開會。

一色輕輕敲門。

「請進——」

裡面的人應聲後，一色深吸一口氣，再打開門。

眾人的喧譁聲頓時大了起來。裡面有桌子也有椅子，頗有學校教室的感覺。

「大家辛苦了——」

一色用相當討喜的方式打招呼，走進房間，我跟著進去後，大家也沒有安靜下來的跡象，甚至連看都不看過來一眼。看來他們聊得正高興，對我沒有半點興趣。

話雖如此，那群人卻又認得一色，其中有一位穿著海濱綜合高中制服的男生舉起手，對她出聲：

「伊呂波，這邊這邊。」

「啊，你們好～」

一色揮著手，走向那一群人，我也自然跟過去。走到非常近的地方後，剛才出聲的男生總算發現我的存在，用驚訝的表情看過來，湊到一色的耳邊悄聲詢問：

「他是誰？」

「啊，他是我們這邊的幫手。」

一色帶著親切的笑容回答，內容卻隨便到一種極致。不過，對方看來接受了她的說明，發出「喔——」的聲音，重新面向我。

「我是玉繩，海濱綜合高中的學生會長。請多指教！」

「……嗯，你好。」

玉繩大方地自我介紹，使我猶豫自己是不是也該報上名字。但玉繩不在意這一點，繼續說道：

「能跟總武高中一起辦活動，真是太好了！我一直在想，我們能不能建立互相 respect 的夥伴關係，發揮 synergy 效果——」

……

想不到這個叫做玉繩的，一見面便來個下馬威。雖然我只聽懂一半左右的內容，還是多少猜得出，這個校際活動即是由他策劃。

玉繩不愧是海濱綜合高中的學生會長，他開口講個幾句，周遭的人便圍了上來。每出現一個新面孔，對方都會主動自我介紹，不過老實說，我根本記不了那麼多。反正活動結束後，大家也不會再見面，不記下來也沒什麼關係。

光是跟這麼多人寒暄，便把體力消耗得差不多。我不禁嘆一口氣，把現場交給一色處理，獨自走到稍遠處的椅子坐下，望著那群烏合之眾。

這時，我跟其中一個面露訝異的人對上視線。對方看到我，眨了幾下眼睛，起身走向這裡。

「比企谷？」

「……喔。」

見到意想不到的人出現，我也驚訝得慢了幾拍才反應，全身開始冒出冷汗。

這名女生穿著的海濱綜合高中制服有點凌亂，一隻手不停梳著燙卷的黑髮。

折本佳織——

她是我國中的同班同學，也是我告白過的女生。不久之前，我才在意想不到的地方遇到她，被捲進意想不到的事件。不論是過去還是現在，關於她的回憶都不怎麼愉快。

我想了一下，折本的確是念海濱綜合高中。她出現在這裡的話，該不會代表加入了學生會吧……

折本似乎也抱持相同疑問，發出訝異的聲音。

「咦──你是學生會幹部？」

「不是……」

折本聽了，理解似的點點頭。

「喔～這樣啊，所以跟我一樣囉。我也是因為朋友邀請才來的。」

她一邊說，一邊窺看我的背後，又好奇地打量周圍，不知道是在找什麼。

「只有你一個人？」

「我不是一直都這樣嗎？」

這個回答讓她「噗哧」一下，抱住肚子大笑起來。

「什麼啦～笑死人了！」

「我沒有在說笑話……」

剛才的話到底哪裡好笑……而且我不是受（註14）！不是受也不代表我就是攻！

話說回來，多虧有折本在場，我得以多少掌握現場狀況。這個活動是由總武高

註14　此處「好笑」一詞原文為「ウケる」，前兩音節與「受（うけ）」相同。

中和海濱綜合高中共同舉辦，除了位居要角的兩校學生會，也有自願幫忙的人參加。

「你們學校的人是不是有點少？還是我們學校來太多人？」

「這個嘛……」

我今天才第一次來，根本不瞭解組織內部的情況。不過在這個空間內，海濱綜合高中有十來個人，至於我們總武高中……

……嗯？奇怪，我們的學生會……啊，找到了找到了，原來都窩在角落。除了我跟一色，穿著同樣校服的有一、二……只有四個人。而且跟海濱綜合高中比較起來，他們沒有什麼生氣，個個顯得侷促不安。

「的確滿少的……」

「這個看了就知道吧……雖然不是什麼重點。」

折本不再對這件事感興趣，轉身走回原本待的地方。她離去後，輪到一色回來。一色張大眼睛看著折本，兀自低喃：

「學長，是你認識的人嗎？」

我說一色，妳的口氣聽起來很像「原來學長有認識的人」，可以不要那樣問嗎？再說，妳們不是見過一次面？雖然當時相隔一段距離，妳可能對她沒有什麼印象。因此，我一時想不出該怎麼解釋，最後索性用以往的方式回答：

「嗯，國中同學。」

「喔……」

一色聽了我的說明，擺出興趣缺缺的模樣，稍微應付我一下，便坐到身旁的椅子，打開先前買的點心。海濱綜合高中的人看了，也開始準備吃的跟喝的。

看來大家總算要準備開會。

雙方學校將會議桌椅排成ㄇ字形，參與者各自坐到指定座位。那麼，我又要坐哪裡才好……從四個角落挑一個座位，鎮守這個房間如何？哇，我簡直是四聖獸之一——胡思亂想到一半，忽然有人拉我的袖子。

「學長，來，這邊請～」

「咦，沒關係，我坐角落沒關係……」

一色不理會我所說，繼續拉著袖子不放。我試著掙脫她的掌控，但是徒勞無功。那是什麼怪力，動作明明很可愛，我卻完全甩不開……

「快點快點，要開始囉～」

她又把我的衣服拉過去。

「我知道了我知道了，衣服會被妳拉鬆！」

反正我不會在會議上發言，所以坐哪裡都沒差。既然如此，乾脆挑一個桌上擺好點心的座位。我心不甘情不願地妥協，坐到一色的旁邊。

坐在ㄇ字形會議桌主位，亦即所謂「誕生席」的是海濱綜合高中學生會長玉繩，我跟一色坐在他的右邊角落。

現在重新看一次，會發現先前折本所言沒錯，對方學校的人占多數，數量將近我們的兩倍，再加上他們的喧譁聲，更有種人數差距不只如此的感覺。海濱綜合高中處坐滿男男女女，大家聊得好不熱烈，總武高中這邊則安安靜靜。

好吧，畢竟這個活動是對方提出，他們特別有幹勁也是很合理的。我們一個像主辦單位，一個像協辦單位，連座位分布也透露出這種訊息。

以權力關係來看，主導權很明顯落在海濱綜合高中，他們負責大部分的工作，總武高中則是從旁提供支援。

海濱綜合高中的學生會長玉繩確定大家就座後，拍手宣布：

「嗯——那麼，現在開始進行會議，請各位多多指教。」

他熟練地致完詞，在場所有人一起低頭致意。

會議終於開始。

玉繩請一位學生會成員到白板前，用麥克筆寫一些東西。他側眼看著白板上的內容，繼續說：

「那麼，今天也跟上次一樣，我們從 brainstorm 開始。」

咦，那是什麼招式嗎？聽起來超帥的，可惜我發不出來。

我的腦海閃過這個念頭，但 brainstorm 其實沒什麼，不過是一般所說的「腦力激盪」。關於這個字的詳細定義，各方眾說紛紜，但如果說得簡單些，就是由一群人自由提出想法。

「延續上次議題，請大家針對活動的 concept 跟 content 提出想法——」

玉繩主持會議，他們學校的人三三兩兩地舉起手，發表各自的意見。

我選擇默默地觀察。等一下，請不要誤會，在還沒搞清楚狀況下貿然發言，只會帶給大家困擾，所以我絕對沒有偷懶打混，而是為大家著想喔！

這時，對方有一個人發言。

「考慮對時下高中生的需求，我們必須激起年輕人的 mind innovation……」

嗯，有道理。

接著，對方又有一個人發言。

「那樣的話，得先以建立我們跟地方的雙贏關係為前提，從這個方向思考。」

喔，嗯，的確。

然後，對方換第三個人發言。

「所以說，我們得從戰略層面考慮 cost performance，然後取得 consensus……」

喔……是、是啊……

我不發一語聽到這裡，不禁想問——

這到底是什麼會議？

這場會議的目的是什麼，那群人又在說什麼？該不會是我太笨？

我不安地看向一色，她不時點點頭，發出「喔……」的感嘆。雷電，難道你知道嗎（註15）？

註15 出自漫畫《魁！男塾》之臺詞。

自己是來幫忙的，總不能跟不上話題，於是我壓低音量問她：

「一色，現在是在做什麼？」

一色稍微把頭轉過來，很可愛地歪向一邊。

「嗯……好問題。」

什麼好問題……妳是福原愛嗎（註16）？

這個人明明也不懂，還擺出那種反應？我愣愣地看著一色，她倒是不怎麼放在心上，還輕輕泛起微笑，如同在說「不用擔心～」

「沒關係，他們會提出很多點子。」

「喔……」

對方會提出點子的話，代表我們只需付諸行動。看來我一個人便綽綽有餘。

我並不排斥枯燥的勞動，儘管不斷重複相同流程的機械性作業會耗損精神，我的精神早已被磨光，或者說是被磨到產生抵抗力，所以只要不用費心思傷腦筋，對我來說便是輕鬆的工作。

既然如此，最好先瞭解我們要做哪些事。說是這麼說，從剛才聽到現在，大家的發言都沒什麼內容……

主導會議進行的玉繩，似乎也注意到這一點。

註16 日本桌球國手。受長期在中國訓練影響，得分時的吆喝聲「颯！」為其特徵，與日文不置可否時的感動語「さぁ（譯：好問題）」同音。

「各位，你們是不是漏掉了更重要的東西？」

他用沉重的語氣說道，場面氣氛頓時緊繃起來。不愧是學生會長，威嚴真不是蓋的。所有人把焦點集中在玉繩身上，等待他的下一句話。

玉繩環視整間講習室後，搭配如同在轉轆轤的誇張手勢，開口：

「要 logical thinking，按照邏輯思考。」

前後兩句的意思不是一樣？要思考幾次你才高興？

「還要理解顧客的視點，站在 custumor 那一邊。」

前後兩句的意思不是一樣？要當幾次顧客你才高興？

現在我的嘴角大概呈上揚的角度，像是面部神經抽搐。其他人則露出「原來如此」的表情，雙眼閃閃發光地看著玉繩。

……不行，我看這個會長跟他的夥伴都是那種調調。

換句話說，今天是一群同樣調調的人的集會，或者說是會長刻意把大家聚集起來。之後的會議內容，仍舊維持那副模樣。

「那麼，也把 outsourcing 納入考量。」

「那個方法恐怕很難套入目前的 scheme 喔。」

「有道理，所以也可能得 reschedule 對吧。」

你到底在說什麼啦？碳烤牛舌很好吃的 RIKYU？為什麼那麼喜歡摺英文？是某搞笑藝人嗎？

創新的 **innovation**！用對話跟交涉 **negotiation**！解決方案就是我們的 **solution**！會議以這樣的感覺進行下去，他們早已超越新手跳 **hip hop** 的境界，腦袋嗨到突破天際了。

嗚嗚嗚～～在座的各位都是菁英，一定不會收我這個垃圾啦～～

×　×　×

我們從何處來，又往何處去？

聽著大家發言，我忽地想到這個疑問。這場會議究竟從何處來，又會往何處去？

大家沒得出什麼像樣的結論，會議便在不知不覺間結束。

不過，腦力激盪本來就是盡量把點子向外延伸，所以不管三七二十一，想到什麼都先提出來再說。因此，今天的會議或許也不算完全沒有收穫。

比較讓我在意的是，發言者幾乎都是海濱綜合高中學生會，總武高中這邊雖然出席會議，從頭到尾沒說到幾句話。但是，聽到對方一連串菁英言論之後，他們大概也不敢獻醜，連擔任會長的一色都插不上話。

說到一色，會議結束後，她去跟海濱綜合高中的學生會閒談。

我沒有什麼事好做，索性站在稍遠的地方，望著一色發呆。她察覺到我的視線，隨即找機會結束對話，走來我這裡。

「學長，大概瞭解是什麼樣的感覺了嗎？」

「不，完全不瞭解……」

一色要問的，是我瞭解這場會議的宗旨了沒。若說宗旨，我多少還能明白，但是聽過那麼多自以為專業的字眼後，我實在不確定自己究竟有沒有理解。

一色從我的表情讀出這點，輕輕嘆一口氣。

「嗯——他們的確說了很多複雜的東西。」

與其說複雜，太過曖昧才是讓人有聽沒有懂的真正原因。但一色不在意這兩者的細微差異，露出俏皮可愛的笑容說：

「不過，只要說『好厲害』、『我也要好好加油』之類的話，他們就超高興的喔！然後記得回一下他們偶爾寄來的簡訊，感覺便差不多了。」

「妳總有一天會被捅……」

即使現在沒問題，我還是擔心她之後會付出慘痛的代價。不受歡迎的男生很容易上當，所以會發生各式各樣的悲劇喔……不受歡迎的男生純情又直性子，外加始終如一的專情，是會錯意的高危險群。這樣一想，不受歡迎的男生豈不是超級大好人？那為什麼還不受歡迎，真是太不可思議了！

我陷入自己的思緒時，一色同樣發出低吟，不知道在想什麼。

「……不過，學長也常常給我這種感覺喔～不知該說是頭腦好像很好，還是很自以為——」

她似笑非笑地說道，自以為的後面彷彿還跟著一個「（笑）」。

「別把我跟他們相提並論。我才不是自以為，這叫做自我意識強烈。」

簡單說來，所謂的「自以為（笑）」是渴望自己變得更成熟，恨不得表現給別人看的傢伙，他們喜歡賣弄商業和管理學用語，營造出自己很能幹，跟其他人不同的形象，說穿了，其實跟中二病沒什麼兩樣。看到這種人，我都覺得有點於心不忍。

另一方面，自我意識強烈者則是讓人看了於心不忍的尋常傢伙，跟高二病沒什麼兩樣。

「唉，我分不太出來。」

一色不知該做何反應。沒關係，其實我自己也分不出來。但不管是哪一種，看在別人的眼裡都同樣於心不忍。

「總之，我們已經決定好要做的事，接下來便開始工作吧。」

她拿出一疊紙張。

原來一色剛才跟對方的學生會說話，不是單純閒談，而是確定開會時沒討論到的內容，問清楚總武高中的具體工作。

十場會議裡，大概有九場都是浪費時間；真正重要的事項不會在會議上得出結果，而是高層要角們關起門來自己決定。

以這點來說，一色表現得很機靈，再加上是個可愛的一年級女生，對方對她也照顧有加。

「妳跟他們的關係不錯嘛。」

「嗯～～對啊，算是吧。」

她將食指抵住下顎思考半晌，然後發出「啊哈」的笑聲。

「……學長不是教過，會主動請教問題的學妹最可愛？」

「誰教過妳這種東西……」

我承認自己暗示過一色，要善用自身立場的優勢，但我可沒有說得那麼直白——不對，那根本是一色聽過我的話，獨自發展出的理論……糟糕，我好像在不知不覺中養了一頭怪物，那群人會不會因為這個女的而分裂……

「不過照這樣看來，直接把工作交給他們就好啦。我應該派不上用場吧。」

「啊——這個……」

一色突然低下頭，遲遲說不出話，不知是在擔心什麼。我耐心等待她開口，但還是等不到答案。

因為這時，有個人敲了敲我們的桌子。

「伊呂波，這個也交給妳好不好？主要部分我們已經完成了。」

原來是對方的學生會長，玉繩。先前跟一色討論完內容後，他又送來幾張新的資料，看來我們又多了新的工作。

「啊，好！」

一色二話不說接下資料，臉上完全不見先前的陰沉表情。

「那麼拜託囉。有哪裡不懂的儘管來問，我會好好教妳。」

玉繩爽朗地笑了笑，揮手離去，一色也揮著手目送。

「好，我們開始吧！」

一色轉回來後，馬上整理好新的資料，發給所有學生會幹部。

「所以，我們的工作是彙整議事錄。麻煩各位了。」

她把工作一一分配下去，但是大家都沒什麼反應。跟另一邊和樂融融的學生會比起來，在幹勁上有明顯的落差。

不過，對工作充滿幹勁好像比較奇怪。不對，這種想法也很奇怪。面對片面性的交辦事項，總武高中這裡顯得興趣缺缺。這肯定不是他們原本所期望的學生會樣貌。

我也跟一色拿了一份議事錄，另外還有之後的計畫表，以及確認工作進度的核對單。我們當前的工作，正是完成這些資料。

大家開始埋頭默默工作。

過一會兒，我們這邊的一個人站起身，把資料遞給一色。

「會長，這樣可以嗎？」

「啊，請稍等我確認。」

一色接過資料時，表情有些生硬，遞出資料的男生也張開嘴巴，似乎想說什麼。

「嗯——關於這件工作……」

「是……」

「算了，沒什麼……」

這位學生會幹部把話吞回去，別開視線，僅小聲說一句「麻煩了」，便走回自己的座位。

我看著他離去，心想那個人有點眼熟。一色看出我在想什麼，壓低聲音告訴我：

「他是副會長。」

這時我才恍然大悟，原來是二年級的……雖然不知道名字，我好像在校內看過他，想不到那個人就是學生會副會長。沒辦法，大家通常只記得會長是誰，底下的人幾乎都懶得去看。

副會長跟我同一個學年，難怪一色對他說話時，語氣很恭敬。

這種感覺滿複雜的。屬下比自己年長的話，做起事來總是綁手綁腳；見到上司比自己年輕，又會覺得哪裡不太痛快。我之前在便利商店打工時，也碰過比自己大的新人，真的有夠麻煩，教他工作內容時，得不斷留意自己的態度，對方好像也不是很服氣……

即使是深受前輩喜愛的一色，也必須面對這個難題。

「滿辛苦的呢。」

「嗯……他好像不太喜歡我。不過，剛開始難免會這樣，日子久了之後，總是能習慣的。」

一色的臉上閃過陰鬱，但又隨即展露那我所熟悉、帶有挑釁意味的笑容。

大家一開始便好好相處，的確是一件難事。或多或少的爭執、摩擦、意見不合是必然的。

反過來說，這也代表著發展性。正因為是起步階段，他們還有各種改變的機會，而不會演變成某個已經陷入封閉的教室。

「學長？」

耳邊傳來一色的聲音，我才猛然抬起頭。一色大概是見我停下手邊的工作，疑惑地看過來，我趕緊提筆繼續書寫，隨意找個話題開口，掩飾剛才的沉默。

「話說回來，我們還要在這裡做多久？」

「嗯……快到結束時間了。」

我追隨一色的視線，看向掛在門口旁的時鐘。時間已經差不多，留在學校參加社團的學生，應該也都回去了。

這時，時鐘底下的門開啟。

「喔，很認真嘛。」

來者是穿著白色西裝的平塚老師，她晃著烏黑長髮，「喀、喀」地踩著高跟鞋走過來。

「老師。」

正當我為老師的出現感到納悶，她先不滿地嘆一口氣。

「這份工作好像也落到我的頭上，真受不了……為什麼年輕菜鳥的工作只會越來越多？」

是啊，平塚老師，您還年輕——我忍不住用溫柔的眼神看向老師，她也用略帶柔和的眼神看過來。

「……比企谷，只有你一個人？雪之下跟由比濱呢？」

平塚老師將我的存在視為理所當然，另外兩個人則是不用叫也會出現。這麼說來，也就是說，她原先打算讓我們以社團名義接受一色的委託。如果維持過去的情況，要求一色參與籌備這次活動的人，正是平塚老師……

然而，現在已不復如此。我們的確有可能以侍奉社的名義接下委託。

「喔，其實，這次只有我以個人身分來幫忙。」

我稍微瞄向手邊的資料。

「嗯……」

平塚老師看著我做事情，沒有多說什麼，我也不加以解釋，繼續手邊單調又沒什麼意義的抄寫工作。

「……好吧，無妨。」

老師輕嘆一口氣，來回打量我跟一色。

「不過，比企谷跟一色啊……這個組合挺有趣的。」

「那是什麼意思……」

我不覺得老師的擅自配對很有趣，一色也抱持相同看法，擺出「噁～～」的表情以示強烈不滿。我說一色，妳不覺得那個反應很傷人嗎……

平塚老師看著我們的臉，愉快地笑道：

「只是有點這麼覺得。好啦，時間已經差不多，之後的留下次再做，東西收一收準備回家。對方也差不多要回去了。」

我看向海濱綜合高中的座位，他們已經在收拾東西。

「嗯，那我們也收工吧～」

一色這麼交代，其他幹部們紛紛開始整理物品。接著，她又用老師聽不到的音量，湊到我的耳邊悄聲說：

「我跟對方的學生會吃完飯後再回家，學長先走沒關係。」

她沒有考慮過邀請我加入嗎……太好了！一色真瞭解我！

「好，那我走啦。」

「嗯！學長，明天之後也拜託囉！」

一色俏皮地對我敬禮，我稍微舉手回應後，往門口走去——啊，等等，有一件事差點忘記問。

「對了，明天也是差不多相同時間開始嗎？」

「對，大致上都是那個時間。」

「好，瞭解。」

從海濱綜合高中到這裡，多少要花些時間，所以會議稍微晚一點才開始。這樣的話，等於總武高中的人多出一段零碎時間。

我思考著如何打發這點零碎時間，步出公民會館。

×　×　×

幸福在哪裡？

幸福在暖被桌裡。

「啊，哥哥，歡迎回來～～」

結束漫長的一天回到家裡，便看到小町出現在客廳。她的雙眼渙散，彷彿隨時會睡著。

為什麼會這樣？因為不知從什麼時候開始，客廳裡多了一個暖被桌。

復活之日終於來臨了嗎……暖被桌是惡魔的產物，專門用來量產廢人。趁著冬天送一堆暖被桌給敵國，肯定能輕鬆攻破他們。

「小町，不要窩在暖被桌裡念書，小心越念越想睡，睡著的話還會感冒。在裡面待太久只會變成廢人。」

我苦口婆心地勸告，小町卻賞過來一個白眼。哎呀，討厭～我的妹妹難道進入叛逆期了嗎？

「哥哥自己還不是往裡面鑽……」

哈哈哈，小町，妳在說什麼傻話？我怎麼可能鑽進……哇喔！為什麼一回過神，我已經窩在暖被桌裡了！

沒有啦～只是演一齣無聊到爆的戲。我怎麼可能不想鑽進暖被桌？

……好溫暖啊～

結束漫長的一天，沿著寒冷的夜路回到家後，接受遠紅外線的照射真是舒服得不得了。我懶洋洋地伸出雙腿，碰到某個柔軟的物體。

不知名的柔軟物體慵懶地攀上我的腳。原來這個東西有自己的意志……是小町的腳嗎？我看向小町，她跟我對上視線，嘴角揚起笑容。

兄妹在暖被桌底下把腳互相交纏、你儂我儂……最近，妹妹的樣子有點怪？不對不對，我要說的是「討厭啦～超難為情的！」這個傢伙真愛撒嬌。

我把腳往外推，要小町別再勾上來，柔軟的觸感也跟著離開。

接著，某個東西從暖被桌裡鑽出。原來是家裡的貓，小雪。搞了半天，攀上我的腳的不是小町，而是這個傢伙。為什麼貓那麼喜歡把別人的腳當成靠枕？

小雪走出暖被桌，用力伸展身體，「哼」地噴一口氣。你是剛洗完三溫暖的大叔嗎？

接著，牠對我的臉噌一聲，藉此表達被我踢出去的不爽。等等，牠也可能是嫌我的腳臭……我不禁緊張起來，別再擺出那種反應好不好……

「哥哥，為什麼要一直瞪著小雪？」

「沒什麼……」

小雪離開暖被桌，但還是想找地方取暖，於是跳到小町的腿上，蜷起身體開始打盹。已經睡一整天了，現在還要睡嗎？唉，當貓咪真好。我也好想過那樣的生活。

小町撫摸身上的小雪。啊……那樣摸的話，小心牠從此黏在妳的腿上，不肯下來喔……

我看著小町，忽然想起一件事。

「對了，小町，請解釋一下這是什麼？」

我掏出放在制服口袋一整天的信，小町以不打擾到小雪的方式，稍微湊過來研究這封信，然後一派輕鬆地回答：

「嗯？就是字面上的意思啊。」

「喔……」

所以她真的想要白色家電……不是我在說，我的妹妹究竟是怎麼回事……

她哼著歌撫摸小雪，沒有針對我的疑問繼續說明的意思。

……好吧，再追問下去，到時候觸及後面那行字的話，我自己也很尷尬。不如

把這份清單做為參考，另外思考給小町的聖誕禮物。

兩人不再多開口，只是發著呆，任憑時間靜靜流逝。

過了一陣子，小雪倏地爬起身，用後腳搔搔耳朵，帶著認真的表情離開客廳，往大門口走去。

八成是母親回來了。

我們家的貓很厲害，母親跟小町回家時，牠會到門口迎接。順帶一提，換成老爸跟我回家時，牠則理都不理。

不一會兒，大門「喀嚓」地開啟，一陣「咚、咚」的上樓聲後，母親在客廳現身，小雪也跟在她的後面。

「我回來了——啊~好累~」

她把包包隨手一放，仰頭灌一口下班回家路上買的咖啡。小町跟我見母親疲憊的模樣，開口：

「媽媽，歡迎回來——」

「辛苦啦。老爸呢？」

我之所以這麼問，是為了向老爸索討小町的禮物錢。對於這個問題，母親也露出「我不知道」的表情。

「好問題……」

「什麼好問題……」

Hey hey hey，這位 mother，you 不是 my father 的 wife？有必要加上「sir（註17）」這種尊稱嗎？還是說，妳只是單純對妳的 husband 漠不關心？

「他最近有一堆事趕著做，應該很難離開公司吧。我自己也得把工作帶回來繼續做。」

母親連解釋都省去，一派自然地回答。看來與其說是漠不關心，這對她而言早已是家常便飯，所以壓根兒沒放在心上。有道理，雖然不同職業的狀況不同，每次到了年底，上班族都忙得要命，聖誕節來臨之際也得繼續工作，這種日子誰受得了？我更加堅定自己的意志，要當個能在聖誕節好好跟家人度過的大人，以後絕對不出去工作。這時，母親忽然想起什麼。

「對了，八幡，你好像沒什麼事，去幫忙訂一份炸雞桶，還有蛋糕。」

「啊？」

為什麼要我訂？還有，不要老是以為我閒閒沒事做好不好——我把以上這一長串抱怨簡化為「啊？」那為什麼整句話裡面沒有半個「啊」的音？

「之前都是拜託小町，可是今年……」

「啊，也對。好啊，那給我錢。」

既然是那個理由，我當然不吝於跑腿。雖然之前沒特別想過，我考高中的時候，小町的確幫了許多忙。而且，平常都是由她負責大部分的家事，現在輪到她應

註17「sir」與「さぁ（譯：好問題）」同音。

考，那些事情自然應該交給我做。

小町聽到這裡，也加入對話。

「這種小事，小町來就好了。」

母親只是笑著揮手。

「不必不必，我們因為工作的關係，已經帶給妳不少負擔，偶爾交給哥哥去做沒關係的。」

不不不，妳錯了。我當然也願意做家事，只不過，當我心中想著「做家事」的時候，事實上已經把家事做完了（註18）！（經由小町之手）

家裡有個能幹的妹妹是件好事，但也非常辛苦——我打算這麼為自己辯解，但母親絲毫不在意我的反應，從包包拿出錢包。

「啊，我今天忘記去提款，下次再給你。」

「喔——」

我簡短回應後，母親打一個呵欠，說「那就拜託囉」，按著肩膀的關節走出客廳。

小町看著她疲憊的身影，嘟噥：

「何必在意小町的事情……」

註18　改寫自《JoJo的奇妙冒險》第五部「黃金之風」臺詞。原句為「當我們心中想著『殺』的時候，事實上已經把對方殺死了」。

「別這麼說，那就是父母心。妳別想太多，好好加油吧。」

她聽了我的話，蹙一下眉毛，接著用苦笑帶過。

「嗯……那種說法有點……」

「啊，抱歉。因為我想不到別的說法。」

我反射性地脫口說出「加油」這個字眼。身為準備考試的人，這句話想必早已聽到膩。再說，我的笨蛋妹妹也非常努力了。

對於已經非常努力的人，實在不應該再說「加油」。而且由我這個不怎麼努力的人來說，搞不好只會讓她覺得火大。

我發出沉吟，思考該怎麼幫小町打氣。小町這時微笑說道：

「哥哥，這種時候可以說『我愛妳』。」

「對喔。我愛妳，小町。」

「雖然小町不愛哥哥，還是謝謝囉！」

「好過分……」

我頓時湧出淚水。哥哥可是全心全意說出這句話的耶！我還讓煞車燈閃了三下（註19）妳知不知道！

小町愉快地笑過後，起身回去自己的房間用功。

註19 出自美夢成真「未來預想圖II」之歌詞：「送我下車後，你目送我走過轉角，總會閃三下煞車燈。這是『我・愛・妳』的暗號」。

「好，心情轉換得差不多了。」

「很好很好……」

「哥哥也應該轉換一下心情喔。覺得快喘不過氣的話，可以做一點其他事情散散心。」

「那是……好吧，的確。」

我原本想說的是：「那是逃避用的藉口吧」。

然而，一想到某個人也像這樣，不願意正眼面對，我便沒辦法理直氣壯地說出這句話。

3

反反覆覆，比企谷八幡捫心自問

放學後，我留在教室大大地嘆一口氣。

今天也得去公民會館，協助一色跟他校籌辦聖誕節活動。

我並不排斥這件事本身。

雖然沒什麼參加的動力，現階段大部分的工作都由海濱綜合高中負責，所以我們只需負責他們交辦的事項。那群人進行腦力激盪、熱烈討論，一副幹勁十足的樣子——不用說，在座的那群人都是「菁英」。

真正讓我在意的，是我們學校的學生會。根據昨天的在場觀察，他們似乎還沒辦法好好合作。

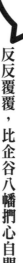

主要的原因，在於一色與其他幹部的距離感。

由一年級學生擔任會長，是個意料之外的棘手問題。雖然我們只差一歲，這一歲在高中裡，可是代表整整一學年的落差。不同年級間互相顧慮，會造成溝通上的阻礙。

這是他們學生會內部的問題，能解決的話當然再好不過，我個人對此沒有置喙的餘地。畢竟連一個只有三個人的社團，我都使不上任何力。

而且，他們目前沒有什麼大問題，只要撐過聖誕節即可。

這一批學生會剛上任不久，他們早晚會懂得死心——更正，是早晚會適應。

想到這裡，我又嘆一口氣。

在會議開始前的短暫時間，我都是在社辦打發。

既然瞞著雪之下和由比濱幫忙一色，便還是得去社辦露一下臉，否則就這樣不聲不響地消失，反而會讓她們起疑。

那間社辦早已空無一物，最好不要再帶什麼東西進去。

先去社辦露個面，再去某個神祕的地方工作啊……侍奉社這裡固然沒有什麼事，待命本身即為活動的一環。說不定這比我想的更加辛苦。

不知不覺中，我已經發動之前習得的固有結界「無限兼職—— Unlimited Double Works——」。總覺得自己即將展開奇妙的雙重生活……

我嘆最後一口氣，打起精神從座位上起身。

由比濱已不在教室。我總不可能每天跟她一起去社辦，我們說不定都認為彼此一定會過去。以前是如此，之後也是如此。

我離開教室，沿著走廊往特別大樓走去。

天氣越來越寒冷，這點無庸置疑。但如果只是短短的一兩天，絕對感受不到這麼劇烈的變化。

例如我現在身處的走廊，嚴寒的程度便跟昨天差不多。

在平凡的日子裡，我們難以察覺原本深秋的涼意，在什麼時候變成冬天的酷寒。

因此，位在走廊另一端的那間社辦，也會比昨天又冰冷一點。只不過，我們察覺不出那麼細微的變化。

我打開門，進入室內。

「啊，自閉男。」

「嗯。」

我簡單向由比濱和雪之下問候，坐上自己的座位，隨意環視一下各處。

雪之下繼續看自己的文庫本，由比濱盯著手機螢幕，大家果然跟昨天沒有什麼不同。

一個人坐在靠窗戶的一側，一個人坐在相距不近也不遠、若即若離的位子，另一個人坐在靠窗座位的對角線、朝著不同地方的座位。

其他椅子跟未使用的桌子堆在一起。

桌面積著薄薄的灰塵，看完的書本堆成小山，這些在在提醒我們時間的經過。

由比濱對雪之下說話，兩人的互動如同以往。我聽著她們漫無邊際的話題，拿出自己的文庫本。

這麼多天下來，我們不斷重複這樣的日常。

我找不出哪裡不自然，或是稱得上改變的現象。

真要說的話，只有我看時鐘的次數增加。

我固定整個上半身，僅轉動眼睛偷偷往上看，以免讓另外兩人發現我一直注意時間。

在不知道是第幾次窺看時鐘後，異常緩慢的分針終於爬到我等待已久的位置。

由比濱跟雪之下進入新的話題，其中一人說得很高興，另一人靜靜地微笑。我看著她們，緩緩吐一口氣。

「……啊，對了，今天我想提早回去。」

我輕輕闔起文庫本，雪之下跟由比濱中斷話題，轉頭看過來。

「咦？」

由比濱望了望窗外的天色，現在離傍晚還有一些時間，照理來說，還不到解散的時候。

她似乎覺得事有蹊蹺，用疑惑的表情問道：

「今天這麼早回去，怎麼了嗎？」

「……是啊，家裡要我去訂炸雞桶。」

我腦筋轉得快，立刻想到理由。事實上也的確是如此，今天回家時，就順路繞去肯德基吧。

由比濱聽了，點頭表示理解。

「喔，這樣啊。」

「嗯，今年聖誕節要吃的。聽說那個炸雞桶很受歡迎，最好早一點訂。去年就是交給小町負責。」

「也是，小町快要考高中了呢。」

雪之下也接受這個說法。

「是啊，所以先走囉。」

「那麼，明天見。」

我起身後，由比濱開口道別，雪之下也說「代我向小町問好」。我稍微揮手表示知道，隨即走出社辦。不一會兒，留在室內的由比濱便談起小町的考試。

走廊上悄然無聲，所以即使隔著一扇門，還是依稀聽得見社辦內的談話。我懷著剪不斷的心情，離開這個地方。

× × ×

一離開校舍，我立刻前往公民會館。

在停放處停好腳踏車後，我走個幾步，重新背好算不上沉重的書包。

準備走進大門口時，背後傳來某人的跑步聲。

「學——長——」

小小的衝擊伴隨聲音從後面襲來，我根本不用想便明白是誰。全校會叫我學長的只有一個人，而且除了我妹妹小町，也只有一色伊呂波會像這樣撲上來。

「嗯。」

回頭一看，果然是一色伊呂波。她不悅地鼓起臉頰，稍微瞪我一眼。

「反應太平淡了吧……」

「誰教妳那麼喜歡裝可愛……」

再說，我早已被小町訓練到對這種狀況見怪不怪……

「討厭～人家明明很認真耶～」

一色單手按住臉頰害羞起來。夠了夠了，妳不用特地裝可愛給我看……我看向她手上的袋子，今天果然也買了不少點心跟飲料。

我默默伸出手，暗示她把袋子拿過來。

她看到我的手，先驚訝了一下，接著發出咯咯輕笑，將袋子交給我，然後開玩笑說：

「學長，我覺得你這樣做也很故意喔……」

「討厭～我明明很認真耶～」

我的好哥哥技能又在無意間自動發動，哀哉比企谷！如果我真的別有意圖，一定會害羞得掌心冒汗。啊，這樣一想，我的掌心真的開始冒汗了。

我們邊走邊聊，進入昨天的那間講習室，兩邊學校的學生會都已到齊。

「嗨，伊呂波。」

「你辛苦了～」

海濱綜合高中的學生會長──玉繩舉手向一色招呼，一色回禮後，走到昨天的位子坐下，我也緊跟在後。

今天我們似乎最晚抵達。所有人陸續就座，一起看向玉繩。

「那麼，我們開會吧。請多多指教。」

玉繩發號施令，會議正式開始。

他先用 MacBook Air 確認我們昨天整理的會議記錄，在鍵盤上敲敲打打，然後大概是眼睛疲勞，捏了一下眉間。

「嗯……還有一小部分沒確定下來，所以我們先繼續昨天的 brainstorm。」

等等，何止一小部分？昨天開會根本沒討論出什麼內容吧？結果我們只好把議事錄寫得語焉不詳，如同文字版的抽象派作品。

我在心中盼望今天能寫出像樣的議事錄，專心聆聽大家發言。

首先由海濱綜合高中發言。

「這是難得的機會，不如把活動辦得盛大一點？」

「沒錯沒錯！這種活動當然辦得越盛大越好！」

這個聲音很耳熟，我將視線移過去，看見折本整個人往前傾，大大地表示贊成。玉繩也露出沉思貌，瞅著眼前的 MacBook Air。

「……的確，以目前歸納的結果來看，是小了一點。」

你說什麼？已經歸納出結果了？我低頭檢查議事錄，只看到「用戰略性思考進行 logical thinking」之類的內容。

他們該不會在我不知情的情況下，達成什麼結論吧？我不安地詢問一色：

「喂，我根本不知道要做什麼……」

「……是啊，因為還沒討論出任何具體內容。」

一色無奈地低聲回答。

目前確定下來的，只有活動日期、地點與目的。

活動日期是聖誕節前夕，地點在這棟公民會館的大禮堂，目的是以促進地方交流、為地方奉獻心力為主旨的志願服務。活動設定的對象是鄰近托兒所的幼童，以及利用日間照護中心的年長者。

然而，最重要的細節仍舊一片空白。

今天大家討論的，正是活動細節的概念與方向，雖然我完全聽不出來。

玉繩大略整理好他們學生會的意見，對一色問道：

「如此這般，我們打算稍微擴大規模，妳認為呢？」

「嗯——」

一色泛起燦爛的笑容，發出曖昧不明的聲音，不置可否。玉繩視她的反應為贊成，同樣回以笑容。

下一刻，旁邊傳來嘆息聲。我側眼看過去，發現是副會長嘆的氣。

我也抱持同樣的想法。

即使是再單調的工作，一個勁兒地追加內容，只會造成我們的困擾。必須在為時已晚前反駁回去。

「一色，再擴大規模的話，時間跟人力都會不夠。」

我自己也只是一個單位人力，說這種話沒什麼說服效果，所以我在一色的耳邊小聲說道，請代表總武高中的她轉達。

不過，玉繩也清楚聽到我的話。

「NO～NO～你錯了。」

他擺出誇張的肢體動作，彷彿除了我之外，還要說給全場的人聽。

「進行 brainstorm 的時候，我們不會否定彼此的意見。要是受限於時間與人力因素，無法擴大活動規模，我們便要討論如何突破這個困難，而不是立刻提出結論。因此，你的意見是不行的。」

這、這樣啊……但你自己還不是一口否定我的意見……

玉繩露出好好先生的爽朗笑容，看著我說：

「大家一起來思考，如何讓計畫變得可行吧！」

已經決定要擴大規模了嗎……

在場沒有人對玉繩的想法提出反對意見。說得更正確些，由於他的那番大道理，現場再也容不得任何反對意見。

接下來的時間，眾人著眼於如何擴大規模、增加可行性，提出各式各樣的想法。

「號召地方上的社區一起加入。」

「那就要想辦法填補不同世代的斷層。」

我姑且把這一項寫進議事錄，但之後又出現實在不知道要不要記下來的內容。

「不然，邀請更多附近的高中參加？」

這是海濱綜合高中提的新點子。喂喂喂，為什麼自以為（笑）的傢伙老是喜歡跟別人合作？他們該不會幻想，哪天自己的意識高到進入新次元，能成為資訊統合思念體（註20）之一吧？

回到正題，增加參與的學校數沒有什麼好處。目前才兩間學校，便已經沒辦法達成共識，要是再加進更多人的意見，只會沒完沒了，並且導致工作量增加。這個情況說什麼也得避免……

但是，單純否定他們的意見，肯定會再被打回票。不想被打回票的話，我應該怎麼做？

……沒辦法，我也只能乖乖依照他們的規則，用委婉的方式提出否定意見。這

註20　出自《涼宮春日的憂鬱》，由宇宙中各種資訊結合後產生的意識體。

樣的話，發言一下子冗長許多，恐怕沒辦法請一色代為發言。

「我有一個 flash idea，跟你們剛才的提議正好 counter。讓兩校之間的合作更密切，促使 synergy 效果達到最大，說不定更為理想。不知你們覺得如何？」

我模仿玉繩的說話方式，在字裡行間穿插看似專業的英文。海濱綜合高中一方見意想不到的人突然開口，陷入一陣騷動。坐在斜對面的折本也睜大雙眼，愣愣地看著我。

不過，現在我的眼中只有一個人。

開口一定要溜英文的玉繩聽了，果然上鉤。

「……原來如此。那麼，我們不要找高中生，改找大學生好了。」

可惡，失敗了嗎！再這樣下去，將越來越難掌控局面，必須追加攻擊才行。

「不，等一下。那樣會喪失 initiative。就算要找能取得 consesus 的 stakeholder，也要挑選能提出明確的 manifest，並且堅持到底的 partnership……」

「學長，你在說什麼東西……」

一色滿臉錯愕。老實說，連我也不知道自己在講什麼。manifest 絕對跟今天的主題扯不上邊，但現在也只能用這一招。

儘管千百個不願意，我硬是提高句子中的英文比例。多虧如此，玉繩總算點頭表示理解。

「有道理。那麼……」

很好很好，看來他這次真的聽懂了。搞了半天，原來只要好好說，玉繩也是也有辦法溝通的嘛～這傢伙真是個好人！結果，這次又是我贏了嗎？真想嘗嘗失敗的滋味。

很遺憾地，勝利的喜悅維持不了多久，玉繩便豎起食指，提出另一個想法。

「這附近的小學怎麼樣？除了跟我們同年紀的高中生，說不定還可以反其道而行。」

「……啥？」

你知不知道自己說了什麼……由於太過唐突，我的腦筋一時轉不過來，玉繩相當滿意這個提議，繼續發表高論：

「嗯——這正是所謂的 game in education 吧。如果能達到寓教於樂的效果，即可借助地方小學的力量。」

「win-win 結果。」

對方學生會的某人贊成後，折本立刻雙手一拍，指著他說道：

「沒錯！win-win！」

這到底哪裡 win-win 了……

不只是折本，其他人也大多贊成。玉繩滿意地點點頭，把提案視為可決，開始下達今後的指示。

「跟小學的 appointment 和 negotiation 由我們負責，之後則希望交由你們總武高中處理。」

他笑著看向一色。

一色發出「嗯～～」的沉吟，維持曖昧態度，不講明好或不好。她本來便不對這場活動很有興趣，不斷增加的工作只會造成負面印象，從而產生現在的躊躇。

「如何？」

玉繩再度向她確認。

「……是，我知道了。」

一色這才綻開燦爛的笑容答應。

對方的年齡比自己大，而且同樣擔任學生會長，難怪一色沒辦法輕易拒絕。我猜到今天之前，她也在這種情況下被迫接受一堆意見。

我可以預見我們的工作越來越多。

聽到副會長又嘆一口氣，我自己也忍不住想嘆氣。不要老是嘆氣好不好！說是這麼說，對方一直交派工作，的確也很讓人火大。

我決定賭上最後的翻盤機會，看能不能減輕一點工作量。為了不要工作，付出多少勞力我都在所不辭！

「等一下，這個能由我們自己決定？」

「由我們發揮 initiative，不是更有意義嗎？」

玉繩撥了撥瀏海，一派輕鬆地回答我的提問。跟這個傢伙說話，只會讓自己越來越頭痛……我按著額頭，繼續說：

「不是那個意思……假如請小學生來幫忙，活動當天總不可能叫他們別來。到時候，場地可能容不下那麼多人。」

在會議初期階段，大家便決定以這棟公民會館為活動場地，這項結論已經不容變動，因此，可參加聖誕節活動的人數有其上限，我們不能毫無限制地放大家進場。

一色聽了，也點點頭。

「啊——有道理～而且，我們也不確定托兒所跟日間照護中心有多少人要參加。」

原來你們連這個都還沒確認……在擴大活動規模之前，明明有一堆事情必須先做好。但玉繩仍然不罷休，將我們的意見列入考量，堅持自己的那套做法。

「嗯——那麼，先確認看看，最好是能順便討論其他事項。然後，小學生也是先確認參加人數再開始聯絡。」

不管怎麼樣，行動方針就此確定下來。

總武高中跟海濱綜合高中分頭負責托兒所及日間照護中心，再加上與小學的交涉工作。

唉，沒辦法……至少參加人數已經有了上限，到時候不必應付一大群不知道有多少的人，姑且當做好事吧。

八幡，就是這樣！不論何時何地，都不要忘了「尋找快樂的遊戲（註21）」！

註21　出自動畫《小安娜》之劇情。

會議——更正，是腦力激盪告一段落，大家分頭進行各自的工作。

「嗯——我們要怎麼做呢？」

一色把學生會跟我聚集起來，第一句話便這麼問。

「這裡還有其他工作要做，所以我想分成去托兒所的一組，跟留在這裡寫議事錄的一組……」

沒有錯，不過是去托兒所詢問幾件事情，不需要大家通通出動，最好是把人數壓到最低。現在的問題，在於由誰出馬……好吧，老實說，這也不是什麼需要討論的問題。

在我開口之前，副會長先一步難以啟齒地出聲：

「交涉工作應該還是由會長出面比較好……」

「啊，嗯……是、是啊，沒錯……」

一色聽了，洩氣地垂下肩膀。沒辦法，既然要對外交涉，我方當然得推派能代表團體的人物。所以事實上，一色現在要做的不是討論由誰去跟托兒所交涉，而是為留在現場的學生會成員分配工作。

副會長似乎也這麼想，委婉地補充：

「嗯……而且，不只這件事，其他還有很多……」

「是啊……沒錯。」

副會長見到她的態度，輕輕嘆了一口氣。

啊——我終於明白，他為什麼要在會議上嘆氣。

副會長跟我不同，他不是對不斷增加的工作感到不滿。

他不滿的對象，是一色伊呂波。

原來如此……從不好的角度看來，這種感覺像極了包商底下的轉包商。

以副會長為首的學生會成員，希望一色伊呂波表現得像個學生會長。

然而，一色本人處處讓著對方學校的學生會長，一味地接受他的意見。再加上一色是一年級學生，她還處處顧慮著比自己年長的學生會成員。

其他學生會成員想必希望她不要顧慮這些，努力盡到學生會長的職責。

話雖如此，一色不可能不顧慮彼此的長幼順序，此乃人之常情。他們唯一能做的，是在這種曖昧的距離感中繼續摸索，直到找出答案。

不過，既然是我說服一色擔任學生會長，我當然也得負起部分責任。在籌備聖誕節活動的期間，我必須好好地提供協助。

「一色，我跟妳一起去，剩下的工作交給其他幹部。」

我轉向副會長，用眼神詢問他「這樣子如何」，副會長點頭同意。一色見了，稍微放下心來，表情也柔和了一些。

「好。那麼，就照這樣進行。我先打個電話。」

她說完後，隨即拿出手機撥電話。儘管待會兒只是去托兒所簡單打個招呼，也應該事先知會一聲，而非不聲不響地跑過去，讓對方措手不及。

等待的期間，我無事可做，於是把腦袋放空。這時，視線一隅出現熟悉的身影。

折本走過來，輕輕舉起手打招呼，說道：

「比企谷，你國中時參加過學生會嗎？」

「沒有。」

我跟折本明明念同一所國中，她怎麼可能不知道這種問題？但是，仔細想想，我自己也沒有半點印象，當時的學生會是哪些人組成。沒有印象的話，代表他們沒在我的心中留下創傷，說不定是一群好人喔！既然是一群好人，卻對他們沒有半點印象，我不禁感到一陣愧疚。

折本也在自己的記憶中翻找一陣，不停「嗯、嗯」地點頭。

「我想也是。不過，總覺得你很熟練。」

「哪有。」

儘管嘴巴上否認，在這將近一年的期間內，我經歷過校慶、運動會之類大大小小的活動，因此累積了不少經驗值。跟過去比較起來，現在我對這類工作的抗性的確提高許多。

「好啦，不說這個了。你為什麼要來幫忙？」

「因為有人拜託。」

「嗯──」

折本聞言，盯著這裡尋思一會兒，讓我有點不知所措。我扭動身體，打算避開她的視線。下一秒，耳邊傳來意想不到的問題：

「跟女朋友分手嗎？」

「啊？」

這個女的到底在講什麼，完全搞不懂她的目的……我反問回去，她瞄一眼正在稍遠處講電話的一色。

「只是在想，你該不會打算對一色下手。」

所以，這個女的到底在講什麼……一色的長相可愛歸可愛，我這種人可是高攀不起。再說，她也不是讓我起非分之想的類型。

「沒有這種事……我也從來沒交過女朋友，哪來分手的說法？」

為什麼我得跟以前告白過的女生講這些事？這是什麼穿越時空的嶄新霸凌手法不成……在這種情況下竟然還能誠實回答，我真是太喜歡自己了。如果我活在日本民間故事中，肯定會成為人生勝利組——啊，不對，我沒有養狗，臉上也沒有肉瘤。等等，這兩個好像是不同的故事（註22）？

折本驚訝地眨好幾下眼。

「是喔……我一直以為，你在跟她們其中的哪個人交往。」

我用眼神問折本「她們」指的是誰，折本明白我的意思，轉著豎起的食指補充：

註22　分別出自日本民間故事「開花爺爺」及「摘瘤爺爺」。

「上次一起出去玩時，碰到的那幾個。」

我跟折本一起出去玩，只有那麼一次，而且不是我跟她單獨出遊，葉山跟折本的友人也在場。說得更正確些，我不過是個湊人數用的電燈泡。

當時在葉山的策劃下，折本與她的朋友跟兩個女生見到面。那兩個人正是雪之下跟由比濱。

折本現在說的，想必是她們兩人。

「我們……只是同一個社團。」

我一下想不出如何正確描述我們的關係，儘管我自認老實地回答了問題，這個答案正不正確，卻又留下問號。對於「同一個社團」的意義，我究竟理解到多少程度？正當我打算繼續思索，便被折本不知是訝異還是佩服的聲音打斷。

「咦～原來你有參加社團。什麼社？」

「……侍奉社。」

雖然想不出該怎麼解釋，要是隨便掰出一個答案，到時候她越問越多也很麻煩，於是我照實回答。折本聽了，噗哧一笑。

「那是什麼社團？從來沒聽過。感覺超好笑的！」

「不，沒什麼好笑……」

折本開始捧腹大笑。好吧，乍聽之下，這個社團的確讓人摸不著頭緒。但是，一點也不好笑。

沒錯，我根本笑不出來。

×　×　×

一色用電話聯絡完畢後，我跟她一起前往托兒所。這間托兒所幾乎就在公民會館的隔壁，不需走幾步路即可抵達。再加上這裡屬於市立性質，對於我們透過校方提出的企劃，也很快進入狀況。

由於一色先行知會，我們很快便被引領入內。

看著許久未見的托兒所景象，聞到飄在空氣中的奶粉香，我湧起一股懷念之情。我們經過類似教室的地方，從玻璃窗看進去，裡面的每一樣東西都很小巧，有的小朋友在疊積木、有的在跑來跑去。

牆上貼著像蚯蚓一樣歪歪扭扭的字，以及看不懂在畫什麼的蠟筆畫，四周用色紙做成的花朵和星星點綴。

我自己也念過托兒所，但是對當時的印象非常模糊。那個時候曾有女孩交給我一個鎖扣或一把鑰匙，告訴過我「Zawsze in love」（註23）都不是不可能，可惜我的記憶早已一片空白。

出於某種新鮮感，我發出「喔——」的聲音四處張望，然後隔著玻璃窗，跟教

註23　出自漫畫《偽戀》劇情。

室內的保育員對上視線。

那位保育員馬上跟隔壁的同事交頭接耳，她們用明顯帶著戒心的眼神看著我。

嗯，各位媽媽，這間托兒所的危機管理相當完善，值得推薦喔！

我快步離開現場，對前面的一色說道：

「我在這裡好像不太受歡迎……」

「嗯……學長你的眼神太可疑了……」

一色看我一眼，這麼回答。好過分！人家還以為妳會幫忙說話的！

話說回來，即使她事先打電話知會過，托兒所裡突然出現一個穿制服的高中男生，大家多少會產生戒心。繼續跟在她的後面，一路嚇到更多小朋友、讓保育員起疑心也不是辦法。

「……我還是去那邊等好了。」

我指向走廊上一個小朋友看不到的靠牆位置，一色把手放到腰上，大大地嘆一口氣。

「好吧，這也是不得已。那麼學長，接下來的事我來處理。」

「交給妳囉。」

一色繼續往前走，準備去辦公室洽談。

這樣想想，我都跟到托兒所內了，卻只在這個地方空等，未免也太派不上用場？

我觀察一下四周，看看在一色洽談完之前，可以怎麼打發時間。直接坐在走廊上等待也是一個辦法，但我選擇單獨留下，即是為了避免讓小朋友跟保育員起戒心，這樣做反而會讓自己更可疑，變得本末倒置。

最後實在不得已，我只好站著發呆。

我曾經當過某建案樣品屋的短期工讀生，站在大太陽下持續舉牌子八個小時，所以現在只是在這裡站一下子，根本算不了什麼。我放空腦袋，任憑時間慢慢流逝。舉牌工讀生真的非常辛苦，而且把派遣公司抽成、保險等等的費用七扣八扣之後，實際領到的錢讓我不禁含淚哀號：「天啊，我的時薪太低了吧……（註24）」

相較之下，現在站的地方有屋頂可遮陽，還有牆壁可以靠，時間又短上許多，工作環境真是太棒了……天啊，我的社畜度太高了吧……

就這樣，我不時放空腦袋，不時玩味一些無聊的念頭。忽然間，附近的一扇教室門緩緩開啟。

我看過去，一個小女孩正躡手躡腳地走出教室，去到托兒所門口，開始左看看、右看看。

她一下子踮起腳尖，一下子跳上跳下，很努力地想看到外面，模樣相當可愛。經過一陣努力，確定什麼都沒看見後，她才慢慢踱步回來。

這個小女孩的頭髮黑中帶青，用髮圈在左右兩邊綁成束。天真的表情加上端正

註24　改寫自轉職網站@type網路廣告文案。原句為「天啊，我的年收入太低了吧」。

的五官，不得不說非常討人喜歡。

她一發現我，立刻發出「啊」的聲音走過來。

接著，她握住我的外套衣襬，張開嘴巴抬頭往上看。不妙，會不會有人報警？我如果開口問她怎麼了，會不會被認為在誘拐小女孩？但這裡畢竟是托兒所，沒有其他人在，應該沒問題吧……

「……嗯？怎麼了？」

在這樣的情況下，總不能繼續無視。我盡可能用平靜的語調開口，小女孩開始拉扯衣襬，於是我蹲下身體，讓自己的視線跟她保持水平。小女孩這才不知如何是好地說：

「我跟你說，『ㄕㄚ ㄕㄚ』還沒有來。」

「喔，這樣啊。」

……「莎莎」是誰？年紀小的孩子常常咬字不清，她會不會是在說「媽媽」……小町小時候也常把哥哥念成「呵呵」，害我老是納悶她為什麼一直在笑。

雖然家裡有小町這個妹妹，讓我對比自己小的人產生抗性，但我當時的年紀也沒多大，從來沒應付過眼前這麼小的孩子，所以還是不知道該怎麼應對。不管怎麼樣，先帶她回教室吧，放她一個人在外面晃也不太好。

「莎莎等一下就會來了。要不要先在那裡玩一下？」

我輕輕按著她嬌小的肩膀，帶她到教室門口。這個小孩子倒也聽話，乖乖地跟著走。我正要拉開玻璃拉門時，她又拉了拉我的衣襬。

「啊！你看你看，那個是沙沙喔！」

她指向教室牆上的蠟筆畫，但我根本不知道是哪一張，只猜得出八成是哪個母親的畫像……而且，牆壁上的畫那麼多，怎麼可能找得出來？

「妳說哪一個是莎莎？」

「那個！」

小女孩又指一次貼滿圖畫的牆壁，我當然還是找不到。嗯……到底是哪一張……

我再度彎下身體，看著小女孩的眼睛，對她說：

「……來，這是右邊，這是左邊。」

我依序舉起右手和左手給小女孩看，她點頭後，同樣舉起手學我說：

「右邊，左邊。」

「對，沒有錯。那麼，把右邊的手舉起來。」

小女孩迅速舉起右手。

「把左邊的手舉起來。」

她又很快地舉起左手。很好很好，看來左邊跟右邊分得很清楚。於是，我指向貼在牆壁上的圖畫，問：

「好，現在考考妳，莎莎是從右邊數過來的第幾個？」

「哇！」小女孩一聽到猜謎，眼睛馬上亮起來。她扳起手指，開始數數。

「嗯……第四個！」

「答對了，好厲害喔～」

我輕輕摸一下她的頭。嗯，原來那個就是莎莎……我果然還是找不到在哪裡。不過，陪她玩了一下，至少能讓她稍微轉移注意力吧。

我正要催促她進教室時，背後傳來某人溫柔的聲音。

「京京──」

出現在後面的，是一個超級眼熟的人──我的同班同學，川崎沙希。

小女孩聽到她的呼喚，立刻露出燦爛的笑容，朝沙希直奔過去，撲進她的懷抱。

「沙沙！」

川崎滿臉憐愛地撫摸京京的頭髮，接著用對待可疑人士的眼神看過來。

「……你怎麼會在這裡？」

「嗯……算是工作。」

我很好奇川崎為什麼會在這裡，但是她先一步開口，然後看著我的身後，似乎在尋找什麼。

「喔……雪之下她們呢？」

川崎果然問了這個問題。大體而言，我所說的「工作」不外乎侍奉社的活動。她個人也參與過幾次，所以發現今天只有我一個人時，感到疑惑也是很正常的。但川崎沒問得那麼細，所以我不用特別詳細解釋，而且她要是真的聽到我們內部的事情，心裡也不會太好受吧。因此，我簡單地回答：

「……她們在忙別的，這裡只有我一個人。」

「……喔。」

她盯著我好幾秒，最後僅僅應了一聲，便別開視線。

「那妳呢？」

這次輪到我詢問。川崎將手放上小女孩的肩膀，輕輕握住，略顯難為情地回答：

「我是來……接妹妹的。」

「喔？」

原來她剛才叫的「京京」不是別人，正是自己的妹妹。太好了，有那麼一瞬間，我還以為是女兒呢……

經川崎一說，我才注意到，她們兩人的確頗為神似，看來這個小女孩的日後很值得期待。我唯一希望的就是性格直率些、表現得像淑女些，不然像姐姐那樣的話，實在太恐怖了。

我心懷小小的期盼，來回打量這對川崎姐妹。川崎不知是如何解讀我的視線，有點慌張地開口：

「啊，嗯……這是我妹妹京華……來，京京，趕快跟大哥哥說妳的名字。」

「川崎京華！」

在川崎的催促下，京華精神抖擻地舉起手。

「我是八幡。」

京華充滿精神的聲音，化為流過我心中的一陣暖意。我同樣報上名字後，京華眨了眨大大的雙眼。

「……八……幡？好奇怪的名字喔！」

「啊，喂！京京！」

川崎趕緊出言提醒，但聲音還是很柔和。此刻的川崎不同於往常，給人溫柔大姐姐的印象，跟在弟弟面前出現的戀弟情結又是不同面貌。

「沒關係，我自己也覺得這個名字很奇怪。話說回來，妳真辛苦啊，還要來這裡接妹妹。」

川崎冷淡地回應：

「沒什麼……平常都是父母來接，只有不用去補習班的日子才輪到我。」

「可是我記得，你們家離這裡滿近的。」

我家跟川崎家其實相隔不遠，只不過被分在不同的國中學區。從我們住的地方到這裡，頂多是一、兩個車站的距離，老實說，我不太確定把小孩放在這個地方托管是否合適，但至少絕對算不上就在自己家旁邊。以這個層面來說，川崎也真辛苦。她本人倒是摸著自己的長髮，低聲說道：

「是沒錯，但我們大多開車接送……現在托兒所又很難擠進去，再加上市立的比較便宜。」

「啊——我懂了。」

現在的川崎頗像為一堆事情煩心的家庭主婦。我略帶佩服地看著她，正好注意到她手上的購物袋。川崎該不會先去買晚上吃的菜，再繞過來接妹妹吧？一把蔥從袋子裡伸出來，讓她更有家庭主婦味。

「之前又一直忙著打工，沒什麼機會過來……」

「啊，我想起來了。」

「嗯……」

川崎用溫柔的眼神凝視京華，看到一半又猛然把視線轉過來。

她一副有所顧慮的樣子，不時瞥我一眼，嘴巴也不停蠕動，似乎想說什麼又說不出口。我看即使等到天黑，兩個人只會繼續這樣僵持下去，而且看著她扭扭捏捏，我也不禁開始侷促不安。趕快說點什麼好不好，我都要害羞起來了……

「……到底是怎樣啦？」

「沒、沒什麼。」

經我一問，川崎搖頭否認，背後的長馬尾跟著晃個不停。京華像貓一樣，眼睛緊緊追著那束馬尾，我的視線也受到吸引。

這時，一色從走廊另一端的辦公室出現。

做。

「啊，找到了找到了。學長——」

她結束與托兒所的洽談，完成此地的任務，回來與我會合——雖然我什麼也沒做。

「嗯……請問，我們可以回去了吧？」

一色注意到川崎的存在，謹慎地向我問道。川崎朝一色看一眼，她立刻嚇得僵直身體。沒什麼沒什麼，川崎平常便是這副德行，沒有什麼好怕的～她看起來或許像在瞪人，但也只是這點比較恐怖，基本上算是個好女生。

但要是我真的這樣說出口，川崎肯定會不高興。那麼，該怎麼說才好呢——這時，川崎撥一下頭髮，轉身拉開玻璃拉門，對保育員致意。看來她們也準備要回家。

「……我們走了。」

她把上半身轉過來說道，隨即牽起京華的手。京華握住她的手，再舉起另一隻手，大大地對我們揮舞。

「拜拜——八八——」

「好，再見。」

我也輕輕舉手道別。不過，那種叫法是怎麼回事，記不住我的名字嗎？好歹把別人的名字記起來好不好？千萬不可以隨隨便便，只記得我是八什麼的喔！

我目送川崎姐妹遠去，一色的視線從川崎移到我身上。她猶豫良久，才怯生生地開口：

「學、學長認識的人都很特別呢……」

我不否認這一點。但可別忘記，妳自己也是怪人之一。

× × ×

翌日，放學前的班會課結束後，我稍微伸個懶腰。

昨天的疲勞仍然揮別不去。

儘管體力上沒有什麼問題，空無意義的時間不斷侵蝕我的精神。

昨天最後的成果，是估算出托兒所的參加人數，以及聽取對方的些許要求。更新議事錄固然也是成果之一，但那樣的會議根本沒內容可言。

一想到今天又要重複昨天的循環，我便忍不住打一個大呵欠，「呼啊」一聲把鬱悶排出體外。

我拭去滲出眼角的淚水時，與正要拉開教室拉門的戶塚對上視線。他大概看到了我打呵欠的樣子。

戶塚走回我這裡，用輕輕握住的手遮掩嘴角，露出滑稽的笑容。看到他那樣笑，我覺得自己可能會做出更滑稽的事來……

「你好像很累呢。」

他果然看到了我在打呵欠。

雖然身體多少有些疲勞，我不可能在戶塚的面前表現出來。大聲嚷嚷自己有多累的惹人厭程度，跟拚命強調自己喝太多不相上下。那種行為明明難看得要命，為什麼還有一堆女生喜歡？我反而認為「強調自己不能喝酒」才是接下來的時代寵兒。

我們可以由此得知，現在要表現自己一點也不累的樣子，才會對戶塚有效果！

「我平常便是這副模樣。」

「照你這麼一說，好像沒錯。」

我開玩笑地說道，戶塚也以笑容回應。先前嘆的那一大口氣彷彿從來不存在過，真要說的話，我覺得此刻的自己快發出桃色吐息。戶塚的笑聲是不是有1／f波動效果（註25）？這裡的f當然是指fairy。

戶塚微笑產生的負離子帶給我安慰劑效果。他把背上的網球袋重新背好。

「等一下要去社團嗎？」

「嗯！八幡也是吧？」

「……對啊。」

「？」

我遲了一、兩秒才回答，戶塚不禁偏頭疑惑了一下。我勉強裝出很有精神的樣子，轉移他的注意力。

「好好加油吧。」

註25 1/fluctuation，存在於自然界的波動，能讓人感到舒適。

「八幡你也加油喔。」

「我會的。」

戶塚在胸前輕輕揮手，隨後走出教室。我帶著微笑目送他離去，但是直到他消失在走廊上，自己仍然沒有站起身的動力。

我靠上椅背，望向天花板。

視線範圍內出現由比濱的蹤影。

即使相隔一段距離，我也明白她不安地往這裡窺看，似乎一直等待我跟戶塚的對話結束。

我坐直身體，暗示由比濱「現在可以過來」，她才站起身，略帶生硬地走過來，停在我面前，不太有把握地開口：

「……今天，要去社團嗎？」

這個問題讓我一時語塞。

昨天提早離開社團，讓由比濱擔心了嗎？看著她的表情，我便說不出否定的答案。好好好，我去就是，拜託別再露出小狗般的眼神……

「嗯。那麼，差不多該出發了……」

「知道了！我去拿書包。」

由比濱回去自己的座位，我則先走出教室，在通往特別大樓的走廊等待。

走廊上空空蕩蕩，我趁這個時候思考待會兒的社團跟聖誕節活動。

目前的工作量還不大。

但是考慮到日後的行程，時間肯定會不夠用。為了確保足夠的準備時間，接下來可能得超前進度。

這樣一來，我勢必得在某個時間點，向侍奉社請假。

然而，我不希望做到這一步。可以的話，最好還是繼續參加社團。那麼只能像現在這樣，在社辦坐一下便提前離開。

想著想著，腰部忽然受到一陣柔軟的撞擊。搞什麼，會痛耶……我轉過頭，看見滿臉不高興的由比濱。原來剛才是她用手上的書包撞過來。

「為什麼要先走？」

「哪有，我明明在這裡等。」

我們往侍奉社辦前進，同時上演跟之前一模一樣的對話。兩個人如同往常地炒冷飯，有如事先說好似的。那段時間再度開始，我不禁覺得這一切都理所當然。

若要說有什麼不顯眼的變化，大概就是多出一色的委託。今天也先跟由比濱說一聲自己會早退好了。

「……啊，對了。今天我可能也要提早回去，接下來的一段時間都會這樣。」

「嗯。」由比濱頷首，問道：

「去幫忙伊呂波嗎？」

這句話讓我大吃一驚。

「……妳已經知道了？」

「看你那個樣子，多少會知道吧。」

由比濱用一串笑聲帶過。

有道理。社團裡只有我臨時早退，白天在教室又顯得疲憊，難免被人察覺是否有什麼隱情。我不禁為自己的思慮不周感到厭惡。既然由比濱察覺到，另一個人知情也沒什麼好奇怪。

「雪之下也是嗎？」

由比濱的視線飄向窗外。

「嗯，這個嘛……她沒有提到你的事。」

我無法得知她的表情，但是，她微弱的聲音彷彿不允許我追問下去。這個曖昧不清的回答，正如同我們當前的狀況。我有一種感覺，大家現在唯一考慮的，都是避免說出決定性的話語。

接下來，我跟由比濱再也沒有對談。

僅有腳步聲在寂寥的走廊上迴盪。

由比濱仍舊看著窗外。

我也看向另一邊的窗外。

隨著冬至接近，太陽越來越早西沉，特別大樓不容易照到陽光，更是比以前陰暗。

進入陽光照不到的陰影處，由比濱兀自低語。

「……你還是打算，一個人做？」

在昏暗當中，我仍然清楚看見由比濱的臉龐。她低垂悲傷的眼神，無力地咬著嘴唇。當初之所以決定如此，明明是為了不讓她露出那種表情……

我快步向前，急欲甩掉胸口被緊緊揪住的感覺。

「這只是因為我有非做不可的事，妳用不著在意。」

「我當然會在意……」

她困惑地笑了笑。

看到那副笑容，當時的問題再度浮現腦海。

——我是不是搞錯了什麼？

在那之後，這個問題一直在腦海徘徊。而今，我已經得出答案。

我想我一定搞錯了什麼。

學生會選舉後的每一天，都清楚地這麼告訴我；由比濱悲傷的微笑這麼提醒我；雪之下死了心似的眼神，也讓我不得不面對這個現實。

因此，我必須負起責任。為自己的行為負責，是再自然不過的道理。

為了導正自己犯下的錯，我不能依靠其他人。要是再度造成別人的困擾，我可承擔不起。隨隨便便依賴別人，犯下更多錯誤，讓對方的努力化為烏有，是對信任關係的最大背叛。

若不想再釀成失敗，便得基於原理與原則，思考自己該採取的行動。現在的我不能讓由比濱產生不必要的擔心。

「跟我比起來，還有其他事更需要在意吧。」

我嘆一小口氣，稍微揚起嘴角。儘管這樣做很奸詐，我還是轉移了話題。

「嗯……」

由比濱微弱地應聲，再度垂下視線。

我們踩著沉重的步伐繼續前進，宛如在煤焦油裡行走。

在遠遠不及以往的速度下，侍奉社的大門終於出現在眼前。

社辦的鎖應該已經打開。只有一個人擁有鑰匙，我跟由比濱連摸都沒有摸過。

由比濱倏地停下腳步，我也跟著停止。她看向那間社辦，說：

「小雪乃，是不是想當學生會長……」

「……天曉得。」

事到如今，我們早已無從得知答案。依照雪之下的性格，她不可能老實回答這個問題。我不認為當時沒說出口的話，現在還有可能說出口。對於不可能得到答案的問題，我根本懶得詢問。

——不，我恐怕是不希望她回答。

至少在表面上，我跟雪之下絕對不會為錯過的事物感嘆。如果她能說一些怨恨的話，我可能還覺得輕鬆不少。

我們八成不會再觸及這件事，唯有由比濱開了口。她一反先前微弱的聲音，帶著堅強的意志大聲說：

「……我覺得，社團應該接下那份委託的。」

先前一色來諮詢時，由比濱的確希望我們接受委託。當時我沒有詢問原因，但她現在重新提起，或許代表有一套自己的想法。我用眼神示意，由比濱開始一字一句地說出口。

「如果是之前的小雪乃，她一定會接受委託。」

「……為什麼這麼認為？」

「我認為小雪乃會想辦法克服眼前的挫折。總覺得……該怎麼說呢，正是因為沒當上學生會長，她應該會接受更大的挑戰……」

她用淒切的聲音字斟句酌，如同確認自己的想法。

或許因為如此，我不自覺地凝視著她。說起話來顯得笨拙，不過每句話都讓人暖到心坎，這一點果然很像由比濱。

由比濱被我當著面猛瞧，一時說不出話，最後才不太有把握地擠出聲音。

「所以，我覺得，那是很好的機會……」

「是嗎……」

失去的事物再也無法挽回。

若想彌補犯下的過錯，便得付出更高的代價。

我們不僅要彌補失去的事物，還要彌補失去事物造成的損害。這才是所謂的「贖罪」。

如果是我所認知的雪之下，她一定會主動彌補自己的所作所為。因此，由比濱的想法說不定沒有錯。

對雪之下而言，跟學生會有關的委託固然可能讓自己難過，其中卻存在著一些可能——由比濱連這一點都考慮到。

那我又是如何？

我只是為了避免那間社辦繼續崩毀，變成一個空虛的場所，才做出如此選擇。這不過是保全自己與自我滿足。意識到這一點，我忍不住從由比濱的臉上移開視線。

「……好吧，先前或許是那樣……但現在又是如何？」

「嗯……」

由比濱的聲音低沉下來。她大概也明白，那樣的可能性絕對不高。

一色來到侍奉社辦時，雪之下的態度不同於以往。

她彷彿失去了對委託與諮詢的熱忱。

今天在這扇門的另一端，她依舊對什麼徹底死心似的、遺忘什麼東西似的，靜靜地坐在那裡吧。

我們多花了不少時間，總算抵達社辦。

我拉開拉門入內，由比濱隨後進入。

「嗨囉！」

她刻意開朗地打招呼，坐在窗邊的雪之下看過來。

「你們好。」

「……嗨。」

我應聲後，坐上許久沒移動過的椅子，稍微窺看雪之下。

她的樣子跟昨天沒有差別，真要說有哪裡不同，便是閱讀完畢的書又增加一本。堆積起來的書像極了賽河原（註26）的石塔。

由比濱用拇指操作手機，大概是在查看簡訊。我如同往常要從書包拿出文庫本時，想到一件事而停下動作。

由比濱已經知道接下來的一段時間，我會提早離開社團。我最好在時間凍結之前，也把這件事跟雪之下說明清楚。

「對了，我有一件事要說。」

雪之下聞言，肩膀微微一顫。我沒有說得很大聲，不過在安靜的社辦中，還是格外響亮。由比濱也端正坐姿，把視線轉過來。

雪之下看著我，暫時停止動作，接著才忽然想起似的闔上書本，開口：

「……什麼事？」

註26 比父母早逝的子女為不孝受苦的場所。往生者必須在此以石塊堆塔，做為對在世父母之供養。

她的聲音沉著冷靜，投過來的眼神理性透徹。此刻的我想必也是如此。

「這一陣子，我想提早離開。」

她聽到我這麼說，連眨兩、三次眼睛，然後撫著下顎，開始思考。

「嗯……雖然最近不是很忙碌……」

我靜靜地等待下一句話，但雪之下遲遲不發出聲音。

「該怎麼說呢……總之，有很多因素……最近小町又忙著準備考試。」

這個理由並非完全胡謅，只不過，我沒有說出真正的理由。世界上總有一些事情，不要讓對方知道比較好。

「……是嗎。」

雪之下輕輕撫摸手上的文庫本，似乎仍在考慮什麼。看來她還需要一段時間，才能得出結論。一直在旁默默聆聽的由比濱，這時開口接話。

「……不過，這樣可能也比較好。我們沒有辦法為小町做什麼，所以這個部分就交給自閉男努力，妳覺得怎麼樣？」

她整個人湊到桌上，看著雪之下說道。雪之下泛起淡淡的微笑。

「……嗯，有道理。」

「……抱歉啦。」

我下意識地搔了搔頭，雪之下輕輕搖頭，表示「不用在意」。接著，社辦再度進入無聲狀態。

由比濱出聲打破沉默。

「啊，對喔。我傳個簡訊給小町！」

她剛說完，立刻拿起手機，嗶嗶啵啵地開始輸入文字。

我再次切身感受，一直以來都是她支撐起這個地方。三個人即將瓦解的關係，說不定也是由她獨自維持著。

我們的交談一如以往，沒有任何異狀。從其他人的眼中看來，我們甚至可能顯得和樂融融。

這是由協商與管理導出結論的世界。每個人透過完善的溝通、承認與理解彼此，以及提出眾人都能接受的答案，從而達成共識，這個世界才得以建立起來。

這樣到底正不正確？

我把這個疑問吞進肚裡，吐出一口燥熱的氣，喉嚨頓時渴得要命。於是，我開始尋找早已不再使用的茶具組。

4

因此，戶塚彩加有所憧憬

好不容易熬過待在社辦的時間後，我把自己切換至工作模式，動身前往公民會館。

我在大門口稍事等待，但遲遲不見一色出現。

考慮到她已經在裡面的可能，我決定不繼續等候，直接前往講習室。

今天的公民會館特別安靜，平常那些練舞還是做什麼的團體，通通不見蹤影。

所以，我得以聽見從樓上講習室傳來的說話聲。

我拉開拉門，進入室內。說話聲幾乎都來自海濱綜合高中，總武高中的人不怎麼開口。

「嗨。」

我打過招呼，放好書包，才注意到一色也不在這裡。

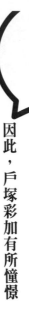

「一色呢？」

坐在附近的副會長聞言，訝異地問道：

「她還沒有到……你們不是都一起來嗎？」

我搖搖頭，副會長轉而詢問其他幹部：

「有沒有誰知道她在哪裡？」

「我已經傳簡訊通知她……」

回答者的語氣特別有禮，大概是擔任書記或會計等職的一年級學生。她配戴眼鏡，綁著麻花辮，制服穿著之整齊，完完全全符合校規；文靜的外表下，顯得有些不安。

這個人跟一色就讀相同年級，但兩個人似乎不怎麼熟識。我在這裡沒看過她們交談，找人時也只用簡訊聯絡。說到這個，什麼時候用簡訊找人，什麼時候用電話找人，中間的分界真難捉摸……

她不時偷瞄我跟副會長，補充：

「說不定還在社團那邊。」

經她一提，我才想到這個可能。一色成為學生會長之前，便擔任足球社的經理，直到現在也沒辭去職務。

如果她跟我一樣，固定先去社團露面才過來，現在可能不方便使用手機。那麼，由我直接過去找她還比較快。

「我去叫她。」

「啊，嗯。麻煩了。」

我在副會長的目送下，離開講習室，沿著不久前走過的路回去。騎腳踏車的話，這段路花不了幾分鐘。我快速踩踏板，呼嘯著趕回校園。

算不上大的校園如同往常，擠滿正在練習的棒球社、足球社、橄欖球社、田徑社等運動型社團。

儘管太陽已經西斜，但還不至於分不出人的面孔。我停妥腳踏車，趕往足球社所在的地方。

從遠處看過去，足球社員們分成兩隊，似乎正在進行小型比賽。

一色不在那裡，當班的是另一位女經理（好可愛）。她手持碼錶，「嗶——」地吹響哨子。

這時，大家紛紛喘一口氣，緩步往校舍走過來。現在大概進入休息時間，所以回來拿各自的水瓶補充水分。

我在其中一群人裡發現戶部，戶部也注意到我，稍微舉起手走過來。喂，那樣做會讓我誤以為跟你是朋友，別鬧了好嗎？

「咦，這不是比企鵝嗎？有什麼事？」

戶部極其自然地對我開口。為什麼這個傢伙有辦法裝出跟我很熟的模樣，難道是傻瓜嗎……不過，他應該沒有什麼惡意，所以我不在意。

而且這樣也好，省得我再去問別人。

「一色在這裡嗎？」

「伊呂波？伊呂波啊，嗯……應該不在。隼人——你有沒有看到伊呂波？」

戶部扭頭四處尋找，確定沒看見一色後，對遠處的葉山大聲問道。

葉山從女經理（好可愛）的手中接過毛巾，擦著汗往這裡走過來——太厲害了，想不到女經理真的會遞上毛巾！要是換做我，一定會緊張得冒出更多汗水。

「一色說她有其他事，先離開了。」

葉山回答後，戶部也看過來。

「他是這麼說的喔。」

「這樣啊。抱歉，謝啦，我先走了。」

搞不好我在路上跟一色錯過，白跑了這一趟，還是趕快回去為妙。我握住腳踏車的龍頭，向兩人道謝。

「哪～裡，沒什麼沒什麼～」

戶部揮了揮手，露出燦爛的笑容，一旁的葉山卻維持冰冷的表情。

「戶部，你先去準備下一場比賽的分組。」

「嗯？喔～好，了解——」

戶部接到突如其來的指示，二話不說，朝操場小跑步回去。我隱約覺得這是葉山刻意支開他。

在這裡占用他們太多時間也不太好，於是我牽著腳踏車，準備趕回公民會館。
這時，背後傳來葉山的聲音：
「……方便談一下嗎？」
我轉過頭，看見他取下蓋在頭頂的毛巾，一邊摺疊一邊說：
「你好像很辛苦呢。」
我不知道他指的是哪件事，把頭偏向一邊。葉山見到這個反應，泛起微笑。
「你不是接受學生會的委託，幫他們處理事情？伊呂波就麻煩你了。」
「什麼嘛，原來你知道。」
本來還以為，一色從來沒向他提過這件事。
葉山的微笑轉為苦笑。
「是啊。雖然她沒說在做什麼，但我感覺得出她最近很忙。」
原來如此，是既不想造成困擾，又希望對方知道自己在做什麼的少女心使然。
我瞭解我瞭解……才怪，我一點也不瞭解。
另外，我也無法理解葉山的態度。
「你喔，既然知道就去幫她啊。」
再怎麼說，一色跟他的關係比跟我還深，即使一色有不願意拜託葉山的理由，我所認識的葉山在察覺她很忙的時候，至少會問一聲「要不要幫忙」才是。
然而，他瞇細雙眼，嘴角掠過一絲淺笑，說出意料之外的話——

「她又沒有拜託我。她拜託的是你。」

「我不過是任她使喚罷了。」

「你啊，只要有人拜託，從來不會拒絕。」

葉山用佩服的語氣輕聲說道。不過，他的話越是動聽，卻越像在挖苦我。多虧那句話，我也跟著毒舌起來。

「只是這樣嗎？」

「誰教我們社團就是這樣。而且我們跟你不同，總是閒得要命。」

「……你想說什麼？」

葉山試探性的問句觸動我的神經。

我反問回去，他依然笑而不答。兩人之間安靜下來，四周其他社團的聲音變得嘹亮。但是從我們處的地方聽來，那些喧囂彷彿遠在天邊。

沉默螫得我耳膜發疼，我索性開口出聲：

「……你自己也不會拒絕吧，即使不是社團活動範圍。」

「這個嘛……」

他將臉別開，望向西邊的天空。

拖曳的雲朵開始染成紅色。

葉山緊閉嘴唇，似乎在思考什麼。他把頭轉回來時，受到夕陽照射的臉頰，意外地不帶任何暖意。

「……我並沒有你想像的那麼好。」

他用冰冷的眼神靜靜瞪過來，狠狠地說道。

我頓時發不出聲。

葉山的聲音很平淡，其中卻藏著苛刻。我依稀記得暑假期間的某個夜晚，自己也聽過這樣的聲音。難道在當時的一片漆黑中，他同樣露出這樣的表情？

我想不出如何回應，葉山也不再說什麼。

除了視線，此刻的我們再也沒有任何交集，一切彷彿就此凍結，只有不絕於耳的社團活動嘈雜聲，提醒我們時間仍在流動。

在嘈雜聲中，有一個聲音特別明顯。

「隼人——要開始囉——」

「我馬上過去。」

葉山聽到戶部的呼喚才回過神來，轉頭向他應聲，然後對我舉手道別，走回球場。

「先走了……」

「……嗯，抱歉占用你的時間。」

我頭也不回地跨上腳踏車，踩踏板的腿在不知不覺間變得緊繃。

對於探尋真意的厭惡感，以及有如遺落什麼的不自然感盤踞在腹部深處，使我的心情差到極點。

我對葉山的態度無法釋懷。

難道我對這個人有什麼誤解？

我認為他是一個好人，同時也明白他並非表面上那麼單純。為了維持大家的友誼，他不時會露出無情的一面。這是我所認識的葉山隼人。

只不過，剛才的笑容有些不同。他溫和而友善的微笑乍看之下無可挑剔，但也因此顯得深不可測，彷彿帶有一絲寒意。

總覺得好像在哪裡見過類似的笑容。

在一陣東想西想中，腳踏車已經抵達公民會館。我停好車，準備進入室內時，正好看見一色從對面的便利商店走出。她低垂著頭，腳步格外緩慢。

「一色。」

她聽到聲音抬起頭，發現是我之後，雙手抱起塑膠袋，輕嘆一口氣，接著對我展現笑容。

「啊，對不起，學長在這裡等很久了嗎？」

「何止等妳，我還去找妳。」

「這種時候，不是應該說『沒有，我也才剛到』嗎……」

一色面露不滿，不過看到我默默伸出的手，又倏地微笑。她笑的時候，似乎偷偷嘆了一口氣。

「……不用了，今天的東西不重。」

力。

「是嗎？」

「對。」

她簡短回答，我跟著看向袋子，裡面的確沒有多少東西，但她的手卻顯得很吃力。

「我們已經遲到了，趕快進去吧。」

我跟著一色進入公民會館。

從後方觀察一色，她的肩膀比平時下垂一些，背部也略為往前傾。

看來她的工作意願正在下降……本來以為她是膽子很大的女孩，想不到內心意外地脆弱。

這也沒辦法，她正面臨聖誕節活動跟學生會的內部問題，如同兩頭燃燒的蠟燭，所以心生厭倦。對一名高中一年級的女生而言，這個狀況的確棘手了些。

她之所以被逼到這個地步，我自己也有責任。雖然我能做的事不多，還是得在可能的範圍內盡量提供協助。

話雖如此，現在我能幫的，也只有提袋子。

×　×　×

花的時間越多，得到的成果越好。對還是錯？

對從事創造的人們來說，這或許是一道永遠的命題。人們總是認為「還可以」、「還沒問題」、「還能繼續」，結果，心血在不知不覺間毀於一旦。人們擁有的時間越多，只會越懈怠、越偷懶，以及輕忽大意。這不叫從容，這叫大意（註27）！

在大家認為「還有救、還有救」的過程中，情勢早已演變得相當不樂觀。

根據前些日子海濱綜合高中的提議，我們今天要跟附近小學的學生見面。活動的具體內容完全沒有著落，唯有規模像吹氣球似的不斷膨脹。

「我們一起設計活動吧！歡迎大家踴躍發言！」

玉繩拿出精神，跟到場的小學生打招呼。

小學生也齊聲回答「請多多指教」。

要所有學生通通到場果然太過勉強，現場有種小學版學生會的感覺。今天來到這裡的，大概是校方事先挑選過的人。

參加人數大約十名。

我忽然發現，其中一位少女頗為眼熟。

那位少女比周圍的孩子成熟，所以我一眼便注意到。她有一頭瀑布般的烏黑秀髮，全身散發冰冷的氣息。

鶴見留美——她跟參加暑假露營的時候一樣，自個兒坐在那裡。

註27 改寫自《神劍闖江湖》志志雄真實的臺詞。

我凝視她好一陣子，她也察覺到視線而看過來，隨即睜大雙眼。不過，她很快又別開視線，盯著腳下的地板。

她的反應跟其他小朋友落差太大，我不禁想起自己做過的事。

時間回到暑假，那是在千葉村舉辦的小學生露營活動。我破壞了鶴見留美周遭的人際關係，還讓葉山扮黑臉。

那個做法產生的結果，如今正赤裸裸地出現在眼前。

那樣做究竟正不正確，我無從得知。以結果來說，只有當事人能判斷自己是否得到救贖。

「學長，怎麼了嗎？」

我轉過頭，看見一色露出疑惑的表情。

「……沒什麼。」

我簡短回答，看回留美那群小學生。

露營活動期間，跟她同組的其他女生看似不在現場。也就是說，留美現在的人際關係如何，沒有人知道答案，再多的思考都只能算是「臆測」。因此，我暫且把這個問題擱到一邊。

當前還有很多問題等著煩惱，首先便是如何跟這些小學生互動。

大家已經聚集在這裡，但是沒有人分配工作。

要由我們引導嗎？雖然還有老師在場，他們似乎打算讓我們主導整個流程，稍早跟玉繩等人寒暄幾句後，便把現場交給我們。

至於玉繩本人，他簡單打完招呼，隨即往這裡走過來，露出爽朗的笑容說：

「那麼，接下來可以麻煩你們嗎？」

只把人找來，自己卻丟著不管是嗎……現在什麼都還沒決定，即使把接下來的事丟過來，我們也不知道要做什麼，頂多跟那些小朋友聊聊天。而且，我們不能讓他們留太晚，實際可使用的時間相當有限。所以容我坦白說，今天把小學生聚集過來，也做不了什麼事。

「嗯……」

對於玉繩的請求，一色也顯得很為難。

而且，人都已經來到這裡，總不能用一句「不需要了」把他們趕回去。我不知道玉繩在交涉時說了什麼，但是，把這件工作交給他也讓我有點自責。沒有在腦力激盪的階段徹底否決他的意見，實在是一大失策。

在這裡發生爭執的話，不只是雙方高中跟小學，還會帶給支持這次活動的相關機構不好印象。船隻都已經撞上暗礁，要是再起衝突，無疑是讓這艘船加速沉沒。

顧得了一邊，卻顧不了另外一邊……這樣也不是辦法，那樣也不是辦法，這裡那裡，到處都是魔女！魔女！（註28）

連我們自己都沒有頭緒，那些小學生更是不在話下。他們被帶到這個地方，卻

註28　出自動畫《魔女的使命》片尾曲歌詞。

只能你看看我、我看看你，沒人知道要做什麼。

那群小朋友當中，又有一個人格外顯眼。

不用說，這個人當然是鶴見留美。

大家都在窸窸窣窣地小聲說話，唯有她始終不融入團體。

接著，他們開始交頭接耳，不時看向這裡。

「要不要去問一下，我們要做什麼？」

「誰去？」

「猜拳決定。」

「好啊，輸幾把？」

「等一下，口令怎麼喊？」

他們忘記自己原本在說悄悄話，聲音越來越大，連我們這裡都聽見。

世界上果然存在凡事都用猜拳決定的文化，這好比什麼事情都用決鬥解決的決鬥腦。然後，當我這種獨行俠猜贏的時候，大家會立刻說：「好，由猜贏的人去做！」既然這樣，為什麼不一開始便投票決定？那樣我還心甘情願一點……小學時代的我超可憐的。

暫且不提我的事。我繼續觀察小學生的猜拳會怎麼發展，結果，意想不到的事情發生了。

「……我去。」

始終在旁默默看著的留美瞥他們一眼，乾脆地說道。其他小學生看留美一派自然的樣子，或許有點受到震懾，僅發出微弱的話音，看著她離開座位。

「啊，嗯……」

「謝謝……」

留美不多做回應，直接走到我們面前，對一旁的副會長開口。她果然不想跟我說話。

「請問我們要做什麼？」

儘管留美只是小學生，語氣倒是相當沉著，結果反而是副會長慌了手腳。

「嗯，這個……」

他一時不知如何回答，轉而向我問道：

「怎麼辦？」

「這個不該問我吧……」

「對喔，抱歉。」

經我這麼說，他又看向在玉繩身邊的一色。這是一個分層組織，所以要下什麼指令，當然得先詢問學生會長。

「一色。」

一色聽到副會長的聲音，向玉繩簡單示意後，馬上小跑步回來。

「現在要這些小學生做什麼？」

她雙手抱胸，開始思考。

「嗯……不過，我們什麼都還沒決定……先跟他們確定一下可能比較好。」

「我看……」

看玉繩他們那個樣子，現在去問八成也問不出什麼所以然。既然他把小學生交給我們處理，我們便只能自己想辦法。

「不管怎麼樣，先想一點不會影響到我們，又非做不可的事情。製作裝飾品或聖誕樹之類的，應該可以吧。先去買需要的材料怎麼樣？」

「……好啊，就這麼做。」

一色點頭同意，隨即去向留美在內的小朋友說明。

以現階段來說，這樣便很足夠，但之後的事情也必須列入考慮。我們連現在要做什麼都搞不清楚，要思考的問題還不斷增加。若不盡快確立活動的架構，我們這群烏合之眾只會繼續虛耗時間。

我把小學生交給一色他們，自己去找玉繩商量。這本來應該是一色的工作，但人與人之間總有合與不合，一色顧慮到對方的前輩身分，不敢大聲說出自己的意見。因此，這個部分必須由我補足。

玉繩正在跟同伴們談笑，我走到他的身旁，輕咳一聲。他注意到我的存在，轉過頭，露出爽朗的笑容問：

「什麼事？」

我不擅長應付這種外表給人好感的傢伙，腦海一直浮現某張熟悉的面孔。由於一開始便居於劣勢，我說話也生硬起來。

「如果不先決定好內容，即使把人通通找來，也起不了什麼作用……」

「那麼，大家一起思考吧。」

玉繩想都不想，立刻迸出這個回答。我差點沒有暈倒。

「什麼『大家』……那種漫無邊際的討論方法，永遠也討論不出結論。還是先過濾出我們要做的事，再逐一討論比較──」

「可是這樣一來，視野會變得狹隘。我認為還是要由大家一起思考解決方法。」

他不待我說完便直接打斷。要是我就此作罷，只會讓相同的事情再三重演。於是，我嘗試從另一個方向反駁。

「但我們的時間已經……」

「嗯，的確。我們也得一起思考怎麼分配時間。」

這豈不是公司為了解決加班問題，而加班開會的翻版？我搔搔頭皮，想著該怎麼表達，才能讓玉繩正確理解自己的意思。玉繩將我的舉動解讀為焦躁，對我露出溫柔的微笑。

「我知道你很著急，我們一起努力，互相 cover 吧。」

他用誇張的動作拍拍我的肩膀，為我打氣。儘管他的力道不大，我的肩膀還是無力地垂下。

我沒有辦法跟這個傢伙溝通。

容我重複一次，人與人總有合與不合，我跟玉繩肯定是最合不來的兩個人。然而，這不代表一切是玉繩單方面有問題。

在許多情況下，彙整多方意見和觀點產生集體智慧，的確能創造相當優秀的事物。只不過，這終究跟我的做法不同。

互相幫助、互相依賴，都必須付出時間成本。我缺乏這方面的經驗，所以無法理解玉繩的做法。

我一路走來，早已不知搞錯了多少事情。這一次，說不定也是我搞錯什麼。

「……好吧。那我們最好趕快開會。」

我硬是吞回心裡的疑問，擠出這一句話。

「那麼，現在馬上開始吧。」

玉繩結束對話，招呼海濱綜合高中的人開會。

× × ×

今天的會議總算討論到比較具體的活動內容。

「透過先前的幾次 brainstorm，整個活動已經有了 grand design，所以今天要 discuss 的是有創造性的部分。」

玉繩坐在會議主席的座位，發表以上這段致詞。

海濱綜合高中的成員們紛紛點頭。

總武高中除了一人留下來看顧小學生製作裝飾品，其他人也全數列席。

會議總算前進一步，開始討論具體的活動內容。

玉繩確定無人提出反對意見後，壓低語調對大家說：

「這是一項 zero base 的議題，所以歡迎各位自由發言。」

接著，海濱高中一方開始舉手提議。

「當然要想一些有聖誕節氣氛的內容囉！」

「所以說，不能忽略 tradition 部分對吧。」

「可是，我們需要的應該是適合高中生的活動吧？」

大家又漸漸偏向抽象概念。不妙，這樣下去的話，等於又倒退回先前的腦力激盪。

好在玉繩似乎也有所察覺，他點一下頭，告訴大家：

「既有聖誕節氣氛，又適合高中生的活動對吧。有沒有什麼例子？」

底下的人如同玩起聯想遊戲，一個接一個提出點子。

「走古典路線的聖誕音樂會，感覺很符合地方型活動的標準。」

「加一些年輕人的要素比較好，可以改成 band 表演。」

「不覺得爵士樂更應景嗎？」

「乾脆借一臺管風琴，讓聖歌隊來演唱好了。」

海濱綜合高中顯得興致勃勃，發言相當踴躍。每當一個人想到什麼，便冒出另一個人提出新的想法，擴大原先意見的可能性。

於是，我們有了管弦樂演奏、樂團、爵士音樂會、聖歌隊、舞蹈、戲劇、福音音樂、音樂劇、朗讀劇……族繁不及備載。

我們還有製作議事錄的工作，所以抄寫的手從來沒停過。

當我發現時，總武高中這邊的人也開始發言，提供幾個意見。之前的幾次會議這個感覺還不錯，先前停滯不前的會議彷彿不曾存在。

大概是氣氛的關係，才讓他們不敢積極表達意見。

我繼續抄寫筆記。

意見提供得差不多後，我重新審視所有列舉的項目，心裡產生「還有一絲希望」的念頭。照這樣看來，今天說不定能把內容決定好。

才剛這麼想，玉繩立刻發出驚人之語。

「好。那麼，現在開始逐一評估。」

開什麼玩笑，這是什麼千葉笑話嗎？我看向玉繩，卻發現他一臉認真，還露出樂在其中的爽朗笑容。

……你的意思是，要逐一評估，剛才提出的所有內容，確定可不可行？

我們根本沒有這種美國時間。距離活動日期，只剩下一個星期又多一點，考慮到接下來的準備、練習、跟相關單位的協調等種種流程，不論最後決定什麼節目，現在不立刻開始著手，很可能會來不及。

「直接從裡面挑選不是更快？」

我終於忍不住開口。玉繩閉上雙眼，緩緩搖頭。

「與其立刻否定，我們要廣納所有意見，設計所有人都能接受的活動。」

「可是……」

「這些提議的性質都很接近，應該有辦法一一兼顧。」

我接著反駁，但玉繩也不退讓。

如同玉繩所言，思考折衷方案的確是一種做法。

但是，這樣真的好嗎？

某股不自然的感覺刨刮我的胃壁。

在我想到如何繼續反駁前，會議再度進行下去。

接下來的會議內容，出現大幅度的轉變。

「將音樂性質的表演匯集起來，辦一個包含各種風格的演奏會如何？」

「以匯集的觀點來看，音樂跟音樂劇感覺比較契合。」

「通通摻在一起，做成電影怎麼樣？」

海濱綜合高中遵循玉繩所言，思考各種可能的折衷方案。會議重點已經變成「如何兼顧所有意見」。

提出意見本身是一件好事，踴躍發言也是我們所樂見。

如果能得到更多點子，我對腦力激盪並沒有什麼意見。

然而，連日下來的幾次會議，正因為沒人提出反駁，而遲遲得不出結論。

原本看似步上軌道的會議，再度開始偏移。

回過神時，原本忙著抄寫的手早已垂到桌面下，我只能默默地觀賞這齣劇碼。

對面的人討論得相當熱烈，展露出跟我截然不同的表情。

他們個個神氣活現，臉上宛如發出光彩。

這一刻，我終於意識到——

那群人沉浸在此時此刻的氣氛中。說得更正確些，是在享受「討論」的過程。

他們壓根兒沒有想過辦好聖誕節活動。他們的真正目的，不過是透過籌備的過程，滿足自我認同欲。

他們只是催眠自己正在工作，藉以品嘗工作帶來的成就感，而非真的打算工作。

以為自己很有能力，最後卻一事無成。

啊啊……簡直像極了某個人。過去的失敗歷歷在目，我頓時焦躁難耐。

自以為什麼都做得到，事實上卻什麼都做不到。

明明是那麼盲目。

× × ×

結果，我們拖到最後一刻仍沒有進展，結論只得改天再議。

大家決定先評估各項意見的可行性，之後再一起討論，會議就此宣告結束。

我們早已放小學生回去，各自也開始收拾物品，準備回家。

我向以一色為首的學生會道別，走出公民會館，跨上腳踏車時才想到——

肚子好餓……剛才開會時腦袋完全放空，連桌上的點心都忘記吃。

雖然家裡也會準備晚餐，一旦意識到空腹感，之後便相當難熬。不如直接在路上覓食吧……決定好之後，我停下腳踏車，用手機簡單傳幾個字給小町，告訴她今天不回家吃晚餐。

接著，我從目前所在的位置與飢餓程度。評估最適合今晚的食物。有人說：「飢餓的時候，吃什麼東西都好吃」，此話非也。對我來說，別人請客時才是吃什麼東西都好吃。但我現在沒有願意請客的同伴，還得考慮荷包能承受的負擔……

既然這樣，就吃拉麵吧。

做出決定後，我的行動立刻敏捷起來。

啦啦♪啦啦啦拉麵♪我哼著類似娜烏西卡安魂曲的旋律，開開心心地踩著踏板，一路朝拉麵店飛馳。

穿越天橋，進入稻毛車站的範圍，經過站前的轉運站後，便來到各式餐廳、遊樂場、保齡球館、KTV林立的鬧區。我的目標就在前方十字路口左轉的不遠處。

我在馬路口停下等紅燈。

這時，一個意想不到的人影映入眼簾。

總武高中的運動衫，外面覆一件風衣，頸部盤著厚重的圍巾——那個人是戶塚。

戶塚也注意到我，略顯吃力地背好網球袋，朝這個方向揮手。

綠燈後，他馬上確認左右方有沒有來車，往這裡跑過來。

「八幡！」

他喊出我的名字，口中冒出一陣白煙。

想不到會在這裡巧遇戶塚，我在驚訝之餘，不忘舉起手打招呼。

「嗨。」

「嗯，嗨。」

戶塚大概覺得這種輕佻的招呼方式很難為情，他泛起害羞的笑容，稍微對我舉起手。啊啊，太治癒了……

我很少在學校之外的地方遇到戶塚——更正，我平時很少踏出家門，所以碰到這種事情時，我不禁好奇，奇蹟與魔法是否真的都存在（註29）？

不過，這個世界當然沒有奇蹟，也沒有魔法。那麼，戶塚為何會在這裡？

「你來這個地方做什麼？」

註29　出自動畫《魔法少女小圓》之臺詞。

他拉起背後的網球袋給我看。

「網球課剛結束。」

我這才想起，戶塚不只在學校的社團打網球，還在外面的網球教室練習。所以說，那間網球教室就在這一帶嗎……好，以後我都要在這個時間到附近閒晃！不過等一下，要是巧遇的次數太頻繁，戶塚也會覺得不舒服，改成一週一次好了。

在心中擬定未來的每週計畫後，輪到戶塚詢問：

「那八幡又是來做什麼？你的家不在這個方向吧？」

「嗯，不在這個方向。我打算來這裡吃晚餐。」

「這樣啊。」

戶塚「嗯、嗯」地點頭，接著陷入短暫的思考。經過幾秒鐘，他把頭偏向一邊，用不太有把握的視線看過來。

「我……可以跟你一起去嗎？」

「耶？」

面對作夢也想不到的問題，我頓時僵了一下，還發出古怪的聲音。

戶塚揪著領口的圍巾，不安地扭動身體，等待我回答。

「啊，好啊，當然可以。」

他這才安心地舒一口氣，綻放輕柔的笑容。

「太好了！那麼，要吃什麼？」

「我都可以。」

我這時才想起，「都可以」是相當糟糕的回答。對方是女生的話，千萬不能回答「都可以」。順帶一提，即使男生說出拉麵、烏龍麵等等的具體答案，女生照樣會擺出臭臉。總而言之，碰到女生問「要吃什麼」時，只能回答她們可能想吃的食物。搞什麼，這是在整人嗎？還是男生專用的讀心術訓練方式？

好在戶塚是男生，所以沒關係。

他眨眨眼睛，繼續問：

「你沒有決定好要吃什麼嗎？」

這個啊，當然是你囉——這句如同大野狼會說的臺詞差點脫口而出，但我當然不會真的說出來。因為我只是人類（註30）……

「沒有，我只是心血來潮到這個地方，所以吃什麼都可以。」

我展現紳士風範，如此回答。

雖然本來打算吃拉麵，那也不過是用消去法做出的選擇。習慣一個人吃東西後，會自然而然地挑選有吧檯的餐廳。用餐人數不多時，還沒有什麼關係，但一個人占用整張餐桌，總是不太好意思。

再說，就算吃不到拉麵，只要能跟戶塚在一起，任何食物都會成為山珍海味。我收回剛才說過的「別人請客時，吃什麼東西都好吃」，跟戶塚在一起，才是吃什

註30　出自漫畫《金肉人》角色傑羅尼莫之臺詞。

麼東西都好吃。建議桃屋（註31）或哪間食品公司推出「戶塚拌飯醬」，一定會大受歡迎，到時候別說是包下所有商品，要買下整個公司我都願意。

回到今天的晚餐菜單，戶塚拍一下手，提議：

「啊，吃燒肉怎麼樣？」

喂喂喂，雖然男生跟女生一起吃燒肉不太識相，男生跟男生一起吃燒肉，也沒好到哪去吧……

戶塚見我不語，把頭偏到一邊，似乎開始改變主意。

「嗯～～可是，好像有點貴。」

「是啊，燒肉要讓別人請客才對。」

「啊哈哈，八幡果然是八幡！」

他苦笑著說道。

不過，燒肉啊……

想吃肉的話，應該還有其他選擇。我環視四周，發現一間First Kitchen速食店。這間店緊鄰車站，坐擁地利優勢，經常吸引大批學生光顧。垂掛在店門口的布幕大大打著「肋骨燒肉卷」的宣傳，讓人不注意也難。

「不然，那個怎麼樣？」

我指向那塊布幕，戶塚的眼睛也亮了起來。

註31 食品製造商，主打海苔罐頭、醃漬品等產品。

「喔——好啊，好像很好吃！」

所以，今天的晚餐就決定是 First Kitchen。話說回來，First Kitchen 的簡稱是怎麼回事（註32）？有種不要問，很可怕的感覺……

店內相當溫暖，跟寒風呼嘯的室外形成強烈對比；用餐人潮也很可觀，大部分看起來像補習班剛下課，以及剛下班的人。

我們在櫃檯前排隊時，戶塚輕輕呼一口氣，臉頰有點泛紅。

「裡面好熱喔。」

他一邊說，一邊用纖細的手指解開圍巾，從圍巾下露出的頸部頗為豔麗，我看著看著，臉頰也不自覺紅了起來。

等一下，這絕對有問題……戶塚是男生，我現在之所以臉紅，絕對是暖氣的關係，不然也很可能是感冒。冷靜，冷靜下來，先詠一首俳句再說！

你生病了嗎　我才沒有生病呢　你一定病了（有病）

……我一定是生病了。光是冒出詠俳句的念頭，便代表自己病得不輕。

我的心臟怦怦亂跳，經過一會兒，總算輪到我們點餐。為了縮短後面客人的等待時間，兩個人一起點比較好。

我站在戶塚旁邊，一起研究菜單。

戶塚指向其中的肋骨燒肉卷。

註32 First Kitchen 原文寫作「ファーストキッチン」，簡稱「ファッキン」，音同「fucking」。

「八幡，我們吃這個！」

「好啊。那麼，來兩份肋骨燒肉卷套餐。」

結帳後，我們端著餐盤走上樓梯。

二樓正好有一張餐桌空著，我們到那裡放好東西，馬上開始大快朵頤。首先當然是今天的重點——肋骨燒肉卷。

儘管不到大喊一聲：「真——好——吃——啊——」眼睛跟嘴巴放出光芒，整個人飄浮到宇宙的程度（註33），在戶塚推薦的加成下，還是頗為美味。

好吃歸好吃，我不太理解戶塚建議吃燒肉的理由。

「……對了，你為什麼想吃燒肉？」

我跟戶塚一起吃過幾次飯，明白他的食量不大。而且真要說的話，他應該喜歡蔬菜勝於肉類。

戶塚聽了，不太好意思地開口：

「我是想說，覺得累的時候，應該吃一些燒肉……」

喔——原來如此。戶塚的確剛運動完，說不定肚子正餓。之前聽過重量訓練後要攝取蛋白質的說法，大概也是類似的道理。

我自己理出一套解釋，但戶塚隨即小聲補充：

「總覺得八幡，最近好像很累……」

註33　此指《妙手小廚師》動畫版演出效果。

「會嗎？」

我也明白自己最近很疲勞，但這是精神上的疲勞，所以我擺出什麼事也沒有的表情說道。然而，戶塚不這麼認為。

他搖搖頭，放下拿著食物的手，擔憂地抬頭看過來。

「是不是，發生了什麼事？」

他的眼神跟語氣都很溫和，但真切的態度明顯不同於往常。看著他的樣子，我不禁被震懾住。

在回答之前，我先喝一口烏龍茶。要是不這麼做，聲音可能會很嘶啞。

「……沒有啊，沒什麼事。」

好在先前吞下不少東西，聲音才得以順暢地從喉嚨發出。我表現得比平常開朗，說不定還露出笑容，以避免帶給戶塚不必要的擔心。

可是，相較於我的笑容，戶塚卻顯得有些落寞。

「……也對。因為八幡從來不說這些事嘛。」

他垂下肩膀，盯著桌面，使我無法窺見臉上的表情。我只知道，他下一句話的語調低沉許多。

「材木座同學的話，應該會知道吧……」

「怎麼會，跟他有什麼關係？」

戶塚突然提到毫不相關的人物，使我一時會不過意。說不定在他的認知中，材木座跟我的關係很密切。他搖搖頭，看過來說：

「可是，之前你去了找材木座同學。」

聽到「之前」，我才明白戶塚在說哪一件事。

學生會長選舉期間，材木座是我在家人小町之外，唯一商量過的對象。後來在小町的策劃下，幫忙的人逐漸增加，但嚴格說起來，我個人只有找材木座談過。這其實沒有什麼特別的意思，只是當時正好最先遇到材木座，他又好講話，能在沒有負擔的情況下請求協助，如此而已。

然而，戶塚似乎不這麼認為。

「材木座同學能讓八幡說出那些事，一想到這裡，便覺得好羨慕他……」

戶塚用樸拙的話語，緩緩道出自己的心情。聽到他的說法，我產生一種「當時的行為值得稱讚」的錯覺。

但事實上，那肯定沒有戶塚想像得美好。在我的觀念中，那是獨善其身、只顧自己、利用他人的溫柔、充滿算計的行為。

戶塚並不了解這一點。

所以，他才對我說出溫暖的話語。

「雖然，我可能幫不上什麼忙……」

他在餐桌下握住運動衫的衣襬，纖細的肩膀微微顫抖。我不想再造成他不必要的擔心。

我搔搔頭，尋思該如何安撫戶塚。過了一會兒，才吞吞吐吐地對他說：

「不是你想的那樣，真的……不是什麼大不了的事。最近一色有點事情來拜託，我才比較忙……再怎麼說，當初是我推了一把，她才願意擔任學生會長……只是這樣而已啦。」

我只挑整起事情的大略，其餘真相一概不提，所以說明的時候有點結巴。說出事情的大略總比什麼都不說好，戶塚這時抬起臉，直視我的雙眼，如同在檢驗這番話的真實性。

「真的嗎？」

「真的，所以你不用擔心。」

要是多給我幾秒鐘思考，我很可能會改變主意。因此，我選擇立刻回答。

「原來……」

戶塚這才「呼」地放鬆下來，拿起咖啡輕啜一口，然後握著杯子，用杯身的熱度溫暖掌心。

「八幡果然很帥氣。」他低喃道。

「啊？」

我的驚訝完全表現在臉上，戶塚這也才驚覺自己說了什麼。

「我、我沒有什麼奇怪的意思！」

他慌慌張張地揮手否認，臉頰漲得通紅，接著撥弄起頭髮，想著要怎麼解釋。

「嗯……感覺，很不好形容……每次你遇到痛苦或難過的事，都是一個人努力克服，不會向人哭訴。我覺得，這個樣子……很帥氣……」

戶塚解釋後，我反而更不好意思，只好作勢托臉頰，把視線移到其他地方。接下來開口時，我的語氣也變得很生澀。

「……才沒有那種事。我不但會找人哭訴，還會抱怨個沒完。」

「啊哈哈，或許吧。」

戶塚被這句話逗笑。他維持溫和的笑容，委婉地輕聲提醒：

「……不過，遇到困難時，記得告訴我喔。」

我默默頷首。既然他出於真心誠意，我便不能輕易用話語回答。更何況在戶塚的心目中，「信賴」與「互相幫忙」都是美好的事物。

他也對我頷首。

接著，一陣沉默降臨在兩人之間，戶塚不太好意思地看向下方。

現在的氣氛不再那麼緊繃，我若無其事地開口：

「要不要來一些甜點？」

「啊，好主意！」

他興奮地抬起頭，大表贊成。

「好，我去買點東西上來，你在這裡稍等。」

我一說完，不待戶塚回應，立即從座位上起身。

走下樓梯，櫃檯前仍然擠滿排隊的顧客，看來還得等上一陣子。

由於人潮不斷進出，這裡的暖氣開得比較強。我的頭腦開始昏沉，最好去戶外透透氣。

十二月的夜晚相當寒冷，發燙的臉頰接觸到凜冽的室外空氣，倒也很舒服。我沒有穿大衣，也沒有圍圍巾，乾燥的寒風鑽進頸部的空隙，我不禁瑟縮一下。

我獨自在夜晚的街角發抖，一名路人投來奇怪的眼神，其他人絲毫沒把我放在心上。

戶塚的話閃過腦海。

帥氣，是嗎……

事實並非如此，這只是固執罷了。我純粹是在耍帥。

我不過是在心中設定出自己該有的姿態，執著於這樣的姿態，說什麼也不肯違背。

倔強的理性怪物、惹人嫌惡的自我意識怪物，依舊盤踞在這個身體內。

如果只是停留在擁有自知之明的階段，我說不定會正面解讀戶塚的話語。

然而，由比濱勉強擠出的笑容、一色不時露出的落寞神情、鶴見留美孤伶伶的身影，以及雪之下死了心似的平靜笑容，再三對我提出質疑——

那樣真的是對的嗎？

我嘆一口氣，仰頭望向被街燈照亮的夜空。天上雲層籠罩，不見任何星光。

5 平塚靜祈禱著他們迎向的結局

放學後，我走出社辦，從特別大樓的走廊往外看。

雨滴打在玻璃窗上，被重力往下牽引。從早上開始，天氣便一直像這樣寒冷又溼答答。

前幾天，我以小町準備考試為理由，說明這一陣子會提早離開社團。多虧小町的關係，雪之下沒有特別過問什麼，便同意我的要求。

不知道是哪扇窗戶忘記關好，地板上有點潮溼。踏在空蕩蕩的走廊上，鞋底不時發出「嘰、嘰」的聲響。

一個星期後，便是聖誕節了。

即使是十二月，千葉也鮮少下雪，所以不必擔心這裡變成銀色世界。真正需要擔心的，是待會兒要去的工作場所。

一離開校舍，我隨即前往公民會館。

今天早上出門時便在下雨，所以我改搭電車轉公車來學校。若是溫暖的季節，我可能還願意冒一點雨騎車，但是冬天這麼寒冷，實在不想把自己弄得一身溼。

緊鄰公園的道路旁，皆是樹葉落盡的枯木，這般景象又增添些許寒意。平常的這個時候，太陽不會這麼快落下；今天由於天氣的關係，四周已經開始暗下來。

在逐漸昏暗的視線中，我看見一把色彩鮮豔、有可愛花朵點綴的塑膠傘。傘的主人大概想讓雙手有點事做，邊走邊轉動雨傘，亞麻色的頭髮不時從縫隙露出。

從髮型跟身高判斷，那個人應該是一色。

一色走得不快，所以我很快便追上她。她也注意到身旁的動靜，稍微把傘傾斜，確認我的面孔。

「啊，學長。」

「嗯。」

我也輕輕舉傘示意。

「今天也要先去買點心嗎？」

「不用，聽說今天不開會。」

「啊，也是。」

如同一色所言，今天要把時間用來評估昨天大家提出的意見，思考可行性與折衷方案，所以不需準備點心。想當然耳，我也不需幫忙提袋子。

想到這裡，一色窺看傘下的我，不懷好意地笑道：

「……呵呵呵，真可惜，今天得不到我的分數。」

「那麼簡單就能得到的分數，我寧可不要。」

沒什麼營養的對話進行到一半，前方出現另一個人，手持素面大塑膠傘，匆匆忙忙地往這裡接近，雨傘底下的海濱綜合高中裙子也不停翻飛。

「咦，這不是一色跟比企谷嗎？」

對方高舉起傘，對我們出聲。原來是折本。

「妳好～」

「嗨──哎呀～剛才跟朋友多聊了一下，差點趕不上時間。」

折本仍然是老樣子，與人之間沒有什麼距離。她走到一色身旁，要好地開始聊天。一色對此沒露出半點厭惡，用人見人愛的燦爛笑容跟她對話。

我閉上嘴巴，在一旁聆聽。

對話告一段落時，一色發出「啊」的聲音，忽然想起什麼。

「對了，我記得妳跟學長以前好像認識？」

「是啊，我們同一所國中。」

她聽了折本的回答，往這裡看一眼。

「原來，學長也有要好的人。」

這種說法讓我不知如何回應，折本也猶豫了一下。

「要好嗎？嗯……好吧，勉強。」

一色聽出她在打馬虎眼，察覺事有蹊蹺，雙眼馬上亮了起來。

「好像有什麼內情，說嘛說嘛說嘛！」

折本意識到自己說錯話，連忙看過來。

這實在由不得她。畢竟我跟折本算不上要好，她只能那樣含糊帶過。

只不過，一色不就此罷休，露出賊兮兮的笑容，扯著我的袖子問：

「學長～到底是怎麼樣？」

啊，喂，別扯別扯！要是不小心碰到妳的手，我可能會忘不了柔軟的觸感！

她打算用死纏爛打的方式讓我心生動搖，偏偏我對這一招最沒轍，在閃避她的過程中，不小心說溜嘴：

「總之，發生過許多事情……」

「『許多事情』……」

一色玩味著這個字眼，再度看回折本。折本一時語塞，最後索性用笑聲帶過。

「哈哈哈！對啊，那是以前的事了。」

折本的回答讓我有點意外。本來以為她又會把告白往事拿出來當笑話講，但她只是別開視線，三兩句打發過去。

我不會說自己不在意別人提起從前，但是真的遇到的話，也只有認命的份。正因為如此，我有點在意折本的轉變。

一色還想問什麼，折本於是搶先一步看向我，迅速轉移話題。

「對了，葉山同學沒參加這個活動嗎？」

一色聽到葉山的名字，微微顫了一下，原本不懷好意的笑容也瞬間僵硬。

「……妳也認識葉山學長？」

她毫無預警降低音調，使我頓時覺得毛骨悚然。雖然一色瞇著眼睛，發出「呵呵」的笑聲，那其實是為了隱藏猙獰的眼神對吧……

「之前一起出去玩過。」

「喔～出去玩……」

她聽到關鍵字，用帶有敵意的視線瞅著折本。不妙，這樣下去會很麻煩。

「他自己有社團要忙，恐怕沒辦法吧。」

我插進兩人的對話，折本把傘斜向一邊，看過來說：

「我看他跟你滿好的，還以為過一陣子會出現。」

「我跟他哪裡好了？而且現在才找他來，也是在為難他。」

「是嗎？但現在的情況很危險喔。我們這屆學生會也是秋天才上任，還沒完全進入狀況。所以才在想，要不要找他來幫忙。」

原來如此。海濱綜合高中那邊，至少也有折本明白情況很不妙。她表面上無條件贊成學生會的意見，心中說不定其實不是這麼想。

「是很危險沒錯，但我們應該不會找葉山。」

「嗯……也對啦，要是真的見面，也滿尷尬的。」

折本低聲這麼說道，我相信她是發自內心。出去遊玩的那一天，葉山在最後對她說出那種話，之後要是再見面，肯定只有滿滿的尷尬。而且，我自己也不是很想見到葉山。

折本提起葉山，或許是出於不好意思見面所採取的牽制，也可能是為了確認這點我可以理解。

一色當然聽不懂這段談話，她不時窺看我跟折本，猜想到底是什麼意思。既然她不記得折本，不提應該也沒關係。反正她八成對其他女生沒什麼興趣。

不再談論葉山後，三個人皆沉默下來，靜靜地走自己的路。

快抵達公民會館時，折本忽然發出「嗯——」的聲音，似乎想說什麼。我看過去一眼，發現她也盯著這裡。

「……我也以為，跟你要好的那兩個女生會來。」

「嗯……恐怕不會。」

我不會找她們，也不能找她們。

「是嗎……」

折本興趣缺缺地說道，踢一腳地面的積水，看向天空，我也跟著抬起頭。西邊的天空掛著幾縷晚霞，雨大概快要停了。

只不過，現在的天空依舊昏暗。

× × ×

進入公民會館後的一陣子，我忽地抬頭看時鐘。

今天仍然只是虛度時間。

我蓋上借來的筆記型電腦，用手指輕壓眼角。

昨天會議提案的評估作業，比我想像得更慘不忍睹。

隨著時間流逝，可行的活動越來越少。

時間不夠、人力不夠、預算不夠——只要湊到三個藉口，即可成為冠冕堂皇的理由。有了這個理由，我們什麼都能放棄，什麼都能妥協。

如果可以把計畫往後延，甚至直接冷凍，當然不在此限。但現在已經是箭在弦上，不得不發。

參與籌備的人員一個勁兒地增加，最重要的內容卻遲遲沒有著落。以動畫比喻的話，如同僅敲定製作委員會的名單，最重要的動畫卻生不出來。這樣的動畫，你會期待嗎？

而且，在大家東摸西摸的過程中，時間一分一秒地流逝。這個說好聽一點是精雕細琢，但實際上不過是壓縮可工作的時間。以動畫比喻的話，如同只把時間花在企劃會議上，實際製作過程卻七零八落。

拿捏平衡跟做決定都很重要，無奈現在的我們兩者皆空。

我換一口氣，掀開螢幕繼續工作。

估算所需經費、確定流程，外加思考企劃的可行性，以及經費的使用效率……為了保險起見，我也一併查好教會跟爵士樂團的聯絡方式。

在一連串的過程中，我越來越覺得這樣的活動不可行。搞什麼，這是哪門子的白痴企劃？根本不可能實現好不好——我忍不住低聲抱怨。總武高中學生會似乎也這麼認為，副會長「呼」地嘆一口氣，遞來一份資料。

「不管我怎麼算，預算都一定不夠。怎麼辦？」

「刪減活動內容或拉贊助吧，但我們也只能等下次開會時解決。」

老實說，等到下次開會都已經太遲了。不過，為了讓對方徹底認清事實，我們必須蒐集足夠的佐證用資料。而且就算有佐證的資料，對方也不見得接受。

我搔搔頭，拿起裝有黑咖啡的紙杯。這杯咖啡只有強烈的苦澀，一點也不好喝。

我在桌面上搜索一陣，尋找有沒有甜食時，一色朝這裡走過來。

「學長，裝飾品好像快完成了，接下來要做什麼？」

對喔，那些小學生也得由我們應付。我暫時停下工作，盤起雙手思考。

會場已經布置得差不多了，還有什麼可以跟其他工作分頭進行、一定需要用到、又是小學生做得來的事情……

過了半晌，我靈光一現。

「聖誕樹呢？」

一色聽了，略帶猶豫地回答：

「聖誕樹是已經送到了……可是現在組裝起來，會不會妨礙大家工作？」

我也想過這個問題。這次準備的聖誕樹又高又大，非常有存在感，突然出現在這裡的話，不但相當突兀，還會讓人受不了。既然如此，便要反過來利用它的存在感。

「跟會館的人溝通一下，看能不能讓我們放在大門口。下週就是聖誕節了，現在正好可以擺出來，等活動當天再搬進會場。」

「有道理……我知道了！」

一色點點頭，往小學生那裡走過去。我看著她離開後，再度轉回桌上的電腦。儘管沒找到點心，剛才跟一色的簡短交談，也讓我稍微喘一口氣。仔細想想，我轉換工作心情的方式竟然還是工作，這根本是病入膏肓。社畜的安寧、虛偽的反映，過勞死前給我自由吧……（註34）

然而，現在不是開玩笑的時候。儘管我是為了對一色有所交代，才來這裡幫忙，自己卻在不知不覺間，對其他人下起指示。

註34　改寫自動畫《進擊的巨人》片頭曲「紅蓮的弓矢」歌詞。

這很明顯超出「從旁協助」的範圍。不僅如此，在場沒有任何人對這個現象抱持疑問，大家極其自然地開始跟我確認工作。

這樣的景象似曾相識，繼續下去可是相當危險。

若不扭轉這個狀態，學生會早晚將走上瓦解一途。我親眼見識過類似案例，所以非常清楚。而且，考慮到一色伊呂波之後的會長地位，絕對得避免這個狀況。

必須盡快把話講清楚，將之後的工作交給一色才行。

我拿著整理好的資料去找玉繩。先前的會議形式已不可行，不由雙方學校的代表直接對談，對方只會持續閃躲。

「方便說個話嗎？」

「嗯？」

玉繩也在忙自己的工作。他的 MacBook Air 螢幕上洋洋灑灑地列滿企劃概要，內容則是如何彙整各方意見、發揮協同效果云云。

他很明顯是打定主意，要採納所有人的意見。

看到這樣的企劃書草案，我不禁想吞回臨到嘴邊的話。但我還是厚起臉皮，把手中的資料交給玉繩。

「我們已經完成這些提案的評估，分出可行與不可行兩類……不過，大部分都不可行。」

「喔喔！謝啦！」

玉繩接過資料，開始翻閱。

「這樣一來，問題在哪裡便很清楚了。」

「是啊。」

這還需要說嗎？問題當然是時間跟資金都不夠。

「那麼，大家一起思考如何解決吧。」

「不，等等。我們只剩下一個星期，不可能再慢慢開會討論。」

「我知道，所以音樂演奏可以包給外面的樂團。你看，這裡的資料不是有寫，很多派遣公司都提供私人表演服務？只要邀請幾個樂團，安排節目給他們表演，整個活動不是就成形了嗎？」

預算要從哪裡來——我勉強克制住，才免於衝口說出這句話。跟堅持己見的人講道理，只是浪費自己的唇舌。

玉繩並非不聽別人的意見。他肯定有聽，而且是聽所有人的意見。

正因為如此，他才想得出顧慮到全體意見的結論。

「先讓大家評估看看，然後下次開會決定。」

我不指望改變玉繩的意志，他已經接近「固執」的程度。之前就不少問題跟他討論時，也不見哪一次成功改變他的想法。真要說的話，他的心態甚至超越固執，用「執著」——不，「妄執」形容或許更貼切。我實在想不透，為什麼他不惜做到這個地步，也堅持採納所有人的意見。

這時，我想起一件事——

雖然玉繩在表達意見上比較強勢，我卻忽略一件事實，那就是他跟一色一樣，剛當上學生會長沒多久。

因此，他會聆聽、尋求別人的意見，得到多數人贊同後，才付諸行動。這麼協調的目的是避免引發問題，以及日後的糾紛。

這樣的心理，其實跟仰賴我下指示的一色很相近。我連相對較熟悉的一色都無法好好協助，認識才不過幾天的玉繩更是不在話下。至於讓他改變想法，簡直是天方夜譚。

我不再對玉繩指望什麼，僅提醒他一件事。

「……下次開會一定要有結論，否則真的會來不及。麻煩你了。」

「當然。」

玉繩不改爽朗的笑容。但是現在看在我的眼裡，卻顯得越來越可疑。

我打消說服他的念頭，走回自己的座位。

不妙，沒有其他方法了……

儘管玉繩允諾下次開會要敲定活動內容，回想起前幾次會議的效率，我還是不免打一個問號。

不管怎麼樣，現階段再也沒有任何我能做的事。接下來，我大概也只能眼睜睜地看著這個活動走向毀滅。

思考到這裡時，我忽然發現鶴見留美默默地獨自工作。

她的周圍沒有其他小學生，大家應該都去組裝和布置聖誕樹了。那麼，她又一個人在這裡做什麼？我好奇地走到近處。

「……妳在做裝飾品？」

留美把紙對摺，拿剪刀照著畫好的線剪開。從形狀看起來，似乎是雪的結晶。由現場可以推測出，製作裝飾品的工作尚未全部完成，剩下的部分正由留美負責。畢竟他們還是小學生，跟長時間重複同樣的工作比起來，組裝未曾接觸過的聖誕樹當然新鮮許多。

不過，在無人看管的情況下，讓小孩自己使用尖銳物品，是很危險的事情，最好跟她提醒一下。反正現場沒有其他人，我過去搭話也不至於讓她受到異樣眼光。

「只有妳一個人？」

我稍微蹲低，上前開口說道。留美沒有任何反應，只是悶著頭繼續剪紙。

……好吧，她不想理我的話，我也只能認了。

我放棄跟留美說話，起身要離去時，她往這裡看了一眼，隨後又拿起一張紙，把臉轉回去。

「……看了就知道吧。」

留美沒好氣地回應，彷彿覺得我的問題很愚蠢。妳也慢太多拍了吧？最近連衛星頻道的延遲都沒這麼誇張。這個小鬼真是一點也不可愛。

儘管心裡這樣抱怨，我還是對留美獨自默默地工作抱持好感，同時思考起造成這個情況的原因。

鶴見留美的現狀，亦是我當時行為的結果之一。因此，我必須對她負責。

我一屁股坐到她的身邊，抽起一張勞作紙，取來遺留在附近地上的剪刀。

我瞧瞧……原來如此。這張紙上已經畫好雪片結晶的圖案，所以直接沿著線剪……等等，不對，好像要先對摺，再用剪紙的技巧剪成結晶……想不到他們做的東西挺複雜的。我看著留美的動作，學她先把紙對摺，再沿線剪下去。

剛剪第一刀，隔壁的聲音便停下來。我看向留美，發現她停下手邊的工作，訝異地盯著這裡。

「……你在做什麼？」

「看了就知道吧。」

我用留美不久前說過的話反將回去。她聽出我的用意，不悅地瞪過來。

「……沒有其他事情做了嗎？」

「是啊，沒了。」

事實上，要做的事情堆得跟山一樣高，但現階段已經沒有什麼好做。而且，在下次開會之前，我們都只能像這樣虛度時間。

留美聽了，賞我一個白眼。

「……真閒。」

「妳管我。」

我們閉上嘴巴，繼續完成剩下的裝飾品。

不知道當初是誰提議做雪片結晶，這種用勞作紙做成的玩意兒遠比我想像的精細，剪的時候需要很高的專注力。

我太過投入，連講習室內的嘈雜聲都拋到腦後。

這時，忽然有人快步跑過來。

我抬起頭，發現是一色。

「啊，借一下美工刀～」

聖誕樹那邊大概正好需要，她簡單報告後，拿起桌上的幾把美工刀。

接著，一色注意到留美，但留美正專注於手上的工作，沒有把她放在心上。她似乎對此有點在意。

一色輕輕對我招手，我把身體湊過去，她在我的耳邊悄聲詢問：

「……學長該不會，喜歡比自己小的女生？」

「我是沒什麼問題。」

或許是家裡有妹妹的關係，我還有辦法應付比自己小幾歲的女生，同年紀的女生反而會讓我緊張。但如果小到像川崎的妹妹那樣，我也不知道怎麼對待才正確。啊，至於比自己小的男生，我大致上都不擅長應付。那種類型跟動物沒什麼兩樣，根本聽不懂人話。

一色聽了我的回答，頓時閉口不語。我觀察半天，見她半點反應都沒有，該不會只是個屍體吧……喔，動了動了，她露出困惑的表情。

「……學長，你該不會想追求我吧？對不起雖然我喜歡比自己大的男生但我們兩個真的不可能——」

「怎麼想都不是這樣吧。」

真是夠了。我竟然認真回答她的問題，簡直是天字第一號大白痴……

我揮揮手，示意一色別在這裡礙事。她嘟噥「這是什麼意思……」不情願地走出講習室。

一色離開後，空間恢復寧靜。

再也沒有人開口，現場只有勞作紙與剪刀的摩擦聲。紙張做成的雪花片片落下，逐漸堆積起來。

最後一片雪花完成之時，我跟留美對看一眼。

「都結束了吧？」

「……嗯。」

留美心滿意足地舒一口氣，泛起淺淺的微笑。跟我對上視線時，立刻難為情地把臉別開。

我也吐一口氣，站起身。

「……那麼，回去吧。」

「啊，那個……」

仍然坐在地上的留美又看過來，似乎想說什麼。我不等她說下去，先一步開口：

「聖誕樹那邊還沒弄好的樣子，要不要過去看看？」

「……嗯，好。」

她這才站起身，走出講習室，我則回去自己的座位。

我沒勇氣聽她原本要說的話。看到那張笑容，便覺得胸口好痛。

我察覺到自己意圖用這些微不足道的小事，抵消過去的罪孽。但鶴見留美的笑容，完全不代表對當時行動的肯定。

過去的那套做法，一定拯救了什麼。

可是，只用那套做法絕對不夠。

我的責任究竟在哪裡？這個問題依舊無解。

×　×　×

我們送小學生回去，簡單做一點工作，整理好剩下的資料後，再也找不到事情可做。

總武高中學生會也清閒下來，乾脆反覆確認預算跟資料，藉以打發時間。至於海濱綜合高中那邊，正在熱烈地討論什麼事情。

我今天的工作到此結束。

「一色，能做的事都做完了，可以回去了嗎？」

正在翻閱資料的一色抬頭看時間，想了一下後回答：

「嗯──今天就到這裡告一段落吧。」

「好，那我先走囉。」

「學長辛苦了～」

我轉過身，在一色的道別聲中離開講習室。

走出公民會館，雨早已停歇。

地面的水窪反射街燈，屋簷的水滴透出餘暉。看著眼前的動人光景，我卻感覺到幾分淒涼。

我拉緊外套的領口，走到腳踏車停放處，才想起今天沒有騎車。由於一早便開始下雨，我放棄騎腳踏車，改搭電車再轉公車去學校上課。

於是，我轉往車站的方向。經過MARINPIA時，亮晃晃的霓虹燈招牌不斷朝我眨眼，自動門開啟時，暖氣也從裡面流瀉而出。

對喔，這裡也有肯德基……差點把母親交代的事忘得一乾二淨。

今天剛好比較早散會，不如順便去訂個炸雞桶吧。反正到時候是我來取貨，而且拿回家後照樣要用烤箱再烤一次，選擇離家比較遠的店也沒差。話說回來，由我這個膽小鬼來拿炸雞（註35），真是再適合不過了！

目前正值 MARINPIA 的聖誕節促銷檔期，每個人都提著大大小小的購物袋。我隨意環視一下空間，找出肯德基的位置，往那個方向走去。

距離聖誕節只剩下一個星期，肯德基的生意相當興隆，看似排隊等著訂炸雞桶的顧客不在少數。對上班族來說，MARINPIA 離車站很近，回家時正好能抽一點時間繞過來。我也排進隊伍，順利完成訂購。

完成交辦事項後，即可直接回家。

我從肯德基附近的出口離開。進進出出的人潮未曾間斷，所以自動門始終維持敞開。一樓的顧客與上下電扶梯的顧客交織成片，使場面多少有些擁擠。

聖誕節不愧是一年的尾聲，每個人都忙得不可開交……我往電扶梯的方向看去。下樓的人潮裡，出現雪之下雪乃的身影。這個時候明明應該趕快離開現場，我卻驚訝得雙腳不聽使喚。

雪之下在人潮中也格外醒目。我沒有刻意尋找她，她便自然而然地進入視線範圍。

她提著書店的袋子，大概是在那裡買了什麼。

我就站在雪之下的前方，所以她當然也注意到我，露出訝異的表情。兩個人已經對上視線，明顯認出彼此，想要再裝做沒看到，幾乎是不可能。

註35　膽小鬼英文為「chicken」，與雞相同。

我輕輕點頭示意，步出電扶梯的雪之下也微微頷首。

「嗨。」

「……晚安。」

我的腳終於恢復知覺，雪之下也踩著流麗的腳步往門口走去，兩個人幾乎同時到達室外。

街道上熙來攘往，有的人正在逛街，有的人準備回家。

肯德基側的出口外面有一個小廣場。雖然不知道假日的白天跟天氣暖和時是怎麼樣，至少在降雨剛停的寒冷夜晚，沒有人想在此佇足。

然而，我們卻不知為何停下腳步。

雪之下披好大衣，調整領口的圍巾，我也重新盤一次圍巾，以免被晾在原地。

儘管不必這麼做，連日下來在社辦養成的習慣，讓我不自覺地尋找話題。

「嗯——來買東西？」

「對……那你呢，這種時間在這裡做什麼？」

雪之下跟平常一樣，維持那副不變的表情，冷冷地開口。

今天我也提前離開社團，這個時候卻在這一帶出沒，是一件很不自然的事，所以雪之下當然會起疑。可以的話，我應該盡量避免在這裡遇到她，但是既然真的遇到了，那也沒有辦法。

我搔搔臉頰，別開視線。

「嗯……有一些事要處理。」

我無法說出實情，只好用抽象的句子模糊帶過；但我也無法說謊，只好說出不具任何意義的話。

雪之下垂下視線，頷首低喃：

「是嗎……」

接著，她抬起頭，將猶豫許久的話說出口。她緊咬的嘴脣微微顫抖，直視我的雙眼也在搖曳。

「……你在幫忙一色同學，對不對？」

這句話的語氣很輕，不帶任何霸氣，脆弱得有如夜晚降下的霜，彷彿稍微一觸即會碎裂。也因為如此，聽在我的耳裡，顯得特別冰冷。

我想由比濱並沒告訴她這件事，應該是雪之下自己察覺。連著好幾天，她可能都對我的行為睜一隻眼、閉一隻眼，直到現在撞見不尋常的舉動，才忍不住問出口吧。

「嗯……其實，我也是身不由己……」

不論我再怎麼含混帶過，都改變不了事實。而且，我也想不到其他說法。事到如今再否定下去，已經沒有任何意義。

「你根本不用特地說那種謊。」

雪之下望著寒風中空蕩蕩的地面。她將小町的事情、以及畫蛇添足般的理由視

為謊言。

「我哪有說謊，那也是理由之一。」

「……有道理，的確不是謊言。」

她自嘲地說著，用手梳整被風吹亂的頭髮。

眼前的情景讓我想起，之前也出現過這樣的對話。

雪之下雪乃不會說謊——當時的我深信這一點，因此在發現她沒說出實情的當下，心中頓時感到幻滅。

我不是對雪之下，而是對過去強將理想加諸她身上的自己感到幻滅。

如今，雙方的立場互換，我自己又是如何？想必比當時更過分。我欺瞞自己「不說出實情不等於說謊」，接受這種說法，甚至利用這種說法為自己辯解。

我曾經那麼痛恨虛偽，現在卻為了自己的方便，大大方方地利用它，連我都覺得醜陋不堪。因此，我帶著懺悔的心情說道：

「……抱歉，我擅自行動。」

雪之下閉起眼睛，輕輕搖頭。

「沒什麼關係。畢竟，我沒有權力、也沒有資格干涉你個人的行為。還是說——」

她到此暫時打住，握緊掛在肩上的包包。

「你需要得到我的同意？」

她把頭偏向一邊，用澄澈的眼神看過來。這句話的語氣很柔和，不帶責備我的意思，我卻格外感到痛苦，胸口宛如被一把柔軟的刀抵著。

「……不，只是確認一下。」

我不知道怎麼回答才正確，只能擠出這句話。說不定在我的心裡，根本沒有所謂的正確答案。

我轉動眼睛看向雪之下，她跟待在社辦的時候一樣，嘴角漾著緬懷逝去往日的微笑。

「……嗯。那麼，你便不需要道歉。再說，一色同學找你幫忙，心裡也比較沒有負擔。」

雪之下用不疾不徐的語調，一口氣說完這句話。我靜靜地聽著，心想：如果連道歉都不被允許，自己還有辦法說什麼？

她望向烏雲滿布，看不到星星的夜空。在遠處灣岸工業區的燈光照射下，雲朵如同一片混濁的橘霧。

「如果是你，能獨自解決問題才是。之前不是也都這樣？」

我不這麼認為。在此之前，我從來沒解決過問題。以一色跟留美的委託來看，最後不是不了了之，便是被我弄得一團糟。她們根本沒有被我拯救。

「我從來沒解決什麼問題……何況，我只是因為沒有其他人，才一個人做。」

自己的事情自己處理，這是再理所當然不過的道理。不論是問題從天而降或無端被捲進去，一旦沾上邊，最後都免不了導向自己的問題，所以我才總是一個人處理。如此而已。

就是因為這樣的體認深植內心，才使我不先思考其他可行的解決辦法，便輕易地拜託別人，所以最後總是沒有好下場。再怎麼說，一開始便搞錯方向的人，不管用什麼手段，都註定得不到正確的結果。

所以，我才要自己解決問題。就只是這樣。

這大半年的時間，共同參與社團活動的雪之下應該也一樣。

「妳不是也一樣？」

我深信——不，我懷著期待詢問。雪之下卻猶豫了一會兒。

「我……我跟你不同。」

她垂下頭，閉緊嘴唇，揪住外套袖口；我從鬆開的圍巾中，看見白皙的喉嚨動了一下。那模樣好像在寒風中喘不過氣，我第一次看到這樣的雪之下。

她維持低垂的頭，緩緩擠出話語。

「我不過是以為自己做得到……以為自己非常瞭解。」

雪之下口中的「瞭解」，究竟是指她本身，抑或是我？事實上，兩邊想必是一樣的。自以為瞭解的，真不知道是哪一方？

儘管還沒理好思緒，我意識到自己必須說些什麼，嘴巴動了起來。

「我說，雪之下……」

這時，雪之下抬起頭，用以往的沉著聲音，打斷我即將說出口的話。

「社團這邊，要不要暫時休息一陣子？你不需要在意我們，那些在意都是多餘。」

她說得很快，臉上再度浮現透明的微笑。那沉穩的表情，如同作工精細、收藏在玻璃展示櫃內的陶瓷娃娃。

「我才不是在意妳們。」

我很清楚自己不該這麼說，但要是現在沉默下來，我將連那間空虛的社辦都失去。

說是這麼說，錯誤的事實不會就此改變。我用什麼樣的話語彌補，都無法導正錯誤。

雪之下搖搖頭，肩上的包包無力地滑落。

「在那之後，你便一直很在意……所以……」

我好不容易聽出氣若游絲的話語，等待她的下一句話。她卻轉向別的話題。

「其實，你不需要繼續勉強自己。要是這樣就被破壞，代表程度也不過如此……難道不是？」

這次我真的說不出話。

雪之下所說的，是我曾經相信過，卻沒有堅信到底的事物。

畢業旅行之後，我便不再相信的事物，雪之下至今仍深信著。

當時，我說了一個謊。不願意改變、不想改變的願望，也隨之扭曲。

海老名、三浦，以及葉山——

他們追求永恆不變的幸福日子，所以不惜撒一點謊、互相欺騙，以維持現有的關係。因為明白了這一點，我無法輕易地否定他們。

那是他們得出的結論，為了守護而做出的選擇。我不認為那有什麼錯。

我把那些人的身影重疊在自己身上，認同了他們的理念。我也對這段日子產生好感，逐漸為失去感到惋惜。

雖然心裡很清楚，這樣的日子終將離我們而去。

所以，我扭曲自己的信條，對自己撒謊。重要的事物無可取代，一旦失去，便無法再度擁有。所以，我欺騙自己「必須好好守護」。

我所做的不是守護，而是緊緊抓著不放，以為這樣就算守護到。

雪之下現在提出的問題，想必是對我的最後通牒。

不從徒具表面的事物尋找意義——這是我們過去抱持的共通信念。

現在的我，是否仍然抱持這個信念？

我回答不出來。現在的我已經發現，維持表面上的完整，並非完全沒有意義。這確實是一種做法，所以我沒辦法否定。

雪之下投來寂寞的眼神，默默地等待我開口。直到明白「無聲」即為我的答案那一刻，她才輕輕嘆一口氣，泛起脆弱的微笑。

「你不必，再勉強自己來社團……」

這句話溫柔得幾近殘酷。

喀、喀——雪之下步下階梯。喧鬧的人潮中，她逐漸遠去的腳步聲，不斷在我的耳邊縈繞。

雪之下消失在人群之中。儘管相隔不了多少步的距離，我卻覺得好遙遠。

我發不出聲音，只能看著她遠去，最後癱坐到廣場的階梯上。

這時我才注意到，附近的商家正在播放聖誕節歌曲，廣場上用禮物裝飾的聖誕樹也點亮燈光。

那些禮物盒裡，八成什麼都沒有。

像極了那間社辦。可是，即使是空蕩蕩的箱子，我也好想得到。

真不像我會有的願望。

× × ×

我就這麼放空腦袋，什麼也不思考，坐在階梯上看著聖誕樹一閃一閃的燈光。

直到寒意滲入體內，我才下定決心，呼出一口白煙，站起身體。

我看看時間，從雪之下離去後到現在，其實沒有經過多久。

車站前淨是購物群眾、趕著回家的人，以及剛結束社團活動的學生，每個人都在講話，四周吵吵鬧鬧。

但是說也不可思議，我竟然覺得好安靜。即使從廣場走進人群，周遭的聲音和聖誕頌歌都傳不進耳朵。唯有自己的嘆息聲格外清楚。

我在街道上緩緩走著，前方正好出現一批剛出車站的人潮，使我的步調更加緩慢。

車道上的車輛也沒什麼移動的跡象。他們大概是來車站接人，或等待附近停車場的車輛進出吧。

其中有一輛車鳴了一聲喇叭。不要在大馬路按喇叭好不好……我投向那輛車不悅的視線，其他有幾個人同樣看過去。

那是一輛這附近很少見的黑色跑車，長引擎蓋是其最大特徵。跑車滑到我的身旁，左側車窗緩緩降下。

「比企谷，你在這裡做什麼？」

平塚老師從車內探出頭。

「喔，沒什麼，我正準備回家……倒是老師怎麼會來這裡？」

我萬萬沒想到會在這種地方遇到平塚老師。她聽了我的疑問，輕笑一聲回答：

「這還需要問？下個星期就要辦活動了，我過去會館看看情況，發現大家都已經離開，於是也準備回去，結果就在路上看到你。」

「老師的眼力真好。」

「誰教我被塞了學生輔導的工作，在路上看到穿制服的人，都會留意一下。」

她自嘲地笑道，隨後比向隔壁的座位。

「這樣也好，我送你回去吧。」

「不用了，沒有關係。」

「別客氣，趕快上車。後面的車要來了。」

在平塚老師的催促下，我看看後方，的確有一輛車開過來。雖然不太情願，現在的我也沒有其他選擇。

我正打算開門時，發現車輛的左邊只有一扇門，原來是二人座的車。於是我繞去另一邊，由右側上車。對喔，仔細想想，駕駛座明明就在左邊……

入座後，我繫好安全帶，同時環顧內部空間。座位跟儀表板覆上高級皮革，指針和操作裝置發出鋁製金屬的光芒，感覺相當帥氣。

「老師，我好像沒看過這輛車。應該不是暑假那一輛吧？」

如果我沒記錯，當時好像是比較常見的廂型車。

「沒錯，當時那一輛是租的。這臺才是我的愛車。」

老師開心地說著，還揺一下方向盤，得意洋洋的模樣超有男子氣概。只不過，一個單身女子開這麼昂貴的雙人座跑車啊……該怎麼說呢，為興趣付出到這個地步，搞不好也是她遲遲結不了婚的原因之一……

跑車發出低沉的引擎聲，急馳上路。

我大略說明自己家的位置，平塚老師點一個頭，轉動方向盤。順著國道開下去，是從這裡回到家的最短路程。

然而，我很快從車燈照亮的前方發現，車子並非往國道方向前進。

我疑惑地看向平塚老師，她叼著香菸，吐一口煙霧，看著前方說道：

「不介意繞點路吧？」

「喔……」

既然坐老師的車回家，我便沒有什麼好抱怨。儘管不知道老師打算繞去哪裡，最後能回到自己的家就好。

我靠上椅背，在車窗邊托著臉頰。外面似乎有點起霧，不斷後退的街燈染上些許橙暈。

腳邊吹來徐徐暖風，讓冰冷的身體舒服許多。我一連打了好幾個呵欠。

平塚老師什麼話也沒說，只是哼著小曲。輕微的呼吸聲搭配緩慢的曲調，有如唱給孩子的搖籃曲，我很自然地閉上眼睛。在平穩的駕駛下，跑車僅產生輕微震動，我覺得自己好像坐在搖籃裡。

未知的目的地，夜晚的兜風。

在我快要睡著之際，跑車終於緩緩停下。

從車窗望出去，舉目所見盡是等距離排列的街燈，以及對向來車的燈光。原來我們還在道路上。

「到囉。」

平塚老師丟下這句話便開門下車。我在心中納悶到了哪裡，跟著打開車門。

很快地，我聞到海的味道；再看向前方，是一片新都心發出的光亮。我立刻明白不遠處是東京灣，這裡則是東京灣河口的某座橋面，在總武高中學生的認知中，亦是每年二月馬拉松大賽的折返點。我清楚記得自己看到橋面欄杆上，滿是情侶留下的塗鴉時，還暗自感到不屑。

走上步道後，平塚老師拋來一罐咖啡。我差點因為視線昏暗，看不清楚而漏接。咖啡握在手中還溫溫的。

老師靠在車邊，叼著香菸，單手拉開咖啡拉環。我好像有點迷上那個動作。

「看起來很帥氣呢。」

「因為我在刻意耍帥。」

本來只是開個小玩笑，老師卻帶著冷笑回應。哎呀討厭~那個表情真的讓我覺得好帥氣！

我不好意思一直盯著平塚老師，於是把目光移向海面。

夜晚的海面一片漆黑，在微弱的照明下，我隱約看得見水波起伏。海面看起來相當柔軟，彷彿一沉下去便永遠不會浮起。

我看著海面良久，平塚老師才出聲：

「情況怎麼樣？」

這個問句缺乏供參考的前後文，使我無法得知老師想知道的是什麼。但是從時間上推測，她大概是在問聖誕節活動的準備情形。

「很不樂觀。」

「……嗯。」

平塚老師轉向別處，吐出一口煙霧，再把臉轉回來。

「什麼很不樂觀？」

「老師這樣問，我也很難一概回答……」

「你先回答看看。」

「喔，那……」

我開始思考，要從哪裡說起。

首先，當前最大的問題是時間不夠。在僅剩的七天當中，我實在不覺得現狀有好轉的可能。

接著，次要問題是造成時間不夠的主因，亦即我們籌辦活動的方式。玉繩將聽取他人意見奉為最高原則，一色則一味地尋求他人意見。由這樣的兩個人擔任中心人物，再多的時間都不夠用。

若要突破困境，勢必得由另一個人大刀闊斧地改革，或是改變他們兩人的觀念。但不論是哪一種方法，可行性都很低。

在玉繩與一色之外，沒有人有足夠的分量；我也只是以協助的名義參加活動，

不方便搶在學生會的面前表現。學生會幹部們，應該也希望接受會長的指揮才是。

再說到一色與玉繩，要不要改變他們的觀念，也是一個問題。

這兩個人都是剛上任不久的學生會長，經驗不足這一點在所難免，他們真正的問題在於缺乏領導者的視野。我看不出他們要如何帶領團隊迎向成功，失敗的情況倒是能清楚想見。學生會長的第一件工作便這麼重大，不但要跨校合辦，規模之大還遍及周邊地區，他們一定很擔心活動辦得不成功。

第一次登上大舞臺便重重摔一跤，其實不是什麼稀奇的事。有句話說：「失敗也是經驗的累積」，但這只是局外人的風涼話。對本人來說，失敗想必會成為不堪回首的往事。

坐在看臺上的觀眾會說：「下次再努力就好」、「每個人都有失敗的時候」。然而，不是每件事情都有第二次機會；失敗一次留下的陰影，也可能導致第二次再度失敗。事實上，「失敗了也沒關係」是非常不負責任的說法。必須承擔失敗責任者，永遠只有失敗的人自己。

只要是有一點想像力的人，都能輕易瞭解「不可以失敗」的道理。玉繩跟一色應該也屬於這群人。

因此，他們徵詢、採納別人的意見，藉此分散失敗時必須承擔的責任。

當然了，他們不會當著對方的面說：「都是你提出這個意見的關係」，而是在心裡偷偷自我安慰。

從報告到通知到討論到協調到確認的過程，參與的人越來越多，為的正是減輕自己的責任。當「這是眾人的失敗」、「所有人必須一起負責」的認知成形，每個人的心理負擔便會減輕一些。

他們沒辦法擔保一切責任，才會尋求其他人的意見。

這正是籌備進度停滯不前的原因。誰要當最前面的領頭羊？誰要負最大的責任？沒有釐清這個問題，本身即是相當大的錯誤。

「大概是這個樣子……」

我不確定自己說明得清不清楚，但我至少把自己的想法毫無保留地說了出來。

平塚老師不發一語，耐心地從頭聽到尾。等到我全部說完，才面露難色，點了點頭。

「……看得很仔細。你很擅長判讀人的心理。」

其實不是如此。這只是我的想像，如果換自己處於那個位置，大概也會那樣想——正要這麼開口時，平塚老師豎起食指制止。她凝視我的眼睛，緩緩說道：

「可是，你不瞭解人的感情。」

這句話直接點中核心，我差點忘記呼吸，嘴巴發不出任何聲音，連喘口氣都辦不到。我，比企谷八幡終於明白，自己從來不去理解的東西為何物。

許久以前便有人提醒，要我多考慮別人的心情；也有人責備我，為什麼明白那麼多事情，就是不明白別人的心情。

我隔了半天說不出話，平塚老師用菸灰缸捻熄香菸，告訴我：

「心理跟感情不能時時畫上等號。有時候得出看似完全不合理的結論，正是這個緣故……因此，包括雪之下跟由比濱，還有你，會得出錯誤的答案。」

「……等一下，她們跟這個有什麼關係？」

冷不防出現的名字讓我反應不過來。我現在既不想提到她們，也不想思考她們的事。平塚老師瞪過來一眼。

「我一開始要問的，就是她們的事。」

她的聲音聽起來不怎麼高興，語罷，又點燃一根香菸。老師先前的問題中，的確沒有明示主詞，我只是自己以為她在問聖誕節活動。

「不過，本質上也沒什麼兩樣。問題的根本是共通的，那就是——心。」

她呼出一口菸，煙霧拉成抽象的形狀，很快便溶入空氣中。

心、感情，與想法——

煙霧早已消失，但我還是望著那個地方，好像看得見一絲殘餘似的。

這當然只是自以為是，我什麼也沒看見。我以為自己有考慮別人的心情，但其實只看到表面的部分；我將不過是推測程度的東西假定為真，藉此採取行動。這些跟自我滿足有什麼不同？

所以說長久以來，我幾乎什麼都不懂。

「不過，這些不是思考就能理解的東西吧？」

如果是用優缺點、風險與回報思考的事物，我還可以理解。出於欲望、保身、嫉妒、憎惡……等常見醜陋情感的行為心理，還有辦法類推。在我的心中，這些醜陋情感的樣本要多少有多少，所以很容易想像出來。性質相近的事物，仍然留有理解的空間，也可以用理論說明。

反之，則非常困難。

人類的思緒不受損得影響，又超出理論的範疇，故非常難以想像。可做為參考的線索少之又少，再說，至今我已經犯下太多錯誤。

舉凡是好感或是友情或是愛情，這些事物永遠只會產生誤解。每當我認為「一定是這樣」時，最後總會發現自己又會錯意。

收到對方傳的簡訊、不經意的身體碰觸、課堂上眼神交會時的微笑、聽到某個人喜歡自己的八卦、剛好坐在一起而常常說話、總是在相同時間放學回家……我早已數不清，自己會錯意過多少次。

即使……即使那是正確的，結果依然不會改變。

我沒有把握自己能堅信到底。就算除卻一切良好的判斷要素，設下所有想得到的障礙，我還是不敢說那樣的想法是「真物」。

只要是不斷變化的事物，便不存在標準答案。想求出答案，是不可能的事。

平塚老師聽了我的話，先淺笑一下，接著露出嚴厲的眼光。

「無法理解嗎？那就繼續思考。既然只能慢慢計算，就窮極一切計算。列出所有答案，再用消去法一一排除，留到最後的便是你的答案。」

老師的眼神滿是熱切，說出來的卻是謬論——不，這連理論都稱不上。她的意思是，既然我只懂得用道理跟計算推量人心，那就看透一切、窮盡所有計算，用消去法過濾所有想得到的可能。

這可是既沒有效率、又曠時費力的大工程，還不能保證最後一定能得到答案。我吃驚到腦袋一片空白，連話都沒辦法好好說。

「……那也不代表一定能理解吧？」

「那樣代表計算過程有問題，或是漏掉了什麼，回頭重算一次。」

老師用開玩笑的表情，一本正經地回答。看她那副理所當然的樣子，我忍不住發出乾笑。

「太硬來了……」

「傻瓜。要是感情能夠計算，早就電腦化了……無法被計算而剩下的答案，正是人們的情感。」

她的口氣很大，聲音卻很溫柔。

如同平塚老師所說，我也認為世界上有些東西無法計算。即使硬算下去，大概也會像圓周率或無限小數，永遠沒有除盡的一日。

但這不代表要放棄思考。得不到答案的話，更應該繼續思考。這絕對不是一條坦途，而是滿布荊棘的道路。

光是用想像的，背脊便開始發寒，我忍不住拉緊外套的領口。平塚老師看了，輕笑一下。

「唉，我自己也老是計算錯誤，才一直沒辦法結婚吧……之前又參加一個朋友的婚禮……哈。」

平常見到她泛起自虐的笑容，我一定會說些沒大沒小的話開玩笑。

但是，今天我無心開玩笑。

「不，我看是對方太沒眼光了。」

「咦……為、為什麼突然這，這樣說……」

老師為這句話大感意外，支支吾吾好一會兒，把臉別開。

這不是什麼客套話。假如我早十年出生，早十年遇見這個人，我八成會打從心底迷上她——當然了，這種假設沒有任何意義。

連我都覺得自己的想像很滑稽，不自覺笑出來，平塚老師也愉快地笑了。過了一會兒，她才清清喉嚨。

「咳嗯，好吧……雖然算不上答謝，我特別給你一個提示。」

老師收起笑容，換上真誠的表情看過來，用開導的口吻說道。我也挺直背脊，直視老師，用眼神告訴她自己準備好洗耳恭聽。接著，她緩緩開口：

「思考的時候，不要搞錯應該思考的重點。」

「是……」

這個提示太過抽象，我聽得一知半解，或者可以說聽了等於沒聽。老師也從我的臉上看出這點，沉吟了半晌。

「嗯……舉例來說，思考看看你為什麼不以侍奉社的身分，而是以個人名義幫助一色？這麼做是為你們的社團，也可能是為雪之下。」

老師的例子很唐突，再加上冷不防出現的名字，我暗暗吃了一驚，反射性地看向她。她的臉上掛著苦笑。

「這不是一看就知道嗎？學生會選舉結束後，雪之下來向我報告處理結果……儘管她沒有提自己的事，看到那個樣子，我的心裡便多少有點底。你應該也這麼想吧？」

「嗯……這個嘛……」

我用無意義的聲音拖延思考時間，但平塚老師不待我回答，便繼續說下去。

「如果你也抱持相同想法，便代表你不讓她們參加，是為了不傷害到她們……這只是一個可能，當個例子聽聽就好。」

「……是啊，的確有這種可能。」

我告訴自己老師只是舉例，這不過是一場個案研究，她的想法不見得與實際情況相符。

老師點點頭，如同要取得我的認同。

「不過以這個情況而言，應該思考的不是這個，而是『為什麼不想傷害她們』。

答案其實已經很明顯——因為珍惜，所以不想傷害。」

她凝視我的雙眼，道出最後那句話。我明白自己容不得反駁，也不能挪開視線半寸。

街燈將平塚老師的臉映照成橘紅色，川流的車燈不時刷上白光。她帶著略顯落寞的神情，用溫暖又柔和的聲音低語：

「可是啊，比企谷，這是不可能實現的。人類只要存在這個世界，便難免在不自覺中傷害到其他人。不只是活著，連死去以後，傷害都持續發生著。與人產生關係，傷害便連帶出現；即使刻意避免產生關係，也難保對方不會受傷……」

平塚老師抽出一根香菸，看著那根菸繼續說：

「說是這麼說，假如對方一點都不重要，我們也不會注意到自己造成的傷害。重要的在於『自覺』。正是因為珍惜對方，我們才意識到傷害了對方。」

老師總算把菸含入口中，用打火機點燃時，臉龐微微亮了一下。她閉著雙眼，面容相當安詳，「呼——」地吐出長長的煙霧，低語：

「珍惜一個人，意味著做好傷害對方的覺悟。」

她抬頭看向夜空。

我跟著抬起頭，想知道老師看見什麼，這才發現在不知不覺間，雲層透出一些縫隙，幾道月光灑落下來。

「提示到此為止。」

老師離開靠著的車子，對我露齒一笑，接著用力伸展筋骨。

「越是為彼此著想，越會出現無法得到的事物。不過，我們不用為此傷心，這是一件值得引以為傲的事。」

那樣的事物想必很美麗，但也只是美麗而已。心心念念卻永遠無法得到，出現在眼前卻永遠無法觸及，都是何等難過之事。既然如此，一開始便不要去想、不要去看，說不定還比較容易死心。

想到這裡，腦海冒出一個問題。

「……那樣不是很辛苦？」

「嗯，很辛苦。」

平塚老師接近一步，又把身體靠到車上。

「……不過，這是可行的。因為我自己就是這樣。」

她泛起得意的笑容。老師不太提自己的事，但她想必也經歷過很多遭遇。我不知道追問下去是否恰當，不過等到有一天自己更加成熟，她說不定會主動提起。我發現自己多少有些期待，趕緊將臉別開，故意說出難聽的話。

「因為自己做得到便以為別人一定也能做到，這種想法有點傲慢喔。」

「……你這個傢伙真不可愛。」

老師沒好氣地說著，用近似鐵爪的方式抓抓我的頭頂，我只有咬牙忍耐的份。過一會兒，她忽然放鬆力道，但還是把手放在我的頭上。

「……對了，老實跟你說吧。」

老師的語調遠比先前低沉。她按住我的頭，我只能抬起眼睛看過去。出現在她臉上的，是悲傷的微笑。

「說不定，就算不是你也沒什麼關係。或許總有一天，雪之下會自己改變；或許總有一天，會出現一個瞭解她的人，踏進她的內心世界。這點對由比濱來說也一樣。」

「總有一天嗎？」

總有一天，究竟是什麼時候？這個字眼比「遙遠的未來」更沒有實感，同時又現實到彷彿下一秒就會發生，讓我們一點辦法都沒有。

「對你們來說，此時此刻便代表一切，但實際上絕對不是如此。殊途也會在某個地方被拉回相同的終點。這正是我們所處的世界。」

老師所言是否為真？總有一天，必定出現踏進她內心世界的人。一想到這個無法撼動的事實，內心便隱隱作痛。我轉動身體，想擺脫這種感覺。

這時我才發現，頭頂上的手早已移動到肩膀上。平塚老師的聲音，比剛才更接近自己。

「……只不過，我希望那個人會是你。我期望，你跟由比濱能夠踏入雪之下的內心。」

「雖然老師這麼說，我——」

這一刻，老師輕輕摟住我的肩膀。在極近的距離與微微暖意下，原本要說的話煙消雲散。對於突如其來的舉動，我只能僵在原處。老師凝視我的雙眼深處，開口：

「當下不是一切……不過，有些事情只有在這個當下、這個地方才做得到。不要忘了，比企谷……就是現在。」

我無法從她泛溼的雙眼移開視線。當下的我沒有足以回應那真摯眼神的事物。所以，我什麼也說不出口。

她把我摟得更用力。

「去思考、去掙扎、在煩惱中喘不過氣——不做到這個地步，便得不到真物。」

她說完這句話，放開我的身體，恢復以往豪爽又帥氣的笑容，如同告訴我「說教到此結束」。看到那張笑容，我全身的僵硬才漸漸退去。

聽完老師的這番話，我的胸口也堆積了數不清想說的話。但是，我不會把這些話說出口。我應該自己思考、醞釀、轉化為自己的東西。

那麼，改說別的吧。這種時候就是要用討人厭的話表達謝意。

「……雖然老師這麼說，受過苦也不見得代表能得到真物。」

「你這個傢伙，真是一點也不可愛。哈哈哈！」

老師愉快地笑著，從後面敲一下我的頭。

「……好了，回去吧。快上車。」

「遵命。」

她打開駕駛座的車門入座，我應聲後，也往前座走去。

這時，我不經意地看向夜空。

先前從雲中探出臉的月亮，早已躲了回去。夜晚的海面失去光亮，拂面而過的寒風刺痛臉頰。

但是說也奇怪，我竟然不覺得寒冷，整個身體仍然留有暖意。

6 即使如此，比企谷八幡——

我沉在客廳的沙發上，牆上掛鐘的分針發出喀嚓聲響。

我看向掛鐘，發現時針爬到頂端。

坐平塚老師的車回家到現在，已經過了好一陣子。

小町跟父母早已吃完晚餐，回去各自的房間，家貓大概也在小町的房間呼呼大睡。

老舊的暖被桌不時發出嗡嗡低鳴，大概是之前誰離開時忘記關掉電源。我起身將電源關閉，又倒回沙發上。

現在這個客廳冷颼颼的，對我反而正好。不僅睡魔不會找上門，我的腦袋也非常清醒。

平塚老師確實給了我提示。而且不只是今天，在此之前，她說不定也不斷指引著我們。只不過，我忽略了那些指引，或是誤解老師的意思，甚至採取了錯誤的方式。所以，現在我必須重新好好思考一次，釐清問題的癥結。

當前最大的問題，無疑是即將到來的聖誕節活動。雖然我接受一色的委託在旁協助，整個籌備過程仍是一場糊塗。

緊接著，一色伊呂波的問題也浮上檯面。當初是我把她推上學生會長的位置，她卻無法讓學生會有效運作。

再者，鶴見留美的現況也被牽扯進來。我不知道暑假在千葉村露營時，自己對她做出那種事，究竟產生什麼樣的影響。至少從目前的狀況而言，我實在沒辦法樂觀看待。

另外……另外還有，侍奉社的問題。

光是單獨思考最後一個問題，我便覺得一陣胸悶，想不出任何可能解決的辦法。就算想理出頭緒，我的腦袋也只會空轉，不斷回想她們死了心的表情、勉強擠出的歡笑、以及自己最後聽到的那句話。

我整個晚上都被困在這樣的思緒中，任憑時間無情地流逝。或許我應該先把這個問題擱到一邊。

剩下的三個問題都有明確目標，所以很容易理解。

首要目標是透過這次活動，讓一色明白如何扮演好學生會長；第二個目標是讓留美不論是獨自一人，或跟其他人在一起，都能露出笑容；第三個目標，是調整總武高中跟海濱綜合高中的合作方式，以「可行」為前提辦好活動。

若能達成以上三個目標，問題便差不多算是解決。

為了找出最好的辦法，我進行大腦的磁碟重組，將這三個問題重新排列組合。不論怎麼排列，都一定會跟聖誕節活動扯上邊。所有問題最終都導向這裡。

那麼，便要思考如何以理想的方式，讓這個活動圓滿成功。

可是，經過這一個星期的籌備會議，我明白這絕對不是一件易事。以我一個人的力量，實在不可能扭轉目前的情況。在此之前，我早已跟玉繩討論過改善的方法。

現在該怎麼辦，尋求別人的協助嗎？

即使尋求協助，可以依賴的也只有小町。

但小町的升學考試就在兩個月後，現正處於非常時期，最好不要再干擾她。妹妹正面臨人生的轉捩點，絕對不能影響到她。

那麼，還有什麼人選……材木座？拜託材木座的話，我的確不會有什麼罪惡感，而且那個傢伙八成也很閒。然而，這次的對象是整個團體，材木座恐怕無法派上用場。他不擅長與人溝通，面對其他學校的學生時，更是不在話下。

……不。我明明很清楚，這不是材木座的錯。

責任跟原因都在我自己身上。

為什麼我這麼軟弱？

為什麼我動不動便要尋求協助？為什麼我求助過一次，便誤以為這麼做是被允許的，而一而再、再而三地拜託別人？

我從什麼時候開始變得這麼軟弱？

人與人的關聯是一種毒物，我們會在不知不覺中產生依賴。每次依賴別人，內心便受到一點腐蝕。到了最後，我們將變得不依賴別人，就什麼事也辦不到。

那麼，我是不是也以為自己幫了別人，實際上卻讓對方更痛苦？我是不是又讓一個人不再有辦法靠自己的力量站起？

給他魚吃，不如教他釣魚——這個道理，我明明清楚的很。

不費吹灰之力便從別人手中得到的事物，肯定是偽物；輕而易舉得到的東西，也會被輕而易舉地奪走。

學生會選舉期間，小町賦與了我行動的理由。我告訴自己，這麼做是為了小町，也是為了守住侍奉社。

可見得當時的我錯了。

我應該為了自身的理由、自身得出的答案行動。

這一次，我再度向外界尋求自己行動的理由。為了一色、為了留美、為了聖誕節活動……

這些真的是促使我行動的理由嗎？我覺得自己好像弄錯了前提，以及應該思考的重點。

要導正是非的話，得從事情的源頭開始。

在此之前，我都是為了什麼而行動？我的理由在哪裡？我推翻先前的種種思考，順著時間往前回溯。

我非得讓聖誕節活動成功的原因，是一色伊呂波與鶴見留美；我決定協助這個活動的最直接理由，是自己把一色推上學生會長一職；之所以要讓一色當上學生會長，是避免雪之下或由比濱參選會長；避免她們參選會長的原因，又是什麼？我為什麼不惜用小町做為表面上的理由，也要採取行動？真正的理由究竟為何？

——因為，自己有渴望的事物。

說不定從以前開始，我便渴望著這麼一份事物，而且除了這個，其他什麼都不需要。我甚至憎恨一切以外的事物。然而，我遲遲得不到這樣東西，以至於後來認為這種東西根本不存在。

偏偏在某一天，我好像看見這樣東西，觸碰到這樣東西。

所以，是我自己搞錯了。

問題已經成形，接著便是思考自己的答案。

這樣的時間過了好久好久，漫漫長夜進入尾聲，天空微微泛起魚肚白。

我不停地思考再思考，用盡所有理論和道理甚至是歪理，但始終想不出任何手段或策略或計畫。

——說不定，這就是我的結論、我的答案。

× × ×

過了放學時間，我留在座位上，用力伸一下懶腰，活動活動筋骨。果不其然，全身上下的關節都在劈啪作響。

昨天我幾乎整夜沒睡，就這麼來學校上課。所以今天早上，我一走到自己的座位，馬上趴倒在桌上，一整天下來的課程也在恍惚中度過。

不過，我現在的意識相當清楚。

我仍然對自己用整個晚上得出的答案半信半疑。這樣的結論是否真的正確？

但是，除此之外，我再也想不到其他答案。

我大大地嘆最後一口氣，從座位上站起，走出教室。

目的地已經很明確。

走廊上不見其他人，空蕩蕩的更添寒意，但我毫不引以為意。從剛才開始，我的血流速度便急遽升高，使體內一片燥熱。敲打窗戶的風聲、運動型社團的喧鬧如同遠在天空的另一端，我一味地反覆默念待會兒要說的話，其餘聲音皆傳不進耳朵。

我不斷往前走，直到看見那扇重重緊閉，隔絕一切聲音的大門。

我來到門口，深呼吸一口氣，敲響這扇大門。過去進入這間教室時，我從來不會敲門，但今天的目的不太一樣，所以我必須展現應有的禮節。

過了好幾秒，裡面的人遲遲沒有應聲。

我再敲一次門。

「請進……」

這次總算傳來細微的話音。原來隔著一扇大門，聲音聽起來是這個樣子，今天我還是第一次知道。得到許可後，我握住門的把手。

喀啦啦啦——大門緩緩滑開。總覺得今天的門特別沉重，我使出吃奶的力氣，才好不容易開到最大。

社辦內的兩個人坐在固定位置，她們對我的出現大感訝異。

「自閉男，你怎麼了？進來前還會先敲門。」

由比濱結衣仍是老樣子，握著手機，不解地看向這裡。

雪之下雪乃將看到一半的書夾好書籤，輕輕放到桌上，自己也垂下視線，盯著桌面。

她沒看著任何人，自顧自地低語：

「……不是說過，不用勉強自己來嗎？」

為了不漏聽雪之下的聲音，我拖到現在才首次開口。

「……因為有點事情。」

雪之下聽了我的簡短回答，不再說什麼，我也只是佇立在原地。現場安靜得連一根針掉到地上都聽得見。

「先、先坐下吧？」

由比濱來回看著我跟雪之下，鼓起勇氣說道。我點點頭，就近拉開她們正對面的椅子入座。啊啊……這就是前來諮詢者所看到的景象嗎，今天我第一次體會到。過去我坐的那張椅子，被遺落在雪之下的對角線上。

「這是怎麼回事？你好像跟平常不太一樣。」

由比濱不安地詢問。

今天的我的確跟平常不一樣，因為我不是以社員的身分來到這裡。

經過昨天整晚的再三思考，這是我唯一得出的答案。

一旦問題的某個環節出錯，而得出錯誤的答案，這個問題便失去改正的機會。

儘管如此，我們還是可以重新提出問題。所以，這次我務求使用正確的方法，循正確的途徑，將正確的答案逐一累積起來。除此之外，我想不到其他手段。

我大大地吐一口氣，正眼看向雪之下與由比濱。

「我有一件事，想拜託妳們。」

先前在心中反覆演練不下百遍的話，出乎意料地順暢說出口。

或許是這個緣故，由比濱聽了，露出鬆一口氣的表情。

「你終於好好說出口了……」

由比濱的笑容充滿暖意，但雪之下完全不是如此。她的視線朝著這裡，眼中卻彷彿沒有我這個人。在那雙冰冷的眼神下，我的語氣漸漸微弱。

「之前一色提過的聖誕節活動，情況比我想像的更不樂觀，所以想請妳們幫忙……」

好不容易說完後，雪之下垂落視線，含糊地開口。

「可是……」

「停，我知道妳要講什麼。」

一聽到暗示否定的接續詞，我立刻打斷她的話，滔滔不絕地開口。

「我明白這是我個人的行為，我也的確說過這麼做無法真正幫到她。可是，是我把一色推上學生會長的位置，我很清楚自己就是一切的元凶。」

一旦雪之下拒絕，便萬事休矣。雖然缺乏足以說服她的籌碼，事到如今，我也絕對不能被拒絕。於是，我把想得到的理由一股腦地說出口。

「記不記得千葉村露營時的那個小學生？她也還是跟當時一樣……」

「啊，好像是……留美，對吧？」

由比濱面露難色。不論是誰，都不會對那件事留下好印象。沒有任何人得到拯救，每個人都承擔了最壞的結果。

那是我到此之前使用的方法。要是我繼續那麼做，只會犯下更多錯誤。這次為了不重蹈覆轍，我拚命地說下去。

「所以，這次我想做點什麼。我知道今天之所以變成這個局面，都是自己過去的行為所致，也知道這樣非常自私……但是，我還是想來拜託。」

我看向雪之下，她緊緊握起放在桌面的手掌。

「也就是說，是你造成的。沒錯吧？」

「……嗯，我無法否認。」

直接也好，間接也罷，我過去的行為無疑是一切的遠因。這是無法爭辯的事實。雪之下聽了，默默垂下視線，咬緊嘴脣。

「是嗎……」

她發出近似嘆息的聲音，抬起臉龐，用濡溼的雙眼看過來，又迅速別開視線。經過一段無聲的時間，她終於揀選好辭彙，用冰冷的聲音回覆：

「……既然是你一個人的責任，便應該自己想辦法解決。」

聽到這句話，我的喉嚨頓時梗住。但現在不是沉默的時候，我硬是擠出聲音：

「……也對。抱歉，忘了這件事吧。」

萬事休矣，我再也想不到其他方法。而且按照道理思考，雪之下的話更正確。

因此，我完全接受她的決定。

我起身準備離開社辦。這時，另一個人叫住我。

「等一下。」

由比濱難過的聲音在冰冷的社辦內迴盪。

她含著眼淚，看著我跟雪之下。

「根本不對。為什麼會變成這樣？難道你們不覺得奇怪嗎？」

她不帶任何邏輯理論，用顫抖的聲音，斷言用理論思考的我們錯了。

這的確是由比濱的作風，我的嘴角稍微和緩下來，泛起無力的笑容，用向小孩子解釋的語氣緩緩開口。

「不，一點也不奇怪……自己的責任自己扛，這是再正常不過的事。」這句話或許是說給某人聽的吧。

「……沒錯。」

我說完後經過幾秒，雪之下也點頭認同。但是，由比濱仍然用力搖頭。

「不對，你們說的完全不對。」

看見她泫然欲泣的表情，我便覺得胸口被緊緊揪住，忍不住想移開雙眼。然而，她溫柔的話語將我的視線牢牢釘住。

「這不是他一個人的責任。或許思考跟採取行動的人是他沒錯，可是我們不也一樣嗎？怎麼可以，全部都推到他身上……」

「……不，這句話才有問題吧。」

由比濱的頭垂得很低，總覺得自己該對她說些什麼。我不認為自己被迫扛下所有責任，我反而覺得自己一路上受到許多幫助。

由比濱抬起頭看過來，臉上仍然是快要哭的表情。

「沒有問題。變成這樣不是你一個人的錯，還包括，我……」

她再轉向雪之下，露出責備的眼神。

雪之下正面承受她的視線，閉緊嘴巴，一句話也不說，有如乾脆地接受她的責備。

由比濱畏懼於她的眼神，用比較小的聲音嘟噥：

「……我覺得小雪乃的說法，有點狡猾。」

儘管她的語調保守，雙眼還是直視雪之下。認真的眼神中，甚至帶有攻擊性。

雪之下沒有別開視線，猶豫一會兒要不要開口，才打定主意，用冰冷帶刺的聲音輕輕說道：

「……虧妳說得出那種話……妳還不是，一樣卑鄙。」

由比濱聽了，稍微咬起嘴脣。兩個人視線交錯，有如瞪著彼此。

「等一下，我可不是為了這個而來的。」

我根本不在乎誰有錯、誰應該受責難，也不希望弄了半天，最後只得到「每個人都有錯」這種偽善的結論。我今天來這裡的目的，根本不是如此。

當然更不是為了看雪之下跟由比濱爭辯。

然而，她們聽不進我的制止。兩個人謹慎地看著彼此，爭辯沒有停止的跡象。

由比濱倒吸一口氣，白皙的喉嚨跟著震動。她帶著淚水看向雪之下，一個字一個字地說：

「小雪乃，妳從來不把話說出口……有些事情不說出來，是不會有人懂的。」

「……妳還不是一樣沒有說，淨是聊一些無傷大雅的內容來掩飾。」

雪之下用冰冷的聲音道出事實，表情也如同凝固的雕像。我們最近在社辦的生活，的確就是如此。

「所以，既然這是你們所希望，我才……」

這句話微弱到快聽不見，由比濱聽了，突然說不出話。

雪之下也早已感受到，這間社辦變得冰冷又空虛，大家只是坐著空等結束的時間到來。

我跟由比濱不但接受了這樣的妥協之計，說不定還強加在雪之下身上，要求她也接受。

沒有人說出內心真正的聲音，沒有人說出真正想要的事物。

我跟她都耽溺於那樣的環境，耽溺於彼此的做法。

理想跟理解是截然不同的東西。

「不說出口便不會瞭解，是吧……」

我很在意由比濱先前說的話。有些事情不說出口，別人是不會瞭解的。這點無庸置疑。可是，即使我們說出口，對方就一定會瞭解嗎？

由比濱聽到我的低喃，把頭轉過來，雪之下依舊低垂著視線。在由比濱催促的眼神下，我繼續說：

「不過，有些事情就算說了，也不見得會瞭解吧。」

「那是……」

她難過得扭曲起嘴角，滲出眼角的淚水也快落下。因此，我盡可能用和緩的聲音告訴她：

「……即使說出口，我也不覺得自己能夠接受，說不定還會胡思亂想，以為事情沒有那麼單純，或是有什麼隱情才說出那種話。」

雪之下很少把一件事說明清楚，由比濱也常用含混不清的話把事情帶過。

我自己則動不動想揣測別人的話中之意。

所以，就算當初雪之下直接表明參選學生會長，我恐怕也不會只從字面上理解。我想，我照樣會把其他要素列入考慮，想辦法探究她的真意。到頭來，我還是走向錯誤一途。

人只看自己想看的事物，只聽自己想聽的聲音。我當然也不例外。

由比濱揉揉眼睛，猛然把臉抬起。

「就算不能接受，如果好好說出來，多談一下，我——」

「不是妳說的那樣。」

我對她的話緩緩搖頭。

不說出來的話，便沒有人知道——這句話人人會講。他們壓根兒不瞭解，有些事情要說出口，必須承受相當大的痛苦，便把這句一知半解、不知從哪裡聽來的話搬出來用。

世界上還有許多事情即使說了，對方也不會瞭解；也有些事情會在說出口的瞬間，毀壞得再也無法復原。

「自己說出口了，所以對方一定會瞭解的想法，是一種傲慢、是發話者的自我滿足，以及聽者的自以為是……基於許許多多的原因，把話說出口後，不見得代表雙方一定能理解。因此，我想要的並不是話語。」

說著說著，身體開始微微顫抖。我看向窗外，黃昏時刻逐漸來臨，社辦內跟著越來越寒冷。

雪之下不發一語地聽著。她也輕輕環抱自己的肩膀，如同要溫暖身體。

由比濱吸一下鼻子，抹去眼角的淚水，帶著哭聲說道：

「可是，不說出口的話，永遠也不會有人瞭解啊……」

「是啊……不用說出口便希望有人瞭解，終究只是幻想。不過……不過，我……」

我思索著接下來的字句，視線開始游移。

但是，我到處都找不到字句，僅看見由比濱泛紅的眼角，以及雪之下垂下長睫毛，低著頭的側臉。

忽然間，我的視線變得一片模糊。

「我……」

我嘗試再度開口，但還是不知道接下來該怎麼說。

現在到底該說什麼？我能想到的話都已經說完。這些是為了重新詢問自己，從一開始累積所需要的內容，現在被我說得一句也不剩。萬事休矣。

——對喔，怎麼忘了呢？不論我再怎麼努力，想說的話語都不過是思考、理論、算計、手段，以及謀略。

明明知道再怎麼思考，自己也沒有理解的一天，我依然尋找著想說的話、應該說的話。明明知道即使說出口，也只是浪費唇舌，不可能有人了解……

我渴望的不是話語。但我的確渴望著什麼。

那肯定不是相互理解、好好相處、無話不談、待在一起之類的願望。我知道自己不被人理解，也不期望別人理解自己。我追求的是更苛刻、更殘酷的事物。未知的事物是何等恐怖，所以我希望「瞭解」。我想瞭解、想知道，藉此感到安心，得到心靈上的安適。「想要完全理解」這種願望太過自私、太過獨裁、太過傲慢，既膚淺又教人厭惡。一想到自己抱持這種願望，便覺得渾身快要受不了。

話雖如此，如果、如果、如果彼此都能這麼想——

如果存在那麼一個對象，能互相將醜陋的自我滿足加在彼此身上，並且建立容忍彼此傲慢的關係——

這種情況絕對不可能發生，我心裡清楚得很；這樣的願望，只存在我無法企及之處。

再怎麼跳也搆不到的葡萄，一定酸得要命。

不過，我也不需要甜到失去實感的果實。虛假的認知和欺瞞的關係，不是我渴望的事物。

我渴求的，其實是酸得要命的葡萄。

哪怕那串葡萄再酸、再苦澀、再難吃、甚至有毒，或根本不存在、不可能得到、連「想要」的想法都不被允許——

「即使如此……」

等察覺時，話語已經脫口而出。我聽得出自己的聲音在顫抖。

「我還是……」

我用盡全力避免自己哽咽，牙根發出咯吱聲響。儘管想把聲音跟話語通通吞回去，它們卻一而再地突破我的齒縫。

「我還是，想得到『真物』。」

眼角忽然發燙，視線一片模糊，我只聽得見自己的喘息。

雪之下跟由比濱看到我的模樣，面露些許驚訝。

竟然一把鼻涕一把眼淚地向別人懇求，實在太難堪了。真不想承認這是我自己，也不想、不能讓別人看見這樣的自己。我的話語支離破碎，沒有半點理論或因果關聯，這些不過是自己的胡言亂語。

每當溼熱的氣息讓喉嚨震動，便有什麼話語要脫口而出。我屢屢咬緊牙根，把這些話吞回去。

「自閉男……」

由比濱輕輕抬起手。然而，彼此的距離並非雙方能伸手企及，她的手觸碰不到我，無力地垂了下去。

不僅僅是手，說不定連話語都傳達不了。

這樣的三言兩語訴說得了什麼？就算說出口，對方也不可能明白。既然如此，仍然執意說出口的話，不是自我滿足還會是什麼？或者說，這正是我們恨之入骨的欺瞞、拿它一點辦法都沒有的偽物。

但是，即便我絞盡腦汁，窮盡一切思考，仍然得不出答案。我甚至不知道自己該怎麼做。所以最後真正剩下的，只有這般無可救藥的願望。

「我……無法瞭解。」

雪之下靜靜地開口，將自己的肩膀摟得更緊，表情也痛苦得扭曲。

「對不起。」她輕聲拋下這句話，隨即從座位上站起，頭也不回地往門口走去。

「小雪乃！」

由比濱起身要追上去，但又想起留在座位上的我，回過頭來。

我只是愣愣地看著一切。

在模糊的視線中，雪之下離開社辦後，我吐出積壓在胸口的灼熱氣息。

終於結束了——此刻的我，搞不好反而鬆了一口氣。

「快點！」

由比濱抓住我的手，硬是把我拉起來。我們的臉靠得很近，她凝視我的雙眼，眼眶中泛著淚水。

「……我們得去找她！」

「不，算了……」

結論已經很明確，我再也沒有什麼好說，也沒有什麼要傳達的想法。我用幾聲乾笑自嘲，把視線移往別處。

然而，由比濱不死心。

「我們一定要去！小雪乃說她不理解，代表她不知道該怎麼辦……我自己也一樣，完全不知道。可是，我們不能讓事情就這樣結束！我第一次看到那樣的小雪乃，這是唯一的機會，所以我們非去不可……」

由比濱放開我的手臂，用力握住我的手掌。那隻手的溫度好高。

她又拉了一次我的手，但不像先前那麼強力，而是以微弱的力道試探我的意思。由比濱說她自己也不知道該怎麼辦，我想不是謊言。她繼續握著我的手，不安地抬頭觀察我的臉。

所以，我輕輕揮開她的手。

這一刻，她無力地將手垂下，露出快要哭的表情。

不過，我不是拒絕她，我沒有因為不安而需要牽起她的手。我有辦法自己行走，不需要其他人攙扶。如果要牽手，至少不是現在。

我還能靠自己的雙腳行動。

「……我可以一個人走。快點。」

說罷，我往大門走去。

「……嗯！」

由比濱也立刻跟上。聽到她的腳步聲後，我打開門，踏上走廊。

剛走出去，便看到雕像般佇立不動的人影——一色伊呂波。

「啊，學長。那個……我正打算過來找你……」

一色慌慌張張地辯解，但現在不是問這麼多的時候。

「伊呂波？抱歉，我們現在有事。」

由比濱說完，立刻奔出去。我也準備要跟上，卻被一色叫住。

「學、學長，我是來通知今天暫停開會……還、還有——」

「好，知道了。」

我不等她說完，簡單應付一下，急著去追在前方等待的由比濱。這次，一色直接拉住我的外套衣襬。

我轉過頭，見她無奈地嘆一口氣，豎起手指指向上方。

「聽人家把話說完好不好……雪之下學姐在樓上！」

「抱歉，謝啦。」

迅速道謝後，我立刻對由比濱說：

「由比濱，樓上！」

由比濱立刻折回，跟我一起奔上樓梯。

到樓上的話，大概是在空中走廊吧。

特別大樓的四樓走廊與校舍相連，那裡沒有屋頂，所以形同頂樓，再加上四周無任何遮蔽，進入冬天後，幾乎不會有人在寒冷的傍晚上去吹風。

爬上樓梯，便是通往空中走廊的平臺。

我打開玻璃門，踏上空中走廊。

西邊天空的殘照被特別大樓擋住，光線穿過走廊的玻璃窗照射進來；東邊的天空也開始黯淡。

雪之下靠著扶手，一臉出神的樣子。夕陽照亮她在寒風裡翻飛的烏黑長髮，以及陶瓷般潔白的肌膚。她露出哀愁的眼神，望向遠處亮起點點燈光的大樓。

「小雪乃！」

由比濱跑到她身邊，我也一邊喘氣，一邊慢慢地走過去。

「雪之下……」

雪之下並沒有回頭。

但她確實聽到呼喚，發出顫抖的聲音低語：

「我……無法理解。」

她重複一次在社辦說過的話。

聽到這句話，我頓時停下腳步。

寒風將我們分隔於兩側，雪之下這才緩緩回頭，有如在風中擺盪。她泛溼的雙眼了無生氣，唯有放在胸前的手，用力地握起拳頭。

她不顧被風吹亂的頭髮，用沙啞的聲音向我詢問。

「你所說的『真物』，究竟是什麼？」

「我也……」

老實說，我自己也不知道。這是我從來沒看過、沒得到過的東西，所以無從形容是什麼樣子，其他人更不可能明白。儘管如此，我還是打從心底期望。

由比濱見我遲遲回答不出來，向前踏出一步，將手輕輕放上雪之下的肩膀。

「沒有關係，小雪乃。」

「……什麼沒有關係？」

她不好意思地害羞笑起。

「其實，我也不太瞭解……」

她摸摸頭上的丸子，收起笑容，再往雪之下踏近一步，將另一隻手也放上她的肩膀，直視著她。

「所以，我覺得要說出口才能更瞭解。不過，那樣可能還是不夠吧。我們大概永遠也無法瞭解，可是這樣的話，真的能算是瞭解嗎……我自己都搞不清楚了……可是，可是……我……」

一行淚水沿著由比濱的臉頰滑下。

「我不希望，一直維持這個樣子……」

繃緊的弦終於斷裂。由比濱把雪之下拉向自己，抱住她的肩膀開始抽泣。雪之下無法擁抱她，吐出一口氣，嘴脣開始顫抖。

我稍微將視線從她們身上移開。

當初我再怎麼思考，都只能得到那樣的答案，想到那樣的話語。為什麼由比濱卻能說出這樣的話？

有個人只會賣弄彆扭的虛實混合理論，一味地繞圈子。

有個人永遠保持緘默，無法好好說出內心的想法。

少了言語，我們將無法傳遞想法；有了言語，又會產生誤解。到頭來，我們到底懂得什麼？

雪之下雪乃抱持的信念、由比濱結衣追求的關係、比企谷八幡渴望的真物——

這三者究竟存在多大的落差，現在的我仍無從得知。

然而，真誠的淚水確實告訴了我——此時此刻的我們，並沒有弄錯。

由比濱靠在雪之下的肩頭，雪之下輕撫她的頭髮。

「妳為什麼要哭……妳果然……好卑鄙。」

雪之下也把頭抵上由比濱的肩膀，發出細微的哽咽。

她們依靠著彼此，佇立在原處。經過好一會兒，雪之下大大地吐一口氣，將臉抬起。

「……比企谷同學。」

「嗯。」

我靜靜等待她的下一句話。她沒有把頭轉過來，不過從充滿堅強意志的聲音中，還是能聽出她的決心。

「我接受你的委託。」

「……多謝。」

我微微低下頭。如此簡短的兩個字，卻讓我差點發出哽咽。抬起頭時，由比濱已經把頭移開雪之下的肩膀。

「我也來幫忙……」

由比濱看向這裡，用顫抖的聲音說道。她跟我對上視線時，原本哭泣的表情轉為笑容。

「……謝了。」

不知為何，我下意識地仰頭往上看。

下一秒，橘紅色的天空變得一片模糊。

7 總有一天，由比濱結衣——

一回到家，我立刻倒到沙發上。

在那之後，一行人默默地回去社辦，懷著難以言喻的尷尬與難為情，各自道別離去。

雪之下以歸還鑰匙為由，第一個離開社辦，我也恨不得趕快離開現場，快步走向腳踏車停放處，由比濱則匆匆往公車站牌跑去。回想起來，我們好像僅簡短交談一、兩句，便迅速解散。

今天發生的事情在腦海清晰重現。

我竟然說出那麼丟臉的話……

唔喔喔喔喔喔——超想死的！讓我死了算了！明天超不想去學校啊啊啊啊啊——

白痴！白痴！我這個大白痴！嗚啊啊啊啊啊啊啊！

我在沙發上滾來滾去，不斷在心中吶喊，發出低沉的呻吟。這張沙發沒有多大，所以我大概滾了三圈半，便咕咚一聲摔到地上。

家貓小雪被突如其來的聲響嚇到，從原本窩的暖被桌裡衝出來，繞著客廳跑好幾圈，接著一溜煙地逃出去。

小雪跑來跑去的模樣相當有活力，超乎我原本的想像。仔細想想，其實滿有道理的，畢竟獵豹也是貓科動物，獵人則是某部作者常常外出取材的漫畫。

如此這般，我想著一堆有的沒的東西，整個人趴在地毯上。

「……好想死。」

我小聲地嘟噥。

不堪回首的往事重現腦海時，人們會經歷兩個階段。第一階段是帶有破壞衝動的狂亂狀態，第二階段是被憂鬱吞噬的消沉狀態。

我狂亂地扭動身體，接著像斷了線的人偶，瞬間停下動作，在兩者之間不斷反覆。這像極了彷彿已經死掉，湊近一看又擠出力氣繼續掙扎的蟬。我果然跟昆蟲沒什麼兩樣。

重新面對自己，經歷一陣痛苦後，我產生些許死心的念頭，大大地吐一口氣，把身體翻過來。這時，我跟正好走進客廳，目睹一切而傻眼的小町對上視線。

「……哥哥，怎麼了嗎？」

她半驚恐、半無奈地開口。但是，不論自己的妹妹再可愛，現在的我實在提不起勁搭理。我把臉撇到一邊，有氣無力地回答：

「不要管我。哥哥有點陷入認同危機。」

小町聽了，誇張地嘆一口氣。

「哥哥啊──」

聽到小町正經地叫自己，我扭動脖子看過去。她半閉上眼睛，把嘴巴彎成八字型，用滑稽的表情大放厥詞。

「你說啥？認同？整天把個性掛在嘴上的傢伙，才是最沒有個性。動不動就會改變的話，還叫什麼個性？」

她的表情滑稽歸滑稽，說出的話倒是有幾分道理。喂，那句話未免太中肯，我都忍不住要贊成啦！雖然表情跟口氣都讓我有點不爽。

「我說小町，妳不覺得自己的語氣很狂妄嗎？還有，妳的表情也很奇怪。」

為了勸戒小町突然狂妄起來的態度，我好聲好氣地這麼說道。她似乎不滿意被我說表情很奇怪，額頭冒出青筋，氣沖沖地反駁：

「……這是在模仿哥哥！」

「一點也不像……」

說是這麼說，我從來沒注意過自己的特徵。難道我的言行這麼讓人火大？第一次從客觀視點觀察自己，這項事實讓我大受衝擊。真正的我不是應該更知性、更沉著，再帶一點虛無感？難道我錯了嗎？

奇怪，這該不會是真的吧……我受到打擊，開始發出沉吟。小町則走過來，坐到沙發上。

「雖然不知道這次又怎麼了，現在要哥哥改掉彆扭的性格，也是不可能的。哥哥早就是一個廢物了。廢～物。」

她一邊說，一邊用腳逗弄倒在地上的我，如同真的把我當成廢棄物。玩到一半，她忽然停下動作，在大腿上撐起自己的臉，輕輕地笑著看過來。

「不過，小町很喜歡這樣的哥哥喔！啊，這句話是幫自己大加分用的！」

小町這麼說道，再用無懈可擊的笑容作結。我懂我懂，這種掩飾害羞的方式，簡直跟某人如出一轍。

「……那真是謝謝啊，我也超喜歡這樣的自己。這句話是幫自己大加分用的。」

「什麼跟什麼……」

小町露出被打敗的表情，我不予理會，逕自爬起身體。

如今總算下定決心。明天的這個時候，我八成也會想起今天的事，丟臉得滿地打滾；即使到了更久的將來，這段記憶偶然浮現在腦海時，我還是會湧起強烈的破壞衝動吧。

不過，我不介意如此。造就現在這個受小町喜愛的我的，正是那些過去。不要隨隨便便把一個人的回憶說成傷痛，這可是我充滿魅力的地方。知不知道！

我相信，我一定會喜歡上這個充滿魅力的自己。

× × ×

窩在家裡鬼混一整晚，勉強接受現實後的隔天。

我在同樣的時間起床、吃早餐、騎腳踏車去學校。

隨著學校逐漸接近，我卻騎得越來越慢，最後落得在遲到前一刻趕進教室，勉強安全上壘。

……好吧，果然還是不可能。要是我能過個一夜便揮別昨天發生的事，還會生得一副這種個性？

我暗自在心中嘀咕，趴在桌上遲遲不想起來。由於實在太過丟臉，今天我一定要特別提防由比濱接近。

由比濱似乎也多少有些在意，從早上的導師時間到之後的課程，我們好幾次不小心對上視線。

每當這個時候，我總是迅速別開視線，開始裝睡。

到底是怎樣、到底是怎樣……

我把頭靠在攤開的筆記本上，不斷反覆這一句話，氣勢之猛烈宛如睡覺時被鬼壓床而拚命念佛。即使到了下課時間，我一定晃去自動販賣機或洗手間，中午也躲去老地方打著哆嗦吃午餐。

儘管如此，過去總是覺得停滯不前的時鐘，今天卻以驚人的效率快速轉動。

才一轉眼，最後一堂課也結束。

這一刻終究來臨了。

要是我繼續東摸西摸，待會兒由比濱跟三浦聊完天，搞不好會來問要不要一起去社辦。我不太希望那樣的情況發生，因為，感覺……有點難為情。

由比濱不知是注意到我的態度，或者出於其他因素，一整天都沒過來找我。只不過，放學時間後還是另當別論。

最好在她真的過來之前，趕快離開教室。

坦白說，我今天的腳步之沉重，甚至超越國中時告白被拒絕的隔天。回想起來，當時的我已經猜到其他人會有什麼反應，所以心情上多少輕鬆一些。通常在這種情況下，大家不是整整取笑我好幾天，便是維持平常對待我的方式，裝做什麼都沒發生，暗示「這根本沒有什麼啦！」不過，那些人其實個個都在苦笑，一看就知道心裡想的完全不是那麼回事。至於完全無視的情況，我則很少見到。

如果是這種預測得到的反應，我還覺得輕鬆許多。

可是，我完全預測不到，那兩個人會出現什麼反應。

我一邊走一邊思考，不知不覺便來到社辦門口。奇怪，社辦跟教室離這麼近嗎？自己明明走得不快……而且，過去走在往社辦的路上時，我會看看沿途窗外的風景，今天則完全無心觀賞。

我呆站在門口，嘆一口氣，萌生回去的念頭。不過，昨天是由我自己提出委託，現在當然不存在「反悔」這個選項。

我做好覺悟，拉開社辦大門。

大門沒有上鎖，高掛在天空的太陽晒進室內，窗簾也完全敞開。裡面積了不少未使用的課桌椅，供大家使用的一張桌子和三把椅子倒是沒有改變。雪之下坐在其中一把椅子上。

她從手中的書抬起頭，用跟往常一樣的平靜神情開口。

「你好。」

「啊，喔。」

她表現得遠比我所想像的普通，反而讓我一時不知怎麼反應。冷靜下來想想，周遭的人絲毫不以為意，只有自己緊張兮兮的情況也不是沒有。此一症狀即為典型的自我意識過剩。

我稍微放下心，坐到斜對角的座位，從書包裡拿出文庫本，翻開夾著書籤的那一頁，卻發現自己對先前的內容毫無印象。往回翻個幾頁，總算找到有印象的段落。

看來今天終於能夠好好閱讀。

我跟雪之下皆不發一語，任憑時間靜靜地流過，社辦內僅偶爾發出翻頁和清喉嚨的聲音。不過，隨著清喉嚨的次數增加，不免開始讓人在意。我看向發出聲音的地方，雪之下又清了清喉嚨，開口：

「今天——」

這幾個字的聲音尖了一些。為了掩飾過去，她再度輕咳一下，稍微往這裡瞄過來，隨即發現我也在看著她，於是立刻別開視線。

「……關於今天的會議，是不是應該先說明時間跟地點？」

對喔，差點忘記。我委託侍奉社協助聖誕節的活動，當然要把相關細節說明清楚。自己來到社辦後，卻一直沒掌握開口的時機。不過，還有一個人沒到場，現在還是先等她出現。

「的確……等由比濱來了再說吧。」

「……也好，省得到時候再說一次。」

她的視線落回手中的文庫本，輕聲說道，接著再也不開口。我同樣沒有什麼要說的，看來沉默的時間又要持續好一會兒。

才剛這麼想，社辦大門便「磅」地大力開啟。

「嗨囉！」

由比濱神采奕奕地打招呼，走進社辦。

「……嗯。」

「妳好。」

我們打招呼後，由比濱滿意地露出笑容，走向自己的專屬座位。接著，她稍微想了一下，將椅子拉近雪之下。看來那把椅子真的比我想像的輕很多。

她調整好位子，發出「嘿嘿」的傻笑就座。

「……太近了。」

雪之下低聲抱怨，稍微把椅子拉遠。結果，由比濱又把自己的椅子靠過去。

「由比濱同學……能不能請妳離開一點？」

雪之下委婉地要求，由比濱的臉蒙上陰影。她把椅子拉開一點後，雙手放上大腿，低下頭。

「啊……對、對喔……」

「我不是那個意思……」

見到由比濱的反應，雪之下想說什麼，但最後又閉上嘴巴。

她們之前仍舊存在些許不自然。我光是在這裡看著，便覺得好累。

好吧，畢竟之前空泛的對話持續了好一陣子，昨天又才爭吵過，要她們立刻恢復以前的親密關係，的確強人所難。儘管說得好像自己是個局外人，但我其實也不曉得該怎麼應對。

雖然目前尚未得出正確答案，我還是想相信，社辦多少恢復了生氣，不再是之前那個冷冰冰的空間。總而言之，現在必須先解決自己該做的事。

不出所料，為了找到機會對她們開口，我不知道清了多少次喉嚨。

× × ×

大略說明聖誕節活動的概要與目前狀況後，我們準時前往公民會館。

從社辦到前往公民會館的路上，大家只談論跟活動有關的話題。單純以使用的字數而言，先前徒具表面的對話很明顯熱烈許多。

我牽著腳踏車在前面帶路，雪之下跟由比濱跟在後面。抵達目的地時，一色已經出現在門口。今天她照樣很有耐心地在這裡等待。

停好腳踏車後，我們往一色所在的地方走去。一色也注意到這裡，露出驚訝的表情，視線在我們三個人間來回穿梭。

「結衣學姐跟，雪之下學姐……發、發生什麼事了嗎？」

「喔，我請她們來幫忙。」

我用最簡潔的方式說明完，隨即走進公民會館。一色點點頭，跟了上來，雪之下與由比濱依序走在後面。

「是這樣啊……啊！我是說，非常感謝兩位來幫忙！」

一色對由比濱和雪之下展現燦爛的笑容，由比濱也笑著用「嗨囉」回應。

「多多指教囉，伊呂波！」

走在她身旁的雪之下隨之點頭。

「聽說你們的情況很不樂觀。」

「就是說啊～」

一色回答的同時，將手上的購物袋遞給我，我也二話不說，接下袋子。這個人習慣得真快。

在這個瞬間，由比濱跟雪之下停下腳步。

「……」

「……」

由於後面的腳步聲冷不防地消失，我回頭查看。只見由比濱露出呆愣的表情、雪之下用帶有寒意的視線，瞅著我手上的袋子。

「怎麼啦……」

「沒什麼。」

「沒錯沒錯，沒有什麼。」

雪之下把臉撇到一旁，由比濱「啊哈哈」地笑起來，輕輕在胸前揮手，表示沒事。

我承受著讓人渾身不對勁的視線爬上樓梯。由比濱好奇地東張西望，不時發出驚嘆；雪之下則對這裡不感興趣，一個勁兒地往前走。

一行人終於來到開會用的講習室。

「大家辛苦了——」

一色一派輕鬆地打招呼入內，我們跟在她的後面。接著，眾人的目光立刻集中到雪之下跟由比濱身上。

一色快步走到玉繩身邊，對他說了一些話，玉繩也滿意地大大點頭。我可以輕易猜到，她八成是去報告人手增加的好消息。

我利用這段時間，把沉甸甸的購物袋放到空座位上，迅速打開。雪之下、由比濱和其他學生會幹部也來幫忙。

由比濱裝飲料裝到一半時，輕輕地「啊」了一聲。我順著她的視線看過去，發現是折本。折本也睜大眼睛，看著我們三個人。

哎呀，我竟然把折本的存在忘得一乾二淨……開始有點擔心現在雙方再見到面，她會有什麼樣的反應。

不過，折本並沒有走過來，只是稍微對這裡點頭，由比濱也連忙鞠躬致意，雪之下則只是盯著她看。

沒辦法，她們對彼此八成沒有什麼好印象……我連自己這群人的距離感都掌握不好，實在沒辦法再顧慮到折本。老實說，我的腦袋快被堆積如山的問題塞到爆炸。

「總之，先坐下吧……」

我對由比濱和雪之下說道。

「啊，嗯。」

「好。」

兩人點頭同意。我坐上自己的固定座位，由比濱坐到隔壁，雪之下選擇一色常坐的位子。能夠自然而然地坐到上座，雪之下小姐果然很不簡單。

一色回來時，露出為難的表情。

「咦，我的位子……」

她在雪之下的附近晃來晃去，口中念念有詞，不知如何是好。雪之下注意到她，準備站起身。

「啊，不好意思，原來座位是固定的。」

「啊！哪裡哪裡，沒有關係沒有關係！我去坐那邊，那邊比較讓人靜得下心。」

一色將雪之下按回座位，自己坐到副會長隔壁的空座位。

全員就座後，玉繩也走到相當於會議主席的位子坐下，掀開 MacBook Air，環視在場所有人。

「大家都到齊了吧？那麼，我們開始囉。」

玉繩宣布開會，所有人一起鞠躬說：「請多指教」。

今天一定會決定聖誕節活動的內容……吧？之前我已經對他千叮嚀萬交代，再加上昨天又休會一天，今天再不決定的話，活動真的很有可能開天窗。

首先發言的當然還是玉繩。接著，他向自己的學生會示意，開始發資料。

「經過之前的 brainstorm，我自己稍微構思了一下，做成這份 resume。請大家先閱讀看看。」

原來昨天暫停開會，是為了做這個東西。

摘要報告的標題是「聖誕節音樂會」，底下羅列出企劃的內容。與其說是摘要報告，我覺得更像企劃書……不過，這個不是重點，姑且繼續往下看。

音樂會的主題是「串起我們的這一刻」，包含各式各樣的表演節目，總共分成古典、搖滾樂團、爵士、讚美詩、聖誕頌歌五個部分，每個部分之間又穿插以聖誕佳音為主題的戲劇和音樂劇。這可以說是將音樂和表演的協同作用發揮到最大，橫跨所有類別的豪華節目。

……大略掃過一遍後，我又花時間從頭仔細看一次。不過，資料上的內容當然沒有任何不同。

喂喂喂，這根本只是個四不像，連折衷方案都稱不上好不好？雖然所有人的意見的確都在裡面。

原先議事錄裡的「管弦樂團」在這裡變成「古典樂」，大概這樣比較有氣勢磅礴的感覺吧。不僅如此，看似沒有什麼不同的「讚美詩」跟「聖誕頌歌」，也被刻意做出區隔，所以兩者真的不一樣嗎……至於其他部分，則是直接把原本的內容搬過來，乍看之下是一份有模有樣的企劃書。

然而，百分之百採納所有意見的結果，便是活動規模大得誇張，十之八九無法實現。

「怎麼樣？」

玉繩對全場的人問道，底下紛紛發出「嗯——好像不錯」、「感覺很有趣」、「一定很熱鬧」的感想。儘管反應顯得很正面，若問是否所有人都贊成這個企劃，又不是這麼一回事。

他們只敢用曖昧的語句提出消極的肯定，恐怕是出於先前腦力激盪時，被要求不能否定他人意見的緣故。另外一個可能，是沒有一個人在認真思考。

可是這樣一來，大家永遠也討論不出結論。最好想辦法指出實際上不可行的部分，暗示他們刪減活動內容。

「我覺得規模有點過大。還有，這裡有人會演奏音樂嗎？」

「嗯。那麼，把 outsourcing 也列入考慮。」

玉繩似乎早已料到這個問題，眼睛眨也不眨地回答。

「古典和爵士樂演奏者，可以從負責私人表演的派遣公司尋找；樂團的話，我們學校應該找得到人；戲劇跟音樂劇，也可以請戲劇社來幫忙；至於聖誕頌歌……找教會吧？」

原來他的方針是「通通丟給 they」。這樣還算是我們自己的活動嗎……

人力外包本身沒有什麼不好。與其貿然接下自己不擅長、較為專業的工作，老實地請擅長此道的人幫忙，才是明智的選擇。只要不排斥這種方法，便沒有什麼問題。

剩下的問題，是這個計畫到底有沒有可能實現。我在腦中算著日期，說：

「那麼，跟派遣公司敲定時間了沒？」

我不認為到了活動前夕才提出委託，對方會爽快地一口答應。進入聖誕節檔期，那些表演者肯定也忙得要命。

「接下來會跟他們談。」

不對吧，不先跟他們確認怎麼行……這只是在牆上畫一個大餅，而且是擬人化成萌系角色「麻糬兔（巨乳）」程度的大餅（註36）喔！

我的內心想法大概都顯示在臉上，於是玉繩補充：

「我希望先取得大家的 consensus，一同建立 grand design，再決定要排除哪些部分。」

「幹線……甘地？」

由比濱聽得滿頭問號。不過，當前的要務是阻止情況惡化下去，那些字眼留待之後再解釋。

我決定換一個方向切入。

「還有，這些內容符合高中生的形象嗎？我總覺得已經偏離當初的企劃宗旨。」

「所以說是『這一刻』啊。我想顛覆大家 imprint 在高中生的 stereotype，展現當今高中生的 image。」

「硬布丁……里歐……美姬？」

註36 麻糬兔為日本醫美品牌 Dr.Ci: Labo 的廣告角色，原名為「もちみちゃん」。日文「餅」之發音亦為「もち」。

由比濱的頭上冒出更多問號。好好好，晚一點會教妳……等一下，image 妳總該知道吧？

不管怎麼樣，先把由比濱擱在一邊，回到眼前的問題。眼前的問題當然就是玉繩，雖然我放大絕招「認清現實吧」，應該能直接結束這個回合，但是對這個根本不看現實一眼的傢伙來說，恐怕不會起什麼作用。

現在我能做的，頂多是點出教人無可奈何的現實高牆與困難，委婉地讓他打消念頭。

為此，我已經準備好對策。

我拿出之前給玉繩看過的試算表，這張表整理出外聘演奏家舉辦音樂會所需的各項經費。我一一檢視這些數字，向他提問：

「先假設我們決定聘請外面的表演者，這些預算從哪裡來？」

根據當時的計算，請一名演奏者表演一小時的費用約為三～四萬日元，若同時聘請古典樂和爵士樂的演奏者，數字便要乘二。要是再增加更多演奏者，費用當然會繼續攀升。而且不要忘記，請聖歌隊的費用得另外計算，這也不是一筆小錢。如果真的要完全依照這個計畫，現有的預算絕對不夠。

然而，玉繩的回答仍然是那一句：

「我們現在開會，就是要討論如何讓計畫實現。」

聽到這裡，我實在沒辦法再說什麼。

玉繩提出的企劃本身並非不可行，前提是有充分的時間、人力，以及預算。

可是，現在的我們嚴重欠缺這三大要素。

我不再開口，其他也沒有人提出反對意見。於是，大家開始討論如何籌措資金，讓音樂會得以實現。

等到預算部分固定下來，還是會開始刪減表演內容吧。只不過，當他們想到要這麼做的時候，時間早已所剩無幾，所以只好繼續刪減內容。

我輕易想見這樣的未來，暗自嘆一口氣。

× × ×

會議結束後，我已是精疲力竭。

今天依然沒決定好表演內容，必須留待下次繼續討論。聖誕節已經剩下不到一個星期，明天又是星期六。火燒眉毛的時候，假日只會造成更嚴重的時間損失。

一旁的雪之下也快受不了。她頭痛似地輕押太陽穴，嘆一口氣，詢問：

「比想像的還嚴重……之前你們開會都是那個樣子？」

「……是啊。」

老實說，之前的情況更慘不忍睹。今天的會議至少出現了具體名詞，這已經算相當大的進步。回想起前幾天的慘況，我不禁發出一聲冷笑。

「每個人各講各的，光是看著便覺得焦躁。」

「是啊……根本沒有好好聽別人說話的意思。」

雪之下不悅地說道，由比濱疲累地點點頭。不過，玉繩並非她們形容的那樣。我整整觀察了他好幾天，所以清楚這一點。

「若只是不聽別人說話，可能還比較好……那個人是只把話聽一半，便把對方的想法硬加進去，才使局面越來越失控。」

「唉……沒錯。」

一色的同意裡夾雜著嘆息。

由比濱想改變沉重的氣氛，重新打起精神，看向我這裡。

「那麼，我們要怎麼做？」

「……不知道。」

我真的不知道該怎麼做。本來以為今天若真能完全敲定活動內容，之後加緊腳步全力趕工，說不定的確有辦法做出什麼。原本抱持些許期待，最後仍然是一場空。

接下來該怎麼辦？正當我苦苦思索時，雪之下轉過來盯著這裡，兀自低喃：

「……原來你也有不知道的事。」

「這是在諷刺我嗎？我不知道的事可多了。」

我跟以前一樣，反射性地回嘴。雪之下聞言，頓時接不下話。

「我、我不是那個意思……」

她把臉別開，稍微咬住嘴脣，視線垂到地上。

如果是之前，這樣的一來一往根本沒有什麼，現在卻忽然變得生硬。我失去了彼此間原有的距離感。

這樣的氣氛頗為難受，我搔搔頭，開口：

「……抱歉。現在到底該怎麼做，我真的沒有概念……」

「……我沒有要責備你。」

雪之下小聲說道，眼睛始終看著地面。

由比濱在一旁看著，戰戰兢兢地打圓場：

「好、好啦。不管怎麼樣，先從我們能做的事情開始思考。如何？」

「的確。」

經她這麼說，雪之下才抬起頭，輕輕盤起雙臂，將一隻手抵住下顎，進入思考模式。理出頭緒後，她緩緩提出自己的想法。

「我認為，第一步必須讓活動回歸至可行的範圍。」

「嗯～～可是，現在那個情況……」

一色回想起先前的會議。以目前的風向看來，提議縮小活動規模是不可能被接受的。雪之下實際看過會議情況，大概也這麼認為，點點頭後繼續說：

「那麼，就一定得想辦法增加預算。若是外聘演奏家，便得支付他們費用；即使是由學生樂團演出，也得提供時間和場地讓他們練習。音樂教室是其中一個選擇，沒有辦法的話，就必須付費租借外面的團練室。」
我這才想到，不只活動當天要花錢，籌備期間發生的費用也必須列入考慮。
「那樣的話，預算還會持續增加……」
不僅如此，由於內容尚未完全定案，目前無法估計出較為確切的數字。這下真的束手無策了。
在我思考的同時，雪之下也繼續整理自己的思路。
「另外還要決定如何籌措費用。一種方法是向學校申請經費，一種方法是大家共同平攤，雖然還有尋找贊助商的方案，但是以時間上來說，可能很困難。」
「是啊，已經剩不到一個星期。」
時間比我想像的更加緊迫。即使大家在會議上討論出活動內容，目前的計畫依舊很難付諸實現。
要是不想辦法改造那樣的會議方式，根本沒辦法進行之後的事情。
「以現實面而言，應當由學生會的預算支出。但是看了這份企劃書跟活動計畫，我實在不覺得有辦法通過……」
雪之下看著玉繩在會議上發放的資料，用紅筆在上面塗塗寫寫，還畫了一大堆線。最後，那張資料滿是她的刪改和註記，變得一片滿江紅。
「哇……」由比濱投以她尊敬的目光，一色也吃了一驚，浮現夾雜恐懼的敬畏視線。

我可以瞭解一色的心情。能在這麼短的時間內點出問題，並且提出改善的方法，的確很不簡單。若要論實務經驗，總武高中恐怕沒有人能出其右。

然而，就算是這樣的雪之下，也沒辦法三兩下想出解決之道。她在自己寫的註記上畫一個大叉，輕輕嘆一口氣。

「不過，應該不是這個問題，另外還有什麼更根本的……」

她本人不太滿意自己的結論，但是對我們來說，已經往前邁進了一大步。至少現在的我們不再無事可做。

「總之，先用妳的方法試試看。所以現在要做的是跟學校交涉，確認能不能讓我們追加預算。」

我從座位上站起時，發現雪之下略顯不安地抬頭看過來。她難得露出沒有自信的樣子，我不禁心生疑惑。

「……怎、怎麼了？」

她把臉別開，回答：

「沒事……只是以為，這種方法你早就想過了。」

「沒有，我還沒想出具體方案。」

「是嗎……那便無妨。」

她說完後，也站起身。

不管怎麼樣，現在要先想辦法生出經費。明明是聖誕節活動，碰到的第一個關卡就是金錢，這個世界未免太欠缺夢想。

×　×　×

我們把看管小學生和更新議事錄的工作交給其他人，跟一色回到學校。平塚老師被指派監督這次的聖誕節活動，所以當前有一堆事情得跟她討論。

走進教職員辦公室，來到平塚老師的座位，看到她正在寫什麼東西。這幅景象真是稀奇，我自己來的時候，這個人不是在吃東西，就是在看動畫……

「老師。」

平塚老師聽到我的聲音，把頭抬起。她看見我跟身後的雪之下和由比濱，嘴角泛起微笑。

「看來你完成了我的作業，比企谷。」

由比濱眨眨眼睛，露出不解的表情。

「作業？」

「現代文又沒有出作業。」

她聽到我這麼說，才放下心來。我說老師，不要說得那麼曖昧，讓人誤會好嗎？

「呼，太好了。害我嚇了一大跳。」

平塚老師愉快地笑笑，把椅子轉過來面向我們。

「那麼，你們有什麼事？」

「一色同學，請妳說明。」

「咦？我來說明嗎？」

一色絲毫沒料到自己會被點名，大大地吃了一驚。

「妳不是負責人嗎？」

「唔……」

在雪之下銳利的視線下，她立刻發出呻吟。我開始思考是不是該出手幫忙，不過，一色先往前站了一步，開口：

「其實，我們有一點事情，想跟老師商量……」

「嗯，說吧。」

她將整個籌備過程的來龍去脈、目前提出的企劃案，以及當前的經費問題說了一遍。途中有什麼遺漏或沒說清楚的部分，則由我跟雪之下補充。

解釋得差不多後，平塚老師靠上椅背，翹起一隻腳。

「所以，你們認為預算是第一要務嗎……」

「是。」

我應聲後，老師也「嗯」地頷首，告訴我們：

「看樣子，你們並不瞭解聖誕節究竟為何物。」

「咦？」

我露出不解的表情，平塚老師這時似乎想到什麼，敲了一下手心。

「我就讓你們見識見識。」

她抓起放在桌旁的皮包，在裡面翻找一陣，然後拿出某樣東西。

「鏘鏘——」

原來是好幾張從未看過的紙片。那些紙片滿布凹折過的痕跡，仔細一看，好像是什麼地方的入場券。

「得士尼樂園的門票兌換券……」

雪之下一眼便認出來。經她那麼說，我再張大眼睛仔細看，發現上面的確印著小小的貓熊強尼。

原來如此，得士尼樂園的門票兌換券長這個樣子……順帶一提，得士尼樂園被大家譽為「夢之國度」，所以他們的門票不稱為門票，而是「護照」。這種小細節真是講究。

「哇……」

由比濱看著老師高高舉起的兌換券，發出一陣低呼。

「請問，這是什麼意思？而且還有四張……」

老師聽了她的疑問，拿著兌換券的手倏地落下，「哈」地笑了一聲。我有種不好的預感。

「這個啊，是之前參加婚禮在續攤上抽到的，而且連中兩次……所以我也被主持人連說兩次『玩一趟不夠的話，可以玩第二趟喔』……」

我差點抑止不住自己的淚水。

等一下！這是什麼意思？既然是平塚老師，她一定會自己去四次後，開始發現得士尼樂園其實滿有趣的，於是自掏腰包再去第五次對不對！搞不好到了第六次，連我都跟著一起去了。我是說真的，拜託快來人把她娶走，否則真的會非常不妙。

我強忍淚水看著平塚老師，結果不知在什麼時候，她的口中多出一根香菸，還把濾嘴咬個不停。

「這幾張票讓你們去觀摩。那裡的聖誕節很有氣氛，應該能帶來一些幫助。而且……你們也能放鬆一下心情。」

老師對我們露出微笑。

有道理，反正我們現在也無事可做，去一趟得士尼樂園取材兼放鬆心情，也不完全算是浪費時間。

但真要說的話，把這幾張兌換券賣掉換錢不是更實際──才剛這麼想，一旁的由比濱跟一色立刻發出「喔喔──」的歡呼。看到她們的反應，我便沒辦法把這句話說出口。

「真的可以嗎？謝謝老師～」

儘管一色相當興奮，我卻高興不起來，嘴巴不小心說出不想去的理由。

「為什麼要挑這種人擠人的時候……」
「的確，我也不太喜歡……」
雪之下也不喜歡人多和吵吵鬧鬧的地方，點頭贊同我的意見。
相反地，在場也有人正好喜歡熱鬧。例如由比濱，她就對我們的反應很不滿意。
「咦──有什麼關係，一起去嘛～」
「別小看冬天的得士尼樂園，臨海地區的風可是冷得要命。」
「人又多，又得在隊伍裡排很久。」
我跟雪之下提出反對的理由，由比濱依然不投降。
「嗯……啊！可是有貓熊強尼喔！『貓熊強尼獵竹記』！之前看DVD的時候，妳不是也說可以去？」
雪之下對貓熊強尼這個關鍵字產生反應，用極不自然、如同脖子生鏽般的動作把臉扭開。
「……那裡隨時都能去，沒必要挑人最多的時候。」
由比濱抓準機會，加緊腳步說服她。
「別這麼說嘛！到了聖誕節不是會變成聖誕主題？像『幽靈校園』不就是嗎？」
「不對，今年的『貓熊強尼獵竹記』維持一般造型，之前也沒有哪一年特別改變過。那本來就是特別注重世界觀的遊樂設施。」
雪之下的眼睛忽然亮起來，用比以往嚴厲的口氣反駁回去。她肯定是不能忍受由比濱對貓熊強尼一知半解……

由比濱被她的氣勢嚇到說不出話，一色往後退了幾步，平塚老師則興味盎然地看著。雖然我知道雪之下喜歡貓熊強尼，仍同樣有點被她嚇著，下意識地低喃：

「妳還真清楚……」

「這只是基本常識。」

雪之下嘴巴上這麼說，還是把臉轉向一邊。她大概也對自己那麼激動感到不好意思，臉頰逐漸染成紅色。話說回來，那是哪個國家的基本常識？夢之國嗎？

完全被駁倒的由比濱還是不死心，拉拉雪之下的袖子央求：

「去嘛——」

「絕對不要。」

由於貓熊強尼幫了倒忙，雪之下的態度轉趨強硬，由比濱的聲音也越來越弱。

她把捏住袖口的手握得更緊。

「……人家想跟小雪乃一起去嘛。最近一直沒有機會，現在好不容易……」

聽到這裡，雪之下倏地垂下頭。

在此之前，她一向對由比濱的央求沒什麼招架之力，今天卻只是猶豫，不知道該怎麼應對。

……事情果然沒有這麼簡單。

我深切感受到，失去的事物不會復返。

雪之下、由比濱和我，都無法拿捏彼此的距離感。

天啊，這群人也太難搞了吧──好啦，我承認最難搞的就是我自己。既然當初是我把局面變成這樣，現在便應該盡到收拾的責任。

我搔搔頭，搬出所有關於得士尼樂園的知識。

最好不要小看我對千葉的瞭解。我可是一提到千葉，腦筋便動得特別快的男人，對東京得士尼樂園亦是如此。一旦進入跟我一樣的境界，聽到「得士尼樂園在東京還是千葉」的問題時，甚至會想都不想地把聲音拉高八度回答：「當然是夢之國囉，HAHA♪」順便告訴你，這題的標準答案是千葉。

在腦中翻箱倒櫃一陣後，我想到一個好點子。

「紀念品。」

「咦？」

雪之下不太理解我的意思。

「他們應該會推出貓熊強尼的應景商品吧？我正在打算，要不要去那邊挑個什麼送給小町……」

如果只是一般商品，我敢說雪之下早已收集齊全；改用季節限定和挑選禮物的名義，應該多少能夠說服她。

由比濱領會我的用意，立刻露出開心的表情。

「啊，聽起來真不錯！大家一起去選吧！」

她雙手握住雪之下，雪之下也終於放棄抵抗，無奈地垂下肩膀。

「……既然你那麼說，我也只好奉陪了。」

「嗯！」

雪之下的嘴角微微揚起，看著由比濱天真無邪的笑容。接著，她又把臉轉過來，換上認真的神情詢問：

「小町喜歡貓熊強尼？」

「咦？嗯……嗯。」

「我從來不知道呢。那麼，幫她挑禮物可能不太容易……」

她似乎找到喜歡貓熊強尼的同好，顯得有點開心。

不妙，幫小町挑禮物只是我隨便編的理由……今天回家後，最好趕快要小町惡補一下貓熊強尼的知識。不，不會有問題的，既然是小町，她一定有辦法見招拆招！哥哥相信妳！雖然雪之下出題考妳的話，可能會答錯而聽上半天的說教，妳一定可以的！

我先默默地在心裡向小町道歉。這時，旁邊傳來某人的低吟。我看過去，原來是一色癟起鴨子嘴，瞇起眼睛盯著我們。

「妳有什麼事？」

「什～麼～也～沒～有～」

她一臉無趣地撇開臉，但又馬上想到什麼，把臉轉回來。

「所以說，要我們四個人去嗎？」

我這才想到，老師給了我們四張票，自然是四個人一起去。這樣想想，只有我一個人是男的，到時候想必會非常辛苦……最好在來得及的時候趕快抽身。我用眼神向平塚老師示意，她卻咧嘴一笑。

「這樣也好，你們正好可以取材。」

「等一下，可是……」

我正要說下去時，雪之下交疊手臂，拋出另一個問題。

「我有全年通行護照，所以要少算我一張。」

全年通行護照？妳是說真的嗎？這個人到底多常去得士尼樂園……悠悠哉哉得士尼日和？米安～

一色聽到這個消息，立刻變得有精神。

「啊，那麼～要不要再多找一個人？順便平衡一下男女人數～」

見到她的笑容，我瞬間產生不好的預感。

「妳打算找誰……」

「祕・密。」

一色豎起食指，故做神祕地對我眨眼。那副模樣也未免太讓人受不了。不過多虧如此，我也更加篤定她心裡想的是什麼人。

× × ×

翌日，星期六，我一早便離開家門。

今天一行人要赴得士尼樂園取材。大家約在舞濱站集合，從這裡搭電車過去，大約二十分鐘，千葉人唯有這個時候比較吃香。還有啊，其他地方的人常常羨慕：「千葉縣民都在得士尼樂園舉辦成年禮對吧？」我必須說，這僅限於得士尼樂園所在的浦安市，跟千葉縣其他廣大的居民沒有關係。

想著想著，搖晃的電車窗外開始看得到得士尼園區。

我忍不住發出「喔……」的低呼。雖然自身不是很有興趣，看到粉白色的城堡、冒煙活火山造型的遊樂設施時，心情還是不免高漲起來。

電車抵達舞濱站後，我踩著興奮的腳步下車。這一站以得士尼的音樂做為發車提示音，時鐘的造型也很特別。人還沒有離開車站，便先感染上歡樂的氣氛，不論再怎麼不願意，也會產生「馬上就要去得士尼樂園玩」的心情。

我帶著歡愉的心穿過剪票口，很快來到集合地點，張望四周尋找其他人。

「嗨囉，自閉男——」

別在學校以外的地方那樣叫我行不行……我連看都不用看，便曉得發出聲音的人是由比濱。她戴著縫有絨球的針織帽，朝這裡大大揮手。

由比濱大概興奮得忘記寒冷，脫掉米色大衣拿在手裡，上半身穿著長版針織毛衣，圍一條長圍巾、套著連指手套，看起來相當保暖；下半身則是迷你裙配內搭褲，感覺還是有點涼意，不過跟腳上厚實的短靴平衡之後，似乎沒有什麼問題。

至於站在一旁的雪之下，她穿著白色大衣，將領口豎起來避寒，戴黑色絨毛手套，頸部的花呢格紋圍巾看起來也很保暖；下半身的百褶裙有點短，不過在黑色緊身褲與長靴的輔助下，好像也不怎麼冷。

「喔，妳們到得真早。」

我走向她們所在的導覽圖前。

「提早五分鐘到達是最基本的禮儀。」

雪之下極其自然地說道，由比濱也點頭附和。

「嗯，沒錯，小雪乃很早就到了。本來以為自己已經很早出發，但還是比不上她。」

「……我不想搭到滿滿都是人的電車。」

雪之下把臉撇到一邊，在白色大衣襯托下，顯得格外烏黑的長髮跟著飄動。

我能明顯感受到，她一定超期待今天的得士尼樂園之行……

總而言之，目前已經有三個人到場。

「那麼，剩下一色了。」

「喔，伊呂波在那邊。」

由比濱指向車站內的便利商店，一色正好從裡面走出，她的後面跟著另一個人——葉山隼人。

……果然跟我想的一樣。如果她找的人不是葉山，便不叫一色伊呂波。那個人八成去向葉山又是哭鬧又是糾纏，用盡各種方法把他約出來。

所以今天是我們五個人一起行動嗎……

才剛這麼想，我又看到三浦接著走出便利商店，而且後面還有戸部跟海老名。

我揉揉眼睛，確認是不是自己看錯。

由比濱與雪之下　↑可以理解

一色跟葉山　↑好吧，可以理解

三浦、戸部、海老名　↑啥？

這是怎麼回事，未免太出乎意料……

「等一下，為什麼連那些人也來了？」

我把頭轉回來，要求她們說明。雪之下也挪動視線看向由比濱，由比濱的肩膀顫了一下。

「這、這個……」

她別開視線，撥弄起頭上代替丸子的絨球。

「因、因為我們原本也打算出來玩……而、而且，我也不能只顧著伊呂波啊！人家當夾心餅乾也很辛苦耶！」

雪之下見她那麼為難，不禁輕嘆一口氣。

連我也想嘆一口氣，但是在此之前，有一件重要的事必須說清楚。我看著頭痛不已的由比濱，告訴她：

「不要自作主張帶那麼多人來。妳顧得好他們嗎？」

「可、可以啦！」

由比濱猛然抬起頭回答，雪之下也開口：

「那就沒什麼關係，反正我們各自玩各自的。」

「小雪乃……」

由比濱感動地看著雪之下。不過，妳是不是搞錯什麼了？她不過是講明「跟我無關」而已喔……

「或許吧……」

說著說著，我想到另一件事。這點最好也先提醒她一下。

「還有妳啊……別把不必要的負擔攬在身上，只想著顧別人。」

「啊，嗯……我、我知道。」

她垂下頭，臉上蒙上一層陰影。

現在的我們不夠成熟，不足以插手外人的那些事情。這樣的我們只會犯下一堆錯誤。所以，我認為應該好好把這一點講清楚。

由比濱依舊盯著地面，搔著針織帽思考。我能從她的樣子看出她已經明白。

「……好吧，人來了都來了，剛好叫他們幫忙取材跟攝影。」

說是這麼說，我並不對他們抱持多少指望。但由比濱至少把臉抬了起來。

「嗯，也對……」

她勉強擠出笑容，雪之下看了，用手梳一下頭髮，泛起微笑對她說：

「要取材的話，最好先決定好大致的路線。」

由比濱聽了，立刻露出笑容。

「啊，沒錯！第一個要玩什麼？」

「嗯……那個吧。」

我望向進站停靠的京葉線電車。

「電車？你才剛到就想回去了？」

瞎扯到這裡，一色等人與我們會合。

「學長，早安！」

「喔。」

我簡單回應後，她身旁的葉山也用溫和的微笑打招呼。

「……嗨。」

「喔……」

雖然交談在一瞬間內結束，交錯的視線仍足以彌補空白的部分。我凝視葉山的笑容，想窺見潛藏其中之物，葉山同樣凝視過來，彷彿想看出什麼所以然。

這時，我的背脊忽然竄過一陣寒意。

有殺氣！不對，難道是腐氣？總之，有一種詭異的氣氛就對了。我轉過頭，看見海老名嘴巴張開，笑得口水快流出來。不過，她一跟我對上視線，馬上收起腐氣，開朗地對我揮手。

「哈囉哈囉～」

「啊？怎麼自閉鬼也在？」

三浦從海老名的後面探出頭，看著這裡說道。一旁的戶部聽了，立刻爆出笑聲。

「哇哈哈哈哈！自閉鬼也太好笑了吧！人家明明是比企鵝的說——」

我怎麼覺得兩個都不對……

「既然大家到齊了，我們走吧！」

一色環視所有人後如此宣布，我們一起往得士尼樂園前進。

首先排進售票處的隊伍，將門票兌換券換成通行護照，持護照進入園區。

一行人走到類似廣場的地方，不禁為眼前的景象發出驚嘆。

從大門口看向廣場的正面，那裡矗立著一棵高大的聖誕樹，其間裝點五光十色的燈飾；中央大街上排著一棟又一棟的西式建築，後方盡頭處則是那座著名的粉白色城堡。

整個園區布置得充滿聖誕節氣息，自己彷彿置身於聖誕節的電影場景，腦海也忽地浮現好幾部電影，但是不知為何，第一個浮現的是《小鬼當家2》，真是太奇怪了，我明明看過不少影片才是……

此行的目的之一是取材，於是我從禦寒夾克裡取出數位相機，隨手拍幾張照片。

同一時間，女生們興奮地尖叫，迫不及待地加入與巨大聖誕樹合照的隊伍。雪之下猶豫了一下，還是跟著排進隊伍，站在由比濱旁邊。她似乎對此不太習慣。至於男生部分，因為葉山的關係，我當然只能乖乖地陪他們排隊。

這群女生已經夠聒噪了，戶部竟然比她們更聒噪。他排在女生之後，一個勁兒地對聖誕樹大呼小叫。

「哇喔——超大的——整個人都興奮起來了！」

葉山一臉苦笑地看著他。

經過一陣等待，終於輪到我們。這裡有園區的工作人員幫忙拍照，所以不需要由我負責。

大家拍一張大合照後，女生們合拍一張，葉山、三浦、一色合拍一張，雪之下跟由比濱再合拍一張。各式各樣的變化讓我想起數學的排列組合。

拍得差不多後，總算要前往下一個地方。這時，由比濱單手拿著手機靠過來。

「抱歉久等了！」

她身旁的雪之下光是拍照便消耗不少體力，「呼」地吐一口氣。怎麼，難道她的靈魂真的被相機吸走？

由比濱一把拉住雪之下的手，又揪住我的圍巾，使我腳步一個踉蹌。她的臉湊得好近。另一邊的雪之下跟我一樣，露出反應不及的表情。

下一刻，我聽到兩陣快門聲，一個來自由比濱的手機，另一個來自站在遠處的海老名。

「結衣——我拍到囉——」

「好，謝謝——」

由比濱接過海老名的數位相機，按著按鈕確認照片。

「……由比濱同學。」

「不准偷拍……」

我跟雪之下紛紛出言譴責，雪之下甚至有些不悅，連眉毛都往上吊。由比濱本人則是一派輕鬆地說：

「先說的話，你們又不會答應。」

「我是沒差。」

真要說的話，我比較希望她事先說一聲，讓我做好心理準備，拍出來的照片可能還好看一些。像我現在就很擔心，不知剛才那張照片的自己是否剛好臉紅。

「……這也不代表妳可以擅自拍其他人。」

雪之下嘆一口氣，由比濱才明白自己不對，露出愧疚的表情。

「對、對不起，下次我一定會先說的。」

「……沒有下一次。」

雪之下的臉上掛著笑容，話音卻很冰冷。她丟下這句話，隨即快步離去。

「哇！對不起啦！等等我嘛，小雪乃——」

由比濱趕緊追過去，雪之下逐漸放慢腳步，兩個人才拉近距離。

我走在兩步之後的地方，默默看著她們。

這一刻，她們之間始終掌握不好的距離感，終於回到往日那般。

× × ×

「宇宙太空山」是得士尼樂園三大知名雲霄飛車之一，簡稱「宇宙山」。

一行人來到這座巨蛋型建築物前，準備排進隊伍。唯獨雪之下盤起雙臂，把頭偏到一邊。

「這裡沒什麼聖誕節的感覺，可能不具參考價值……」

雪之下的行事風格一板一眼，她絲毫沒忘記今天來這裡的目的，是為迫在眼前的聖誕節活動取材，尋找可做為參考的東西。

不過，她身旁的由比濱沒考慮那麼多，指著巨蛋型建築的一角說：

「啊，可是妳看，那邊掛了聖誕花圈！所以我們排隊吧！」

「那種花圈不是到處都有……」

由比濱指的聖誕花圈大概是園內的統一造型，的確走到哪裡都看得到。她只是想搭宇宙山，才硬是編出這麼牽強的理由。

好吧，平塚老師都要我們放鬆一下了，來玩一玩也沒什麼不好。

由比濱露出小狗乞憐般的眼神，雪之下終於舉白旗投降，嘆一口氣說道：

「……唉，陪妳搭一次吧。」

排在前面的一色也轉過頭，告訴她們：

「有什麼關係，這麼多遊樂設施，我們大概也只能坐一次。」

「真的嗎？」

「嗯，因為我希望多走走看看。」

我懂了，原來是這個意思。我可以瞭解。

今天的行程是由一色規劃。

一行人拍完照後，搭乘加勒比海盜之王，順著人潮取得黑雷山的快速通行券，接著抵達目前的明日世界區。待會兒大概又會繞去其他區域。

許多千葉人在得士尼樂園的遊玩路線上，有一種莫名的堅持，他們會根據目的規劃出最有效率的路線。這是區分經驗老到的遊客與外地遊客的方法，說不定也是擁有地利之便的千葉人特有之思考模式。

由於雪之下不再堅持己見，一行人加入等待搭乘宇宙山的隊伍。

葉山集團排在前頭，雪之下、由比濱排在最後。宇宙山的列車為二列式座位，所以隊伍也自然分成左右兩列。

「小雪乃，我們一起坐！」

「嗯，好……不過，這樣有什麼值得參考的嗎？」

看來這兩個人早已決定好要一起坐。

儘管不知道是否跟過去一模一樣，她們的關係還滿融洽的。

同一時間，前面的情況宛如一幅地獄繪卷。

隊伍應該呈二路縱隊排列，卻偏偏有個地方三個人擠在一起。

葉山被夾在三浦跟一色的中間，兩位女生皆卯起勁跟他說話，還不時用眼神互相牽制。

我排在他們後方，無從得知葉山的表情，但還是多少猜得到，他大概正露出為難的笑容。

在得士尼樂園效果的加持下，三浦跟葉山連日來的尷尬氣氛消失無蹤。

後面的另一個男生不斷念念有詞。

「我要怎麼做，我要怎麼做？」

戶部嘀咕了半天，最後終於鼓起勇氣，用力把頭抬起，加入前面的葉山三人組。

「隼人——我們一起坐吧！」

話音剛落，三浦與一色立即投以他銳利的目光。

「戶部，你喔……」

「戶部學長，不要來亂好嗎♪」

三浦皺起眉頭，毫不客氣地瞪他一眼；一色雖然維持笑容，說出的話卻很傷人。

天啊，那裡簡直冷得像南極，連我都感受到寒意……

然而，戶部這次沒有退縮，他雙手一拍，向兩位女生拜託。

「不是啦～我是真的有點……宇宙山那麼恐怖，所以拜託一下啦～」

「「啊？」」

一色與三浦發出完美的和聲，nice coupling（註37）！戶部被她們的反應嚇得發出怪叫，這時，終於有人伸出援手。

「好啊，我們一起坐。」

「隼人……」

戶部緊緊摟住葉山，他的情緒之激動，感覺隨時會說出「喔，我的摯友——（註38）」。

從表面上看起來，葉山的確很善良，但是從整體觀察，會發現事實並非如此。葉山才是真正得救的人，三浦與一色也因此找到下臺階。

戶部真是個好人……在劇場版裡一定會變成超級大好人。

我欽佩地看著戶部，他加入葉山那群人後，海老名隨著往後退一格。她的嘴角泛起笑意。

「戶部真辛苦呢。」

註37 出自動畫《BUDDY COMPLEX》之用語。

註38 《多啦A夢》中胖虎的知名臺詞，經常用於對自己好的人。原文為「心の友」。

儘管不到事不關己的程度，海老名很明顯在自己和他們之間畫出界線。現在的她是否跟畢業旅行的時候一樣，沒有任何改變？她是否仍抱持，我們在那一瞬間產生的共同想法？

我想知道答案，於是脫口問她：

「是啊……妳何不幫幫他？」

海老名猶豫了一下，看向自己的腳邊。

「嗯……」

這個反應僅維持短短幾秒鐘，她很快地抬起頭，鏡片閃過一陣光芒。

「呵呵呵，這種時候更要由你幫他吧。戶部×八幡感覺如何？對了，如果只是畫傳單，說不定還趕得上冬季comike！」

「拜託別鬧了……」

「還不是因為你先說了奇怪的話。」

海老名的語調冷淡下來，再加上站在背光處，我無法窺見她鏡片後方的眼神。

「跟我們比起來，你還有更要緊的事才對吧。」

「……」

這句話指的是什麼，不用問便相當清楚，所以我什麼也答不出來。海老名也明白這一點，但還是故意開起玩笑。

「像是葉山之類的！」

「不可能，絕對。」

我想也不想便否定，她則愉快地笑起來。接著，她收起笑容，壓低音量對我說：

「……那個時候，很對不起。」

「啊？」

海老名忽然轉變話題，讓我摸不著頭緒。她用後面的人聽不到的細微聲音，進一步詢問：

「你們變得那麼尷尬，是不是那件事的關係？」

「……不是。」

我知道我們早晚會演變成這個局面。畢業旅行的那個夜晚，不過是一個觸發點。這是我的選擇所造成，而非海老名的責任。

「那就好。」

「你們的氣氛沒有不尋常嗎？」

「……嗯，多虧你的幫忙。」

海老名用手指輕輕調整眼鏡，雖然她的眼鏡看起來沒有歪。

在此之後，我們兩人沒有再說什麼，只是靜靜地排在隊伍裡。

說出口的話不見得全是事實。

接受海老名的委託後，我明白了這個道理。

如今我又明白，即使自己認為已經很清楚，仍然有可能遺漏什麼。

我想，海老名姬菜又說了一個小小的謊。

× × ×

搭乘宇宙山後，我走起路來像個醉漢。在宇宙山內高速穿梭迴旋時，還沒有什麼感覺，但是列車一回到搭乘處，失去的重力感頓時襲來。這就是G Reconquista（註39）……

其他人也處於類似情況中，只是程度輕重各不相同。一色不但走得東倒西歪，還發出「嗚嗚……」的呻吟。

這時，某個人一把握住她的手。

「啊，謝謝……」

一色露出燦爛的笑容，向對方道謝，那個人卻不耐煩地嘆一口氣。

「我說妳啊，還好吧？」

「啊，原來是三浦學姐……」

知道是誰後，一色的笑容倏地黯淡下來。三浦見狀，連忙遞上礦泉水。

「咦，妳的臉色很差耶！要不要喝水？」

註39 富野由悠季擔任導演的作品名。

「我沒事……謝謝，學姐……」

她一愣一愣地道謝，接下礦泉水。

……三浦真是好人。

一色肯定希望握住自己的人是葉山。只是很可惜，在有著老媽子性格的三浦面前，這一招不可能管用。

三浦照顧著搖搖晃晃的一色，一行人繼續往前走。

宇宙山這一帶盡是最受歡迎的遊樂設施，所以人潮相當擁擠。另一個人同樣走得搖搖晃晃，由比濱再也看不下去，終於開口。

「小雪乃，妳沒事吧？」

「我沒事……只是受不了這麼多人……」

這樣真的算沒事嗎……雖然我能體會她的感覺。身處在擁擠的人潮時，我也會產生強烈的厭惡。

我忍不住開始擔心，雪之下能不能撐過之後的行程。不過，到達下一個目的地時，她已經完全復原。

沒錯，聰明的你一定知道答案了！接下來要搭乘的，就是「貓熊強尼獵竹記」！

如同雪之下昨天所言，當整座遊樂園充滿聖誕節的氣氛時，唯有「貓熊強尼獵竹記」我行我素，不加任何應景的裝飾，如同在說「聖誕節不關我的事，我只在乎過年！」總而言之，這裡很明顯沒有參考價值，但雪之下這次二話不說，乖乖地排進隊伍裡。好啦，我沒有意見……

隊伍形成長長的人龍，不過不打緊，只要使出看家本領「放空腦袋」，這點時間根本不算什麼。

往前移動到溫暖的室內後，我稍微鬆一口氣。

「那麼，大家要怎麼坐？」

由比濱才問完，一色跟三浦馬上進入備戰狀態。儘管一色虧欠三浦一次人情，她似乎不打算就此把葉山拱手讓出。戶部見了，也再次做好準備。

好在，他這次的擔心是多餘的。

「貓熊強尼獵竹記」的車廂為葫蘆型，一次可供三到四個人乘坐。

因此，葉山、一色、三浦共乘一個車廂，剩下的人再另外想辦法。不過，在得出答案之前，便輪到我們搭乘。

「我們上去吧。」

雪之下對由比濱說道。

「嗯。」

由比濱站到她的身旁。

想想也是。今天雪之下跟由比濱形影不離，「貓熊強尼獵竹記」當然也會坐同一個車廂。

照這樣看來，我便得跟海老名和戶部一起坐……討厭啦，感覺超尷尬的～即便不是真的有意思，對方好歹也算告白過的對象跟情敵。無所不知的雪基百科，「貓熊強尼獵竹記」可不可以一個人坐——我正要開口詢問時，雪之下已經大步走進車廂。

由比濱接著要上去時，突然轉過頭，快步跑過來，拉住我的袖子，然後低著頭往前拉。

「快、快點啊。」

「咦，可是我要跟戶部——」

其實我壓根兒不想跟戶部一起坐，嘴巴還是自己動了起來。

「快啦，後面的人還在等。」

她都這麼說了，我也不得不乖乖坐上車廂。車廂門關上後，工作人員大姐姐向我們揮手，祝福我們有一段美好的貓熊強尼世界之旅。

車廂緩緩駛向黑暗，紅色與橙色的燈光隨即躍入眼簾。在燈光的照射下，由比濱低垂的臉頰染成紅色。她抬起眼睛看過來，使我有點不好意思。

車廂內依序是雪之下、由比濱、我，我盡可能窩在最邊上，由比濱也稍微跟我保持距離，這使雪之下的空間受到擠壓。

「……好擠。」

她嘟噥道。

「啊，對不起。」

由比濱往這裡靠過來，我也努力地把身體靠向外側。經過這樣的一來一往，我跟由比濱的距離沒什麼改變。

車廂繼續前進，來到一片大螢幕前面。

大螢幕上有貓熊強尼跑來跑去，四周也滿是貓熊強尼的玩偶，在狹小的空間內擺動身體。

車廂也配合貓熊強尼的路線，在空間內到處繞行。

「喔──做得真不錯。」

「安靜。」

我只是發表一下感想，立刻被雪之下制止。

竟然不准其他人說話……她到底看得多專心……

我閉上嘴巴後，車廂強烈晃動造成的身體接觸，讓人變得格外在意，我的心臟好像快承受不住了。

結果，我從中途開始放空腦袋，不再想任何事情，也不把四周的景物放在心上。

×　×　×

一離開「貓熊強尼獵竹記」，便是貓熊強尼的販賣店。

先一步出來的葉山等人已經在販賣店門口等候，在我們之後搭乘的海老名跟戶部也很快跟上。

「啊～～貓熊強尼真是太棒了～～」

戶部得以享受一段與海老名獨處的旅程，洋溢幸福的笑容，雪之下的臉上同樣散發晶亮的光澤。

她心滿意足地舒一口氣，看來是真的相當樂在其中。

「你看，那邊就是貓熊強尼的商店，要去看看嗎？」

由比濱戳著我的背詢問，我沒有把頭轉過去，而是看向那間商店。

「嗯……」

既然之前用這個理由說服雪之下，現在就應該兌現承諾，去挑選小町的聖誕節禮物。

「抱歉，我進去買點東西。」

我對葉山等人說道，一色聽了，發出「噗哧」的笑聲。

「咦？學長，你要在這裡買什麼？」

「……給妹妹的禮物。」

這個人在興奮什麼……不需要妳好心提醒，我也很清楚自己跟貓熊強尼一點也不搭。

「嗯。那麼，我們呢？」

葉山詢問其他人，三浦將視線從商店移向出口。

「我跳過。」

海老名聽了，用眼神勸戒她。

「優美子，妳確定？」

「不覺得那隻貓熊的眼睛一點也不可愛嗎？我比較想看貓咪歷險記的梅莉。」

「貓咪歷險記」的梅莉同樣是很受女生歡迎的得士尼角色之一。我沒記錯的話，好像是粉紅色的。

三浦女王對貓熊強尼沒興趣，而是選擇更有小女生風格的貓咪角色，太故意了！這個人果然很喜歡粉紅色。順帶一提，我也很喜歡粉紅色。

我在內心為三浦感到佩服，另一個人卻散發強烈的寒氣。不用說也知道，那個人當然是雪之下，她用寒冰般的視線盯著三浦，看起來氣得要命。要是不趕快想點辦法，她一定會花上三十分鐘把三浦完全駁倒，弄得對方哭哭啼啼。

正當我著急得不知所措時，一色已經踏入店內，拿起手邊的玩偶。

「會嗎～但我覺得很可愛啊～對不對，葉山學長？」

她明明是問葉山，雪之下卻也滿意地閉上眼睛，點頭如搗蒜。只不過，我看一色不是真的覺得貓熊強尼很可愛，而是想藉此表現自己可愛的一面罷了。

但也多虧如此，雪之下總算消了火氣，不再散發懾人的寒意。

「我們幾個不買的話，乾脆先去排午餐吧。搞不好現在已經很多人了。」

戶部彈一下手指，這麼提議。雖然那般舉動看了就煩，他的提議倒是很好。戶部真是個好人，可惜煩了一點。

可是，我們在這裡買東西，然後讓他們先幫忙排隊，總覺得有點說不過去。於是，我向他確認一次。

「……沒關係嗎？」

「唉——呀，有什麼關係！你不是要幫妹妹挑禮物嗎？慢慢挑吧，不用急。」

「抱歉啦。」

我輕輕低頭答謝，戶部立刻揮揮手，要我不用介意。

「沒什麼沒什麼～隼人，我們走吧——」

「好。」

葉山回答後，跟著戶部走出販賣店。葉山離開的話，三浦跟一色自然不會留下來，海老名似乎也對貓熊強尼沒什麼興趣，對我們說一聲「待會兒見」，跟上葉山等人的腳步。

剩下我、雪之下和由比濱留在店裡。

雪之下取下圍巾，摺疊整齊，對我們說：

「那麼，開始挑選小町的禮物吧。」

「喔，太好了。如果有什麼推薦的，記得告訴我。」

「好，我先大略看一下。」

雪之下說完，馬上熟練地物色起各種商品。要挑選貓熊強尼的商品做禮物的話，拜託這個人準沒錯。只不過，她好像認真過頭……也罷，畢竟這次是由我提出請求，當然沒什麼好抱怨。

但是，就這樣把事情通通交給雪之下也說不過去，我自己也到處看看好了。首先從最近的架子開始，我盯著聖誕老人裝扮的貓熊強尼細細打量，由比濱也靠了過來。

「我也來幫忙選。」

「麻煩了。老實說，以我的眼光挑選，恐怕選不出什麼好東西。」

「不過，我想小町還是會很高興。」

「不可能。如果是自己家人送的禮物，她可是一點也不留情。」

「是喔……這樣的話，可得好好挑選才行。」

由比濱說完，也看起玩偶、毛毯、手套布偶、鑰匙圈等各種商品。不是我在說，貓熊強尼的商品也太多了吧……光是一個玩偶，種類便多到數不清。

「送給小町的禮物……你沒有問過她想要什麼嗎？」

她用好奇的眼神看著手套布偶，同時這麼問道。

「我有問過，但她回答圖書禮券跟禮物卡之類的東西……」

「啊……啊哈哈……」

由比濱尷尬地笑了笑。聽到別人想要禮券時她就已經出現這樣的反應，小町第三個想要的白色家電，我更是說不出口。

她好像很喜歡那個布偶，套在手上把玩好一陣子，還「嘿」的一聲抓住我的手。好啦好啦，很可愛很可愛，但也很煩又礙事還很丟臉。真的很丟臉啦，趕快放開好嗎？

才剛甩開纏在手上的布偶，由比濱又把它湊到我面前扭來扭去。

我跟這隻貓熊大眼瞪小眼，她用奇怪的聲音說道：

「……這位自閉男先生，你聖誕節想得到什麼？」

由比濱大概是在模仿貓熊強尼的聲音，可惜一點也不像。而且，「自閉男先生」是什麼奇怪的叫法？未免也太滑稽。我聽了笑也不是，不笑也不是。

「我啊——」

話即將說出口之際，之前的事情忽地浮現腦海，使我反射性地咬住舌頭。

由比濱歪起頭看過來，不解我為何突然閉上嘴巴。接著，她大概也察覺到原因，輕輕地「啊」了一聲。

她的臉頰逐漸漲成紅色。

我們肯定都回想起，當時自己說過的話。

我感覺到強烈的難為情，忍不住用右手捂住臉頰跟嘴角，把臉別到一邊。

「沒什麼想要的……」

「這、這樣啊……」

由比濱也急忙脫下布偶，放回原本的架子。

兩個人就這麼默默地看著商品好一會兒。在此同時，一大群旅行團的遊客擠進販賣店內。由比濱看著他們說：

「這裡的人真多。」

「現在本來就是旺季。虧他們想挑這種時候來人擠人，要是換成我，可以的話真不想再來一趟……」

我看著擁擠的店內，下意識地嘆一口氣。每年到了聖誕節期間，遊樂園便人滿為患，不管走到什麼地方，只看得到黑壓壓的一片，什麼都還沒玩到便先累垮。

「不過……我還想再來。」由比濱撫摸著貓熊強尼的大型布偶，斷斷續續地說道。

「妳家離這裡又不遠，想來的話隨時可以來啊。」

「我不是這個意思……」

她投過來打探的眼神，我的胸口頓時刺痛一下，同時回想起校慶那天，隨口答應她的約定。校慶過後，緊接著是畢業旅行、學生會選舉等一連串的活動，日子忙得要命，那項約定也被我遺忘在腦海的某個角落。

由比濱主動踏近的那一步，在距離感上產生多大的改變？

我拿起她摸的那隻大型玩偶，看著那兩顆眼珠，開口：

「嗯……我不怎麼想在這種時候來得士尼樂園。旁邊那個新建的怎麼樣？」

「咦？」

由比濱抬頭看過來。

「如果這邊的人不多，倒也無所謂。」

連我都覺得一定有更好的表達方式，但若要深究下去，我僅能回答：只在此山中，雲深不知處。

儘管如此，由比濱仍然小聲回應：

「……那邊，應該，不會，很吵。」

「……是嗎？」

「嗯……」

她盯著地面，點點頭。

我側眼觀察她的反應，拍一下玩偶的頭，隨即走向另一個架子。

「……改天看看吧。」

「嗯，好！」

由比濱的聲音恢復開朗，跟上我的腳步。

「那麼，選什麼好呢——」

先前的話題暫且告一段落，未完的部分等要履行諾言時再說。我懶洋洋地看起其他商品，不一會兒，由比濱興奮地出聲：

「啊！你看這個怎麼樣？」

我回過頭，看見她的頭上多出一個狗耳朵造型的髮箍，其中一隻耳朵垂了下來。那好像同樣是貓熊強尼動畫的角色。

由比濱不待我的意見，自個兒對著鏡子發出「哇——」的驚嘆。

「啊，這個應該很適合小雪乃。小雪乃——」

雪之下聽到她的呼喚，捧著一大堆貓熊強尼的商品出現。

「不知道小町喜歡哪一個？」

她看著懷裡滿滿的貓熊強尼，一副下不了決定的模樣。呃，我說……不必認真到那個程度沒關係……

由比濱站到雪之下的面前，背後藏著另一個髮箍。

「小雪乃。」

「什麼事？」

雪之下還沒弄清楚狀況，由比濱「嘿」的一聲，把背後的貓耳髮箍掛到她的頭上。那大概也是貓熊強尼動畫裡的角色。雪之下仍然一臉不解的表情。

接著，由比濱迅速站到她的身旁。

「快點快點，幫我們拍照！」

「咦？喔。」

這樣應該算是試戴，不用買下來吧……我一邊想著，一邊舉起相機，按下快門。

8

於是，雪之下雪乃——

入夜後，臨海的得士尼樂園吹起冷颼颼的風。

風太強勁的話，花車遊行後的煙火有可能取消。園方到目前為止尚未發出任何通知，看來是會照常舉行。

我們在貓熊強尼販賣店買好禮物後，又搭乘幾項遊樂設施，拍一些參考用的照片。雖然我很懷疑這些照片發揮得了多少用處，一想到週末兩天也做不了什麼事，便覺得不至於完全沒有用處。

一行人整天都在走動，雙腳站立的時間一長，疲勞感越來越強烈。我們途中休息過幾次，不過，園區內這麼擁擠，也沒辦法完全放鬆，每個人的臉上皆寫滿疲憊。

我們打算在花車遊行開始前，再搭乘最後一項遊樂設施，但大家行走的速度明顯比白天慢了許多。

出於個人的習慣，跟著一群人行動時，我總是自然而然地落到斜後方。從這個位置看過去，每個人疲累不想說話的表情一覽無遺。

我注意到斜前方的一色主動去向戶部開口。

「……戶部學長，借一步說話好嗎？」

「喔？怎麼啦，伊呂波？」

一色刻意壓低音量，不希望引人注意，戶部的嗓門卻跟平常一樣大。她趕緊拉拉戶部的袖子，暗示他別那麼大聲，接著湊到耳邊說悄悄話。

「……咦，真的？」

跟驚訝比起來，戶部的表情更像是不太願意。他一臉為難地小心打量四周，小聲地對一色說了什麼。平常那麼聒噪的戶部忽然變得神祕兮兮，絕對代表哪裡有問題。

他們僅對話兩、三句便結束，一色輕輕對戶部行禮，隨即快步走向前面的葉山與三浦。她大概是對戶部提出什麼請求，戶部在後面看著，不斷拉扯後髮際，似乎不知如何是好。

一色走到葉山身邊，葉山的旁邊就是三浦。他們大概打算沿著這條路穿過廣場。

一色向葉山搭話，葉山也神采奕奕地回答，兩個人看起來還非常有精神。一旁的三浦拖著腳步，看來已經累了。

跟在他們後方的由比濱和海老名高聲談笑，仍然神采奕奕。

落在後面的我則有點疲憊。

雪之下走在跟我差不多的位置，步伐同樣有些緩慢。她的體力本來就比較差，加上園內人山人海，疲勞感只會更加強烈。

她纖細的雙腿看起來很沉重，走著走著，還深深嘆一口氣。

「妳還好吧？」

「沒事。」

我出聲詢問，得到的卻是冷淡的回答。不知是疲憊的關係，還是彼此間仍然存在難以掌握的距離感，她甚至不看這裡一眼。

「啊，糟糕！」

前方傳來由比濱的聲音，我轉頭看過去。

為了確保待會兒花車遊行的暢通，工作人員正準備封閉廣場前方的道路。

由比濱跟海老名拔腿往前衝，趕在道路被封住的前一刻抵達對面，落在後面的我們則根本來不及跑。

她們跑到另外一邊，才想起被丟下的我們。由比濱轉過頭朝這裡揮手，發出「喂——」的呼喊，我稍微舉起手回應。

「妳們先走，我們隨後跟上！」

「知道了——」

她再對我們揮一次手，便繼續向前尋找葉山等人。我目送她們離去後，回頭對雪之下說：

「……走吧。」

「嗯。」

反正我們知道要去哪裡，即使接下來得繞過廣場走其他路，最後還是能到達目的地。但由於花車遊行前的道路管制，這一側的人潮一口氣增加許多。

不僅如此，隨著夜晚降臨，遊樂設施亮起七彩燈光，許多人停下腳步拍照留念，使我們的前進速度不如預期。

最後一項要搭乘的遊樂設施是「瀑布山」，我們花了不少時間才到這裡。然而，由比濱等人並不在入口。

雪之下同樣環顧四周，確定找不到人之後，低聲說道：

「打電話聯絡看看。」

「好……」

我拿出手機，撥給那群人之中唯一出現在通訊錄內的人。經過三聲響鈴，電話終於接通。

『喂——』

聽筒內除了由比濱，還傳來吱吱喳喳的吵嚷，大概是葉山他們在聊天。

「我們到門口了，你們在哪裡？」

『啊，抱歉，我們先進來了。』

「喔，是喔……」

本來以為他們會在門口等，結果卻放我們鴿子……我的心靈有點受到打擊。由比濱察覺苗頭不對，趕緊補充：

『沒、沒關係的！你們走快速通行道，很快就能跟我們會合。現在的人比較少，隊伍前進滿快的，所以才想說，先進去應該沒關係……』

聽到她這麼說，我看向隊伍。

排隊的人的確比平時少很多，只延伸到等待三十分鐘的標示牌；再觀察隊伍的移動速度，實際等待時間說不定會更短。而且由比濱也提到，中途切換至快速通行專用道的話，的確能很快跟他們會合才是。有些遊客排到一半想去洗手間時，同樣會走這條專用道，所以我們應該也能從那裡過去找由比濱。

「知道了。」

『嗯，待會兒見！』

結束通話後，我看向雪之下。

「直接進去跟他們會合。」

雪之下點點頭，我們加入排隊的行列。

快速通行券上明確記載可使用的時間，工作人員會確實檢查，因此我們無法一開始就走專用道，而是跟其他人一起排在一般隊伍裡。不過，大家這個時間可能都湧至廣場，等著看花車遊行，因此一般隊伍的前進速度也很快。

「總之，先往前走到隊伍停下來的地方。」

先盡可能往前走，再切換至快速通行道，即可很快與由比濱他們會合。

不知不覺間，我們來到很前面的地方。

這時，前方一群穿著某校校服的學生傳出糾紛。那群人看準花車遊行跟煙火秀表演時，在這裡排隊的人大幅減少，一口氣連續搭乘好幾次。他們正因為「原本就排在這裡」還是「中途插隊」起爭執。

工作人員很快到場關切，並且迅速要求那群學生全數離場。經過這一番風波，隊伍間瀰漫些許緊繃的氣氛。

雪之下看了看隊伍前後。

「現在就算前面有朋友排隊，可能也沒辦法脫隊過去……」

「是啊，我再聯絡一次。」

我取出手機，按下重撥鍵，但這次電話遲遲沒有接通。

「沒接……」

不妙，我只知道由比濱的手機號碼……之前雖然告訴過葉山手機，我自己卻沒有他的聯絡方式。

「妳有沒有其他人的聯絡方式？」

我報著姑且一試的心態詢問雪之下，她毫不意外地搖搖頭……別無他法，我們只好繼續排隊，然後反覆撥打電話。結果在不知不覺中，隊伍已經前進到能看見樓下的地方，再轉過前面的彎下去，便到達搭乘處。

「既然排到這裡了，搭個一次說不定比原路折回快，他們可能會在出口等。」

「……的、的確。」

雪之下的聲音有些焦慮，我看她一眼，她立刻把臉別開。

「……怎麼了？」

「……」

她怎麼樣都不肯開口。

……等一下，等——等——等——等一下——這個場景好像似曾相識，而且發生過好幾次喔……我的腦海浮現某個不好的念頭，於是清了清喉嚨，對她這麼說：

「現在，先讓我確認一件事。」

「什麼事？」

雪之下一臉正經地看過來，我也直視她的雙眼，不放過任何細微反應，問道：

「妳是不是，拿這種東西沒轍？」

下一刻，雙方陷入沉默，我們面無表情地凝視彼此。接著，雪之下緩緩地把視線挪向旁邊。

「……也不算是沒轍。」

聽到這個說法，我立刻想起來了。這完全是過去她說「拿狗沒轍」的翻版。

啊——果然是這樣——果然是我最熟悉的雪之下式邏輯——仔細想想，稍早搭乘完宇宙山走出來時，她的腳步也有點不穩。我看真正的原因才不是什麼「受不了那麼多人」，而是單純不敢坐那類刺激性的遊樂設施吧。

「妳喔，為什麼不早點說……回去吧。」

「沒關係。」

「算了吧，妳不是不喜歡坐？」

這時，雪之下不悅地蹙起眉頭，加強語氣說道：

「我不是說沒有關係嗎？」

「傻瓜，妳勉強自己做什麼？這有什麼好逞強的。」

我的口氣跟著強硬起來。

雪之下的肩膀一震，視線落到地面。

「……才沒有。我是真的，沒有問題。」

她的聲音忽然像小孩子般嬌弱——不，雪之下不過是平常表現得很成熟，實際上也是一位年齡跟我相同的少女。

她吞吞吐吐地開口。

「雖然沒什麼把握……之前可以跟由比濱同學搭宇宙山的話，這個也沒什麼問題才是。」

這句話的背後沒有什麼明確理由，而且不得要領，跟她平時講求理論的態度大不相同。但也正因為不合理，說不定更接近她的真心話。既然如此，我便應該尊重。

「好吧，妳都這麼說了……」

雪之下仍然低垂著頭。她明明不敢坐，在這種狀態下也最好不要乘坐，為何還要勉強自己……我搔搔頭，思索讓她放鬆心情的話。

「既然妳要坐，就放輕鬆一點嘛。反正這個又不會死人。」

「是、是啊。」

她聽到我這麼說，抬起眼睛看過來。

「……真的不會死吧？」

妳到底有多擔心……

「放心啦，至少我從來沒聽過真的有人死掉。」

隊伍繼續前進，雪之下也一步一步地跟著。通過最後一個轉角，終於抵達搭乘處。

輪到我們搭乘時，我先坐進車廂，雪之下握緊拳頭，做好覺悟後也踏進來。她一入座，立刻緊緊握住扶手，握的力道之大，整隻手臂都在顫抖。

車廂緩緩發動後，她仍然不改那個姿勢。

優美悅耳的音樂流瀉出來，沿途是一段鼬鼠與雪貂的故事。機器鼬鼠每次眨眼，都會發出喀嚓喀嚓的機械聲。然而，雪之下無心欣賞，只是牢牢盯著前方。

「……還沒有到瀑布，不用急著握扶手吧。」

「啊，嗯，是啊……」

她這才放開扶手，疲憊地吐一口氣。

「看來妳真的不太擅長這種類型……」

我早就知道這一點，但也沒想到會這麼嚴重。雪之下露出自嘲的笑容。

「嗯。因為姐姐以前……」

「嗯？喔，妳的姐姐是吧。」

原來又是那個人……

雪之下的姐姐——雪之下陽乃——擁有超越她的能力，是個十全十美的惡魔超人。話說回來，最近的雪之下嚴重缺乏十全十美的感覺呢……雖然還是非常優秀。

然而，她的姐姐又凌駕於其上。

雪之下提起這件事時，不再顯得那麼緊繃，開始觀察四周的景物。一群青蛙在水池裡嬉戲，水花跟著四處飛濺。

車廂繼續悠然前行，雪之下也緩緩說下去。

「小時候啊，每次來到這種地方，姐姐一定會找我的麻煩。」

「想像得到……」

陽乃的性格開朗外向，直到現在還是喜歡找自己妹妹的麻煩。她肯定從小便用幾近虐待的方式捉弄雪之下。

聽到我這麼說，雪之下發出輕笑。這是她進入車廂後，第一次露出笑容。

「是啊。坐摩天輪時，她會把車廂弄得搖搖晃晃；搭雲霄飛車時，會扳開我握著扶手的手，這類事情多到數不清。對了，還有坐咖啡杯的時候，她也不聽我的勸阻，把座位轉個不停，而且還很開心的樣子……」

雪之下說著說著，表情越來越陰沉，我也忍不住倒抽一口氣。原來雪之下不敢坐這些遊樂設施，都是她姐姐造成的？

「姐姐總是那個樣子……」

她落寞地低喃。

車廂在幽暗中行進，一旁的禿鷹機器人對我們說出不祥的話。我抬起頭，發現天花板開了一個大洞，星空就那麼覆蓋在頭頂上。車廂發出喀噠喀噠的聲響，開始向上爬升，過沒多久便到達頂端。雪之下全身僵直不動。

本來以為車廂會直接往下滑，但它卻保持水平狀態，停在半空中。

從這個高度可以看見得士尼樂園之外的景致。海洋樂園的活火山造型遊樂設施發出紅色光芒，還有煙霧裊裊上升，旅館區布滿洋溢著聖誕節氣息的裝飾燈光，再往遠處眺望，甚至能看見新都心的夜景。

無數照明形成的光海熠熠生輝，好似繁星點點的夜空。這就是得士尼樂園的夜景。

雪之下望著下方的景色，發出一陣輕嘆。

「比企谷同學。」

「嗯？」

我轉過頭，在照明下顯得蒼白的巨大城堡映入眼簾。

出現在城堡之前的，是身披純白大衣，帶著泫然欲泣表情微笑的雪之下。

那般高潔而脆弱的姿態，使我一時忘記呼吸。

她放開扶手，握住我的袖口，兩人的肌膚不經意地相觸。這一瞬間，我的心臟彷彿被揪了一把。

如同墜入無底幽谷的失重感終於襲來。

「總有一天，要來救我喔。」

雪之下的低語很快地被風吹散，讓我來不及回應。

說不定，這是雪之下雪乃初次說出口的願望。

× × ×

瀑布山的出口外幾步之處，有一間販賣店。

我走進販賣店，隨意挑選兩瓶飲料結帳，走回原木的地方。

搭乘完瀑布山後，雪之下連路都快要走不好，所以我讓她坐在出口附近的長椅休息。

回到雪之下坐的長椅時，我才發現她也去買了東西，現在正忙著把長型薄塑膠袋裝進包包。她一發現我，立刻把包包拉鍊拉起來，放在大腿上。

「喏。」

我把剛才買的聖誕限定款・貓熊強尼造型飲料遞給她，她乾脆地收下。

「謝謝……多少錢？」

「不必了。我可不想跟病人收錢。」

「不可以。」

「妳有看過救護車向傷患收錢嗎？」

「救護員也會領取正當的報酬。」

「而善良的市民則會無償提供協助。這不過是我的自我滿足，妳收下吧。」

「老是講一些歪理……」

雪之下說不過我，露出無奈的表情，握住飲料罐，用指尖輕輕撫摸裝飾用的貓熊強尼。

「……之前也有過類似的事呢。」

「有嗎？」

我喝起買給自己的咖啡，雪之下轉動著附在飲料罐上，以細竹為造型的吸管，繼續說：

「有啊，當時姐姐也在場。」

「……對喔。」

那是我第一次遇見她的姐姐。當時，我幫雪之下拿到玩偶，兩個人推來推去，過沒多久便碰到陽乃。

「你馬上就說中我們的關係，我還嚇了一跳……」

她回想起那件事，泛起微微的苦笑。

「我只是自然而然地這麼覺得。但就算說中了，她也完全不掩飾呢。」

「沒錯，那也是姐姐的魅力所在。她的個性明明是那個樣子，從以前開始，卻受到眾人寵愛……不，正是因為那種個性，姐姐才會被喜歡、被寵愛、被賦與期待……而她也的確沒讓大家失望。」

她的話中帶有熱切，彷彿以自己的姐姐為榮。但是下一句話，語氣立刻急轉直下。

「我始終處在她的陰影下，當一個人偶，所以常被說是穩重、不用讓人操心的好孩子……可是，反過來也代表冷淡、不討人喜歡……我自己也很清楚，大家常在背地裡這麼說。」

我對她的話輕輕點頭，再喝一口咖啡。雖然溫熱的咖啡讓身體暖起來，口中卻留下濃烈的苦澀。

穩重、不用讓人操心的好孩子——束縛住雪之下的，正是這些話語。

「我以前也常常被說冷淡、不討喜啊。現在平塚老師還不是照樣念我。」

「你應該是討人厭、自大，外加垃圾吧。」

「等一下，不覺得最後怪怪的嗎？」

雪之下露出愉快的笑容，接著轉為平靜的微笑。

「姐姐跟你始終堅持自己的作風，才會讓人那麼覺得……可是，我始終不知道，自己應該表現出什麼樣子。」

她仰頭看向天空，但出現在那裡的不是星星，而是一整排發出橘色光芒的燈，懸吊在風中搖晃。

「以這點來說，我跟葉山同學想必是一樣的。因為我們認識姐姐，不是一年兩年的事。」

她突然提到葉山的名字，讓我驚訝了一下。事實上，葉山認識雪之下姐妹的時間遠遠超過我，對她們的瞭解想必也比我深厚。

對我來說，這已經是未知的領域。

但我至少明白，不論雪之下雪乃和葉山隼人去到什麼地方，雪之下陽乃總是形影不離。

一個人跟她反目，卻又持續將憧憬投影在她的身上。

一個人憧憬著她，將自己跟她同化，藉以更接近她。

在雪之下陽乃的眼中，這兩個人究竟是什麼模樣？

我很想知道這件事，但遲遲問不出口。我灌一口黑咖啡，轉而詢問另一個問題。

「妳現在還想變得跟她一樣嗎？」

之前的校慶期間，雪之下提過自己長期抱持的憧憬。

「嗯……現在不太會這麼想。只不過，姐姐擁有我所沒有的事物。」

「妳也想擁有？」

她靜靜地搖頭。

「不。我只會對自己失望，為什麼她擁有的東西我卻沒有。」

我能體會那種感覺。不論是憧憬、羨慕，抑或是嫉妒，最終都將導向「失望」。我們觀察別人，從別人身上明白的，永遠只有「自己缺少什麼」。

雪之下凝視著自己的手。

「你也是如此。你同樣擁有我缺少的事物……我們真是一點也不像。」

「當然了……」

我們絕對不可能相似，但又存在似像非像之處，結果在不知不覺間，把自己投射到對方身上，擅自揣摩對方的想法，然後會錯意，理出錯誤的情感。

「因此，我想要的應該不是這個。」

她端正大衣的領口，筆直地看過來。

「我領會到自己什麼事也做不成，所以渴望得到你跟姐姐都沒有的事物……那樣一來，我或許將擁有拯救的能力。」

「妳要拯救什麼？」

雪之下究竟想得到什麼，又要拯救什麼？這段話欠缺太多判斷要素。

然而，她不肯明白地告訴我。

「到底是什麼呢——」

她如同在試探我，泛起少女般的微笑。

沒有說出口的答案，十之八九就是她的「理由」。

為什麼雪之下雪乃當初打算參選學生會長？

以及她至今仍不願意說出口，我也無意過問的某些事物。

從瀑布山頂端俯衝而下的前一刻，雪之下對我說了一句話。我沒有詢問那句話的意義，她本人也不再觸及，兩人彷彿刻意避開那個部分，有一搭沒一搭地談論其他話題。

即使不說出口，不開口詢問，照樣有辦法瞭解——這像極了某人誤解了什麼的願望。

我一口飲盡涼掉的咖啡，雪之下也從長椅上站起。

「我已經沒事了，差不多可以走了。」

「嗯。」

於是，我們動身走向廣場的方向。按照原訂計畫，搭乘完瀑布山後，便要回去廣場欣賞煙火。

花車遊行已經接近尾聲，原本受管制的道路，應該恢復通行了吧。

×　×　×

我撥手機給由比濱，詢問大概的集合地點後，跟雪之下走向廣場的白色城堡。一路上，兩人沒有什麼交談。隨著花車遊行結束，人潮漸漸散去，道路比稍早來的時候順暢不少；雪之下休息過一陣子，現在走起路來也輕鬆許多。

抵達廣場後，我們開始尋找由比濱。

「啊！自閉男、小雪乃，這邊這邊！」

由比濱一隻手拿手機，另一隻手向我們揮舞，看來她正準備打電話聯絡。我們會合後，由比濱立刻雙手合十，向雪之下低頭道歉。

「對不起！當時我們自己先跑掉——」

「別放在心上。」

雪之下微笑著回答，她也鬆一口氣。

「畢竟還有其他人，一直讓你們等也不太好。對了，有拍到遊行的照片嗎？」

「啊，有！拍了很多喔！」

由比濱開始操作數位相機，秀出先前拍的照片。既然今天此行的目的之一是取材，當然不能錯過這些充滿聖誕節氣息的表演。

「小雪乃，妳看！」

「……讓我確認一下。」

雪之下低聲說道。她對錯過貓熊強尼的花車懊惱不已，心痛似的捂住胸口。我說啊，剛才只要妳說一聲，我們大可繞過去看……

她跟由比濱繼續興奮地欣賞照片，其他人又在做什麼？

煙火表演的時刻即將到來。

我環視廣場一圈，聽到熟悉的吵嚷聲。

「咦，隼人呢──」

「啊──優美子，這邊這邊！」

「哇！戶部，什麼啦？」

戶部拉著三浦往這裡走過來，後面還跟著海老名。

「欸，呃──這邊啊，其實視野很好，是隱藏版的煙火觀賞位置。海老名，妳也比較喜歡這裡吧？」

「我嗎？嗯，我哪裡都可以。」

海老名也未免太不給戶部面子……

總之，人差不多都到齊了，只差葉山跟一色。我又看了一圈尋找他們，由比濱跟著東張西望，開口問道：

「戶部，隼人同學他們呢？」

「啊，嗯……哎呀，他們早晚會回來啦──」

戶部回答得很曖昧。不過，他平時說話好像就是這個調調……好啦，他的確是個好人。

這時，廣場周圍的路燈和裝飾燈悉數熄滅，古典樂聲開始響起。

「要開始了呢。」

雪之下說完後，仰頭望向白色城堡的上空，看來待會兒的煙火是在那裡施放。不愧是擁有全年通行護照的資深遊客，對這點瞭若指掌。

我跟由比濱也看向同一個地方。

澄澈的冬季夜空裡，綻開七彩繽紛的大片花朵。大家常說煙火是夏天的風情畫，像這樣襯著獵戶座綻放再消逝，也別有一番情趣。

「感覺有點懷念呢。」

由比濱湊到我的耳邊，悄聲說道。

我不由得起一陣雞皮疙瘩，但她本人似乎把這句話拋在腦後，再度仰頭對煙火發出讚嘆，還不停拍手。妳知不知道，就因為妳的那一句話，害我的心思全部飄走，沒辦法專心欣賞煙火？我要告妳。

我再也無心看下去，索性把頭垂下來。在忽明忽滅的視線範圍中，我發現兩個熟悉的身影。

每當煙火在夜空綻開，處在暗中的他們跟著被照亮。

葉山跟一色待在遠離我們的地方欣賞煙火。

隨著每次閃爍，他們的距離越來越近，有如一齣皮影戲。當我察覺時，自己的視線早已被他們吸住。

煙火表演進入壓軸，金色的瀑布自夜空流瀉而下。

被照得一片明亮的廣場中，一色低垂下頭，緩緩離開葉山的身邊，葉山也仰望著天空，往相反方向踏出腳步。

音樂結束後，重新點亮的街燈與設施照明顯得更耀眼。

滿場觀眾無一不發出滿意的讚嘆，唯獨一色捂住嘴巴，如同忍耐什麼似的，快步跑過我們身邊。

「啊！一色！」

戶部第一個察覺，對她的背影叫道。

「一色！等一下——」

然而，一色頭也不回地消失在人群中。

「我去找她！」

戶部急急忙忙地衝出去，三浦見了，大概也明白什麼，用手指纏繞自己的頭髮，深深地嘆一口氣。

「唉……我也去吧。」

「那麼，我也幫忙。」

「啊，我也要！」

海老名也加入尋人行列，由比濱同樣舉起手，但是被三浦阻止。

「結衣跟……雪之下？麻煩妳們留在這裡，她說不定會回來。然後，我找到人的話會馬上聯絡妳，妳們再通知戶部跟海老名。」

三浦不耐煩地撥頭髮，一副沒什麼動力的模樣，但她還是明確地下達指示。

「嗯，好。」

由比濱回應後，三浦點點頭，快步走出去。

雪之下看著她遠去的身影，疑惑地詢問：

「發生什麼事？」

好吧，她剛才八成只顧著看煙火……

如果我料想得沒錯，事情只有一種可能。

聖誕節的得士尼樂園、花車遊行後的煙火表演、白色城堡前、如同專為兩人而生的時間，以及戶部的態度——

線索已經相當充分，除了一色向葉山告白，我想不出其他解釋。

「……我也離開一下。」

「嗯，知道了。」

由比濱很快地回應，雪之下仍是一臉問號。

不過，我不是要去找一色。若要解決一色的問題，三浦她們比我更有一套。

然而，另一個人恐怕只能由我去找。

當時一色離去後，葉山沒有回來我們這裡。之所以如此，代表他在等待。

一路上，我回想著先前在皮影戲世界看到的光景。

距離白色城堡稍遠的陰暗處，葉山一個人站在那裡。

當大家把注意力放在一色身上時，他轉進一旁的岔路，來到這個地方。

葉山看到我出現，嘴角浮現悲傷的微笑。

「……嗨。」

「嗯。」

他坐上廣場的欄杆，輕輕嘆一口氣。

「……我傷了伊呂波的心。」

「你真任性。與其受這種罪惡感折磨，為什麼不接受人家的好意，跟她交往？」

他無奈地笑笑。

「我辦不到。你也真過分，明明很清楚這一點，還故意說出口。」

「過獎了。」

我對這一點頗有自信，嘴角不自覺地上揚，彎成不懷好意的笑容。

葉山並沒有為此不悅，只是用哀愁的視線看我一眼。

「……你知不知道，她為什麼要跟我告白？」

「我怎麼可能知道？」

「是嗎……」

從這段話聽起來，他彷彿在暗示自己過去的所有舉動，皆是為了阻止一色告白。

「難不成你知道？一色的，呃……類似心意的東西。」

「……嗯。」

他的聲音很陰鬱，不但沒有一絲得意或自滿，甚至為此感到後悔。這下我總算懂了……

葉山若不讓自己遲鈍，迴避別人的好意，便沒辦法維持彼此的關係；當自己的心意無法傳遞給對方，人們會選擇離開。這件事本身不能怪罪於葉山，他也是不想讓這樣的情況發生，一直以來才不斷地迴避下去。

之前的畢業旅行也清楚顯露這一點。在那個夜晚，我認同了他的考量，對他的想法表示理解。我沒辦法說那是錯誤的方法，然而，「迴避」確實很有可能傷害到對方。

「所以你早就察覺了，只是還沒做好覺悟對吧？」

葉山緩緩搖頭。

「……不。伊呂波的心意真的讓我很高興，但是不對，那恐怕，不是我……」

他說得斷斷續續，使我抓不到重點。我繼續等待他把話講清楚，他卻轉向不同話題。

「……你真厲害，會用那種方式改變周遭的人……伊呂波說不定也是如此……」

「啊？你在說什麼，幹麼突然誇獎我。」

他發出一陣乾笑。

「哈哈，你錯了……我之前不是說過嗎——『我並沒有你想像的那麼好』。」

這是葉山之前在校園裡對我說過的話。他說完後，低下頭重嘆一口氣。

「我誇獎你……是為了我自己。」

「為什麼要這麼做……」

我疑惑地看向葉山，他也瞇起眼睛瞪過來。

「說不定，跟你以為我是個好人的理由相同。」

「……我才沒有什麼理由，我不過是把看見的事實說出來。」

「是嗎？」

這句話音相當冰冷。

啊——不對。其實我早已察覺，葉山絕對不是一個純粹的好人。那抹淺薄的微笑正是最佳證據。

他收起嘴角的笑意，離開坐著的欄杆。

「我先回去了，幫我跟其他人說一聲。」

「你自己去傳簡訊通知。」

「……也對。再見啦。」

葉山隼人苦笑一下，輕輕舉起手道別，頭也不回地消失在黑暗深處。

× × ×

回程的電車上，一群人悄然無聲。除了累積一天的疲勞，最大的理由是對一色照顧有加、總是主動搭話的戶部不在場。

不只是戶部，三浦跟海老名也不在這班電車上。

他們要搭武藏野線去西船橋站換車，跟搭乘京葉線的雪之下、由比濱和一色不同路。我搭哪一條線都沒差，只是懶得在西船橋站換車，所以選擇京葉線。

儘管車廂內多少有點擠，全數座位都坐滿，但也不到尖峰時段活像擠沙丁魚的程度。由比濱跟雪之下偶爾短暫交談幾句，其他時間只是默默地看向窗外。

經過大約二十分鐘，電車即將抵達海濱幕張站，我跟雪之下要在這裡下車。

「那麼，我下車了。」

雪之下站到車門口，由比濱也跟上去。

「啊，我也是。」

「妳家還沒到吧？」

由比濱拉著雪之下的手回答：

「反正明天放假，今晚我要在小雪乃家過夜。」

「喔。」

也罷，由比濱之前便常在雪之下家過夜，今天更不可能放過這個機會。為了回到舊有關係，的確應該鼓勵她這麼做。

我自己也要在海濱幕張站下車，這樣一來，這群人只剩一色留在車上。

「一色，妳要搭到哪裡？」

她閉口不回答，只是拉拉我的夾克下襬。

接著，她遞出裝得滿滿的購物袋。

「學長，這些東西超重的。」

「妳也買太多……」

我嘴巴上這麼說，但還是接下袋子。由比濱見了，泛起微笑：

「……嗯，這樣也比較好。」

「一色同學，路上千萬要小心。」

雪之下同學，妳是不是有什麼不同的含意？

她們在這一站下車，我跟一色繼續搭乘，目的地是三站後的千葉港站。

抵達千葉港站後，繼續轉搭單軌電車。這個時間帶沒有其他乘客，車廂內只有我們兩個人。

單軌電車在市區的街燈間穿梭，我不太習慣這種有如在空中行走的高度，再加上吊掛式車廂產生的漂浮感，自己彷彿在搭乘遊樂設施。

一色看著窗外景色，夾雜著嘆息低喃。

「唉……失敗了……」

「……其實妳也曉得，現在跟他告白不可能成功吧。」

我認識一色的時間仍不算長，跟葉山也說不上親近，但還是想不到他們會特地用那種方式拉近距離。

她依舊面向窗外，俯視不斷後退的街燈。

「……有什麼辦法，當時人家太興奮了。」

「這倒有點意外，我以為妳不是會受現場氣氛影響的人。」

一色映在車窗上的臉龐，露出些許笑容。

「我也滿意外的，想不到居然有沉不住氣的時候。」

「……我懂了。妳總是裝成戀愛中少女的模樣，腦袋其實很聰明——」

我還沒說完，她便急忙轉過來打斷。

「我不是說自己……而是學長。」

「啊？」

怎麼才一轉眼，話題又跑到其他地方去了？前一秒明明還在談一色的事情，到底是從哪個地方岔開的？或者說她口中的「學長」不是指我，其實另有其人？這麼說來，為什麼這個人老是用「學長」稱呼我……該不會是記不住我的名字吧？

腦內上演小劇場的同時，一色盯著我的臉猛瞧，看來她所說的「學長」是我沒錯。接著，她輕輕對我露出微笑。

「聽到學長那樣說，人家的心當然會動搖囉。」

「我說了什麼？」

一色端正坐姿，挺直背脊，凝視我的雙眼，一本正經地回答：

「……我也想要，得到『真物』。」

我的臉頰頓時紅了起來。仔細回想，那天我們離開社辦，要去找雪之下時，的確一開門便撞見一色。我不禁扶住自己的額頭。

「妳都聽到了嗎……」

「我在外面聽得滿清楚的。」

看到她說得那麼自然，我覺得好難為情。

「……快點忘掉。」

「我不會忘掉……也無法忘掉。」

她此刻的神情相當認真，與以往大不相同。

「所以，今天我打算踏出一步。」

我無從得知一色渴望的「真物」為何。她不見得抱持與我相同的幻想，那樣的事物是否真正存在也屬未知，不過，她的確希望得到什麼。在我的眼裡，這已經是相當崇高的行為。

我不知道要如何安慰一色，但至少該說些打氣的話。

「嗯，該怎麼說……對啦，妳也別放在心上，畢竟這不是妳的錯。」

一色聽了，連眨好幾下眼，然後跟我拉開距離。

「學長這是什麼意思？你打算趁我心碎的時候來追求我嗎對不起我們實在不太可能。」

「才不是……」

她究竟是怎麼解讀的……「別放在心上」這幾個字難道有辦法排出其他句子？我露出被打敗的表情，一色也清清喉嚨，坐回原本的地方。

「不過啊，一切還沒有結束。倒不如說要攻略葉山學長的話，這是最有效的辦法。因為其他人會同情我，也不會隨便對葉山學長出手。對吧～」

「……喔，原、原來是這樣。」

這個人也真不簡單……我對她既是佩服，又不知道該說什麼。一色「嘿嘿」地笑了幾聲，得意地挺起胸脯，繼續說下去。

「就是這樣。而且，有時候即使知道會被對方拒絕，也不能就這樣不告白。還有啊，對方拒絕之後，也會對被拒絕的人感到在意吧～像是覺得很可憐、心中過意不去，這些都是很常見的反應……所以，為了讓下次進行得更順利，今天的失敗只是一步棋子……所以，所以……我得努力才行……」

她發出一陣哽咽，眼眶泛出淚水。

一色已經相當努力，所以我不會要她再繼續努力。如同小町所言，這種時候應該說「我愛你」，但這句話僅限於我的妹妹。另外，我也想過要不要摸一把她的頭，但這同樣僅限於我的妹妹。

「妳真不簡單。」

這是我現在唯一能說的話，一色抬起含淚的雙眼看過來。

「我會變成這樣，都是學長的關係。」

「……想太多。除了學生會長那件事，其他我一概──」

她不等我說完，便把臉湊過來，在我的耳邊輕聲說道：

「學長，要負起責任喔。」

最後，她露出小惡魔般的微笑。

9 自然而然地，一色伊呂波向前踏出一步

星期一的放學後，我們在學生會辦公室集合。

在跟海濱綜合高中開會前，我們決定先召開一場會前會。照這個情況看來，為了會議的會議所召開的會議會前會誕生之日，已不遠矣。

昨天我先傳簡訊通知由比濱，請她幫忙聯絡相關人員，所以全部的人都確實到場。

學生會幹部坐在會議桌的一角，我跟其中的一色對上視線。

經歷前天的事件，本來以為她會消沉好一陣子，但實際看起來並不是如此，跟平時沒有什麼兩樣。當然了，這也可能是她勉強裝出來的樣子。

她左右張望一陣子，問道：

「嗯——今天為什麼要在這裡集合呢？」

「確認我們的方針，還有今後的事情。」

「喔……」

我回答後，她發出似懂非懂的回應。雪之下見了，皺一下眉頭，瞪她一眼。

「這場會議本來應該由一色同學召集才對。」

「是、是……」

一色嚇得跳了一下，隨即坐直身體。現在的雪之下的確有點恐怖……不過，今天我們來這裡，可不是為了對一色說教。

「好啦，別提這些了……」

我催促大家趕快開會，結果，雪之下把焦點轉移到這裡。

「你最好不要寵壞她，還以為那是對她好。」

我瞭解雪之下想表達什麼。除了寵溺與溫柔，我們也不可以混淆愛戀、心痛，與堅強（註40）。雪之下對一色那麼嚴格，正是代表為她著想，亦即所謂的「愛之深、責之切」。

「一味對她嚴厲的話，只會讓她覺得妳很無情。」

「即使如此，如果什麼都幫她做得好好的，也無法讓她成長。」

我跟雪之下互不相讓，兩人的論點有如一雙平行線。

「總覺得，自己好像被家人數落的小孩……」

註40　女星篠原涼子的第四張單曲。

雪之下聽見一色的嘟噥，開口還想說什麼，由比濱趕忙上去勸阻。

「別這樣嘛，伊呂波也剛上任不久，還不是很習慣……」

「……也是。」

經過一番安撫，雪之下終於讓步。

老實說，她的論點也很有道理。如果一色能成為獨當一面的學生會長，當然是再好不過。儘管我沒什麼了不起，也沒有偉大到能教導別人什麼，連胸口的悸動都不明白（註41），我還是得考慮到一色未來的任期，給予適當的協助。

我清清喉嚨，看向正對面的一色。

「妳曉不曉得，目前的問題出在哪裡？」

「嗯，金錢、時間跟人手都不足對吧～」

「沒錯。那麼，我們要怎麼辦？」

「嗯……所以要……『outsourcing』？從其他地方徵求願意幫忙的人，可是，現在沒有足夠的錢聘請他們，所以必須想辦法籌錢……」

一色也確實理解目前的困難。她總是一副沒在聽人說話的樣子，但實際上都有聽進去。憑良心講，她表現得比校慶跟運動會的主任委員好上太多，這種感覺真奇妙。

確定一色掌握現況後，我繼續說下去。

註41　出自動畫《名偵探柯南》片頭曲「胸がドキドキ」歌詞。

「從平塚老師的反應看來，我們恐怕很難拿到更多預算，但我又不想出去拉贊助。」

「後者完全是你自己的理由……」

雪之下受不了地嘆一口氣。可是等一下，請妳看清楚！人家由比濱跟一色也點頭同意喔！根據我在腦內的粗略計算，若真的要拉贊助，每個人至少得貢獻五千元……太困難了……回家向父母親哭著哀求，的確有可能拗到這筆錢沒錯，但是與其把錢花在這種活動上，我更想要先跟父母親哭著拿到錢，然後把活動徹底破壞掉。不僅如此，活動所需的費用也有可能繼續增加。

一旦牽扯到現實層面的金錢問題，學生會幹部也只能你看我、我看你，其中臉色最難看的便屬一色。不是我在說，這個傢伙實在是……

「現行方案不太可行，能做到的頂多只有一小部分，跟看板上打出的文案比較起來，會縮水很多。弄出那樣的活動，只會讓人搖頭。」

「啊，的確……」

一色想像到那般光景，不禁發出嘆息。

事前大大地用「串起我們的這一刻」宣傳，結果活動當天只有一組表演團體，演奏一個小時便草草收工——怎麼想都超虛弱的……到底串起了什麼東西？

「所以，現在應該先釐清這個問題。站在學生會的立場，你們是否希望活動照這樣進行下去？事先聲明，我個人沒有任何意見。我只是來幫忙的，你們要我怎麼做，我就怎麼做。」

「嗯……」一色盤起手臂，沉吟了好一會兒，緩緩開口說道：

「感覺……不怎麼好呢～活動內容大幅縮水的話，不要舉辦可能還好一點。可是，我們也沒辦法說取消就取消吧？所以，有些事情也是沒辦法的～」

雪之下被她嬌聲嬌氣的說話方式，和沒有幹勁的態度弄得頭痛不已，按著自己的太陽穴。

「一色同學……」

「好、好啦好啦……」

由比濱趕忙緩頰，一色也被雪之下嚇到，態度立刻出現大轉變。

「我願意我願意！我們一定會把活動辦好！」

總覺得她好像是被逼著點頭……好吧，無妨。

「我瞭解妳的想法了。那麼，學生會整體的看法呢？」

「咦？啊，對喔……各位覺得怎麼樣？」

一色謹慎地看向其他幹部，包括副會長在內，所有成員又是一陣你看我、我看你，然後試探性地開口：

「我們呢──」

「可以好好做的話，也並無不可……」

其他幹部點頭同意後，一色看過來，對我露出夾雜害羞和為難的笑容。

「……大概是這個樣子。」

不出所料，他們還沒辦法相處得融洽。

以一色本身擁有的社交能力（厚臉皮程度）來說，她遲早能化解這個僵局才是。然而，她不知道自己究竟配不配得上「學生會長」的頭銜，所以一直不敢表現得太突出。

這不是我有辦法解決的問題。不過，假如這次的活動辦得成功，讓一色對自己產生信心，他們的關係說不定會有所改變。

「好。那麼，在思考怎麼做之前，還有一個絆腳石得解決——現在問題來了，請問，這個絆腳石到底是什麼？」

「啊？」

一色一改先前正經的態度，用「你是笨蛋嗎」的眼神看過來。可惡，虧我特地自high，用益智問答的方式引導她……好啦，快點回答就是了！想是這麼想，雪之下搶在一色之前回答：

「太過貫徹合議制的會議風氣，沒錯吧？」

不知為何，她還稍微把手舉起來。這個人大概一聽到益智問答，好勝心便立刻被點燃。不僅如此，她還用興奮的眼神看過來，等待我公布答案。

「標準答案……」

雪之下在桌面下握拳，擺出勝利的手勢。真可惜，這題本來打算讓一色回答的……唉，算了。總之，答對的人可以得到八萬分（因為我是八幡（註42））！

「如同雪之下所說，海濱綜合高中要一一詢問每個人的意見，再一一討論所有意見，沒有人掌握最終決定權，當然永遠也得不出結果。」

由比濱聽了，提出疑問。

「不是由他們的會長決定嗎？」

「從現況看來，玉繩不過是主導會議進行，並且彙整大家的意見，他從來沒有做出決定。」

那種會議表面上顯得熱絡，再加上有一定的參加人數，提出的意見又不會被否決，因此，旁枝末節的部分得以快速定案。可是，真正重要的部分卻完全不見影子。無人掌握最終決定權的會議，沒有任何實際上的意義。即使討論出最終結果，也沒有人將結果列為決定事項。

每個人都居於相同地位，所以沒有人能夠下最終決定。

儘管海濱綜合高中方有玉繩，總武高中方也有一色做為代表，這兩個人面對選擇時，總是表現出「嗯～該怎麼辦呢」的態度，使該決定的議題遲遲無法定案。

一色聽著聽著，腦中浮現某種念頭，輕嘆一口氣說：

「我果然不太行呢……」

我看到她垂下頭，安慰道：

註42 日文「八萬」音同「八幡」。

「妳沒有什麼不對。」

「學長……」

經我這麼一說，她重新抬起頭，泛著淚光看過來。我也鄭重頷首，對她曉以大義。

「想也知道，是把妳推上學生會長的人不對。」

「那不就是學長……」

一色瞬間露出不知該不該吐槽的表情。但妳要知道，「我沒有錯，錯的是這個社會」的精神其實相當重要。

「若只討論這次的事情，問題在於雙方彼此顧慮，沒有明確訂出上下關係。」

通常說來，討論由誰掌握最終決定權，比雙贏關係、對等交涉、地位誰高誰低更重要。一旦最初沒有達成這項共識，之後的會議當然都只是空談。

「……所以，我們必須排除這種模糊仗，開個像樣的會議，大膽地提出反對、製造對立、否定對方的意見，分出誰勝誰負。」

副會長聽了，面露難色。

「製造對立……都到了這個時候，還要提出反對意見？」

「沒錯，只要反對就通通提出來，徹底否定對方。我說什麼都不要去拉贊助。」

「原來是那個理由……」

由比濱對我的理由大感愕然，但有什麼辦法，我就是討厭嘛。更何況，我也很討厭那種會議做出的虛假決定。

然而，這些不過是我個人的看法，究竟要怎麼做，還是得由學生會決定。

「以上是我的提議。一色，你們學生會打算怎麼做？」

「咦，由我決定？這樣真的沒問題嗎……」

一色被我突如其來一問，不太有把握地環顧周圍的幹部。

「要、要怎麼做呢？」

這時，副會長開口回答。

「……我不建議製造爭端。到了這個時候還提出其他意見，感覺有點找麻煩，而且我們當時也沒有反對。再說，外面的人聽到我們起紛爭，觀感上可能不太……」

這位副會長的思路頗為清晰，但也可以說是保守。好在學生會裡有這麼一個人輔佐一色。

「有道理～」

一色發出沉吟，尋思半晌，接著抬起頭，對副會長露出笑容。

「不過，我還是決定要做。」

「咦？」

她看著一愣一愣的副會長，提出自己的理由。

「想到活動必須縮水，我還是不太能接受。」

雪之下按住太陽穴，由比濱也只能苦笑，但我倒是滿佩服的。雖然不知道那是不是她的真心話，有勇氣在現場提出那麼自私的理由，這個人搞不好不容小覷。

既然有了結論，接下來便要思考其他方案。在跟海濱綜合高中的會議上，我方的發言量與核心意見都屈居下風，若不好好補強這一塊，根本無法正面與他們抗衡。

「那麼，現在就來思考，我們還可以做什麼。」

我站在學生會辦公室的白板前，用白板筆寫下「提案」兩個字。嗯，連我都覺得自己寫的字一點精神都沒有。一名戴眼鏡、綁辮子的一年級女生看不下去，輕輕發出「啊」的聲音，起身代替我寫白板。這個人大概是學生會的書記。

我坐回座位後，一色用傷腦筋的表情看過來。

「嗯──就算要想其他活動，我也沒有什麼想做的。」

「……是啊，我也一樣。」

她無奈地嘆一口氣。

「那根本不行嘛……」

「無妨。要是只做我們想做的事，便跟玩耍沒什麼兩樣。工作淨是辛苦的事與不想做的事，所以才叫工作。」

坐在對面的雪之下輕敲幾下太陽穴。

「……先不論你的工作價值觀，那句話本身的確沒有錯。目前的企劃並不是站在來賓的觀點考量。」

「啊，我懂了……」

一色點頭表示理解。沒錯，玉繩他們構思企劃時，純粹以自己想做的事為中心，而不是針對觀眾特別設計。參加活動的人當中，想必少不了愛好音樂的老年人，但也有很多人不見得喜歡，還在念幼稚園的小孩子更可能感到乏味。當然了，樂曲選擇與呈現方式也會有所影響，但他們很明顯沒考慮到這麼多。口口聲聲說以顧客為出發點，實際上卻完全沒為那群人著想。

原來在一開始，大方向便出了問題。重點從來不在於「我們想做什麼」。

一色也想通這一點，但事情依然沒有進展。

「……那麼，我們該做什麼？」

我想了一下。

「工作的方式有許多種……不過啊，最高的境界還是盡可能不要工作。」

「感覺超矛盾的……」

隔壁的由比濱白我一眼。真失禮……

「才沒有矛盾。我的意思是即使不想工作，但又非工作不可的時候要怎麼辦。偷懶跟落跑只會讓事情更麻煩，所以要思考如何用最有效率的方式解決問題。」

「出發點一點也不正經，結論倒是很正確……」

雪之下已經不知是第幾次按住太陽穴。

這結論哪有不正確的道理？看看人類的歷史，自然能夠明白。

科技之所以不斷進步，始終來自於嫌麻煩、不想工作的人性。換句話說，嫌麻煩、不想工作的我是最先進的人類。尤其這一陣子，我特別覺得自己麻煩得要命。

好啦，現在不是談我怎麼樣的時候，我有更重要的話要告訴一色。

「思考這種事情的第一步是提出問題，但是這個步驟太麻煩，所以直接反過來利用現有的問題即可。」

我從書包裡取出玉繩製作的資料。

「以這次來說，就是盡量點出企劃的缺失。相信我，人們不太容易找到自己的缺點，說別人的壞話倒是輕而易舉。這種事妳應該最擅長，加油吧。」

「學長到底把我想成什麼樣的人……」

「好啦，別廢話，趕快去討論。」

一色擺出不悅的表情，但還是乖乖聽從我的話，跟其他幹部討論起這項作業。

我瞥一眼雪之下跟由比濱，暗示她們靜靜地觀察。

現在有了初步的問題，學生會成員開始認真思考。他們解決問題的意願絕對不算低。

只要產生話題，製造開口的契機，對話便逐漸成形。他們相繼指出企劃的缺失，臉上也開始有了笑容。

由此可見，拉近彼此距離的最好方法，果然是說別人的壞話。

當他們把問題提得差不多，我又說道：

「接下來，從這些缺失反向導回去，重新擬定企劃即可。」

「原來如此。」雪之下環抱雙手低語，似乎了然於心。

「……這方法的確能產生新的提案。不過，預算、時間跟人力的問題依然存在。」

「現在只能尋找最不會用到預算跟時間的方法了。」

「可是，不花錢的話，活動不會縮水嗎？我也不太希望這樣。」

一色的話中帶著不滿。這時，由比濱敲一下掌心。

「啊，我想到了！用手工做一些樸素的東西，主打家庭感怎麼樣？」

「那應該是觀眾下的評論，而不是製作群主打的賣點。」

雪之下的說法非常正確。

不過，由比濱的意見也不無道理。

我們現在需要的是改變想法。

辦活動並不是花越多錢越好。如同那些號稱砸下幾億、幾十億元製作的電影，十之八九都以慘賠收場。特別是動畫改編成的真人版，誰想要你們做那種玩意兒？

現在必須思考的，是如何把未完成、不齊全、偷工減料的負面印象，扭轉成手工、素雅的正面印象。

啊，對喔——專門給大人看的影片裡，不是有個號稱「業餘演員」的系列嗎？非專業者特有的樸拙、自然，與真實，讓人覺得好像觸碰得到——不，倒不如說是日常生活中的非日常性、隱匿性，或者「不演之演」等等充滿矛盾的文學性……

呼。好，我大概知道了。

「這樣吧，交給小學生跟托兒所，讓他們表演節目怎麼樣？只要換成小孩子，廉價跟外行的觀感也能成為優勢。」

「……原來如此，真虧你想得到。」

雪之下用閃閃發亮的雙眼看過來。只不過，賦與我靈感的泉源有點……使我有點心虛，不敢直接跟她對上視線，聲音也不禁尖了起來。

「咦？啊，嗯，是啊。有時候廣告商想不出好點子時，不也會改用動物當主角？」

不過，她已經把思緒集中在歸納上，再也不看我這裡。

「由小孩子上臺表演的話，觀眾不會多加抱怨，說不定還會受老人家歡迎。這樣一來，可以選的活動內容便相當有限。」

雪之下一邊整理思緒，一邊看向學生會幹部。

「嗯——對啊，像是唱唱歌……」

「還有演戲。」

一色與綁辮子的書記小姐答道。

「唱歌的話，會跟音樂表演重複……」

副會長剔除其中一個選項。

好，大致定下來了。我站起身，走到白板前，寫下「演戲」兩個字。

「那麼，就決定是演戲。托兒所經常舉辦類似的活動，他們應該有一些能用的道具跟服裝。」

雪之下也點頭。

「所以，問題只剩下練習時間。」

「背臺詞感覺超辛苦的……」

奇怪了，由比濱又不用上臺，為什麼要發出那麼悲慘的呻吟……好吧，畢竟她對記憶很不在行。沒關係，這次的演戲不是考試，所以能耍一點小手段。

「……把舞臺上的演員跟念臺詞的人分開如何？」

雪之下一聽，立刻理解我的意思。

「你的意思是，在幕後配音？」

「沒錯，這樣就不用記臺詞。」

「真厲害，要耍小聰明的時候，你的腦筋動得最快。」

承蒙讚美，實不敢當……不要露出燦爛的笑容，對我說出這種話好嗎？

實際上，我聽說配音員同樣非常辛苦，必須付出相當大的努力，一次又一次地反覆練習。但這次頂多相當於小朋友的成果發表會，不需認真到那個程度。

討論到此，我們大致有了計畫，接下來便是實際付諸行動。

「這樣，各位有沒有意見……」

一色不太有把握地看向學生會幹部，所有人皆點頭同意。一色見了，嘴角微微泛起笑容。

由比濱也高興地對她說：

「好不容易有了計畫，真希望能成功！」

「是啊～能夠成功就太好了～」

「只要把時間分一半，將演戲跟音樂會都排進活動即可。不妨在今天的會議上提案看看。」

她們聽到我這麼說，用有聽沒有懂的表情看過來。喂，那個痴呆表情是什麼意思……

「……那樣也可以嗎？」

「天曉得。但就算兩邊共同舉辦活動，合作的方式也有許多種。」

「喔——原來如此……」

一色心不在焉地點點頭，不知是否真的聽懂我說的話。

我們不可能討好全部的人，到時候想必也有人不滿意玉繩的企劃。若我們針對這群人，端出讓他們滿意的表演，即可提升活動的整體觀眾滿意度。當然了，肯定也有另一群人不滿意我們的計畫，那群人可能就要交給玉繩負責。

正因為有所對立，這個構造才得以成形。

「好，你們就利用這段時間規劃好細節，在待會兒的會議上簡報。」

我說完後，從座位上站起。

「好……咦，啊！學長，你要去哪裡？還有，簡報難道要由我來做？」一色慌張地抬頭看過來。

雪之下接著起身，輕拍幾下裙子，再將手抵住下顎。

「再怎麼說，簡報都應該由學生會負責。我們充其量是從旁協助。」

由比濱也拿起掛在椅背上的大衣，微笑著對一色說：

「不用擔心，到時候遇到困難的話，他們會幫忙的。」

「妳自己就不幫忙嗎……總之，好好加油吧。今天的點心我去買。」

我們三人步出學生會辦公室，走向大樓出口。

距離會議還有一些時間，去便利商店買點零食跟飲料，打發時間剛剛好。

「希望會議真的能夠順利。」

由比濱把圍巾纏到脖子上。

「不用擔心。即使對方不答應，也要逼他們答應，現在我只想趕快結束這場鬧劇。」

這只是我的無心之語，由比濱卻忽然停下腳步。我轉過頭，看見她露出嚴肅的神情。

「你……又打算做什麼嗎？」

雪之下也不繼續往前走。我無法從她垂下的視線看出表情。

「……到時候再看看。老實說，不臨到現場我也說不準。」

我盡可能就自己所知的範圍誠實回答。話雖如此，我所知道的做法也沒有多少。由比濱大概也理解這一點，輕撫頭上的丸子，看著地面問道：

「難道你……不會覺得討厭？」

「我當然也有討厭的事。」

「那──」

她抬起頭要說什麼。不過，在聽到接下來的話之前，我先一步說出自己的答案。

「……我最討厭的，就是屈就於那種僅止於表面的討論。」

我搔搔頭，把視線別到一旁。直到不久之前，我自己還不是只顧著維持表面，現在竟然還有臉說出這種話。

可是，我再也無法甘於這些偽物。

現場陷入短暫的沉默。

下一刻，某人輕輕嘆一口氣。我把視線移回來，看見雪之下漾起微笑。

「照你喜歡的方式去做吧。」

這句話比往常來得柔和、直率，且不帶任何遲疑。

「……嗯，知道了。」

由比濱似乎尚未完全接受，但也默默地頷首。

我恐怕仍然沒有得到理解，她們可能只是想不出還能說什麼。

我在心裡道出這句話，對雪之下和由比濱點頭。

接著，我們走出大樓，一路上再也沒有交談。

冬天的海風呼嘯而過，斜陽灑落在校舍間的道路，讓我感到一絲溫暖。

× × ×

與海濱綜合高中的會議準時開始，但是隨著時間過去，大家的熱度逐漸消退。

玉繩帶著為難的笑容，嘆一口氣。

一色則是滿臉笑咪咪，用只有我聽得到的聲音咂一下舌。

從會議開始到現在，兩個人的對話始終沒有交集。

「嗯，妳的 proposal 的確不錯。只是，我認為雙方要共同合作才有意義。分頭進行的話，不但可能削弱 synergy 效果，還會產生 double risk。」

「你的說法很有道理。不過，我也想試試看這個提案。又有音樂演奏又有戲劇表演，觀眾一定也覺得很值得～」

我早已不清楚，他們在這個迴圈裡打轉了多久。

玉繩東一個英文單字，西一個英文單字，一色把脖子跟眼睛轉向各個不同的角度，裝出討人喜愛的模樣，用撒嬌的聲音說道。

今天的會議一開始，玉繩立刻提議由大家分攤追加預算。這時，一色舉手說「啊，我有一個想法」，介紹起他們稍早擬定的戲劇表演，回敬海濱綜合高中方的提案。然而，對方當然不是省油的燈，馬上提出用短劇串場的折衷案。一色當然以現行計畫的預算不足為由，建議刪減演奏會的分量，另外加入戲劇表演的節目。

到目前為止，情勢發展皆如同我的預期。以某種程度而言，這有如事先寫好的劇本，我、雪之下與由比濱都很放心地坐在一旁欣賞。

可是後來，他們的討論開始陷入膠著，接著便如先前所見，一色跟玉繩只是不斷重複各自的想法。

隔壁的雪之下吐出一口氣。哎呀，真巧～現在的我也好想嘆氣。她以不妨礙會議的音量，小聲對我說：

「一色同學沒問題吧？我聽到她咂了一下舌……」

「嗯，她看起來快沒耐心了。」

「我很能體會那種心情……」

她疲憊地再次嘆一口氣。

我跟雪之下的打算是將簡報交給一色，然後在需要的時候提供適當協助。可是，會議像這樣沒有進展的話，我們便沒有置喙的餘地。正當我思考該怎麼辦時，坐在右邊的由比濱戳戳我的肩膀。

「他們為什麼會起爭執？」

「……如果有一個已經合作好一段時間的人，突然提出各做各的要求，妳會怎麼想？」

她思考一下，回答：

「嗯——感覺，不怎麼好受……」

「分裂、決裂確實會帶來不好的印象。」

雪之下也點頭同意。我想，這正是玉繩最在意的事情。

我看向玉繩，確認他的反應。他敲打著 MacBook Air 的鍵盤，然後「嗯」地點點頭。

「演戲這個點子真的很不錯。我們重新擬定 concept，以音樂跟戲劇的 collaboration 為方向來進行，也是一種方法。」

玉繩又提出一個折衷方案，一色輕輕笑道：

「呵呵，的確也是一種方法。不過，你可能誤解我的意思囉～而且，那在預算上也有困難吧？我有點擔心，你的提議可能沒辦法實現。」

她露出調皮的笑容，像是在遮掩自己的害羞。然而，她的眼神沒有一絲笑意。

「預算的問題，大家可以一起想辦法。這就是我們開會的目的。」

玉繩再度搬出用到快爛掉的說詞。照這樣下去，會議真的會落入無限迴圈。

這時，在我的視線角落，有個意想不到的人站起。那個人是我們的副會長。

「不好意思，我想請問一下，你反對兩個節目並行的理由是什麼？」

「嗯……我也不是反對，只是覺得，大家擁有相同 vision 的話，更能展現整體的一致性。從 image strategy 來思考，我也覺得最好不要移除『聯合活動』的框架。」

這波攻勢讓玉繩有些意外，他想了一下，繼續說下去。

「我有一個 flash idea。要準備兩個節目的話，也可以把兩邊學校的人混合起來，再分成兩個 group……」

「那樣的話，時間可能不夠用喔～我們都已經開始準備了～」

一色也站在副會長這一邊。儘管他們根本還沒動工，現在不這樣說的話，便無法打破僵局。

海濱綜合高中方有一個人見玉繩屈居劣勢，舉手幫他說話。

「如果擔心時間不夠，與其現在才另外弄新內容，大家集中火力在原本的計畫上比較有效率，ＣＰ值也更高。」

於是，討論再度回到原點。

我把大家的發言寫進議事錄時，忽然有種說不上來的異樣感。

玉繩並不反對兩個節目並行的提案，卻又執著於大家一起進行的形式。他的理由何在？為了找出到底是哪裡不對勁，我開口詢問：

「……有一起進行的必要嗎？」

「大家合作的話，能發揮 group synergy 效果，讓活動更盛大——」

「我從頭到尾都沒看過你所謂的 synergy 效果。而且，就算你說要辦得盛大，照這樣下去根本做不出什麼東西。那你為什麼還要執著於形式？」

不知不覺中，我的語氣有點咄咄逼人。四周的人開始交頭接耳，似乎在數落我的無禮。

這個會議的最大缺失，是沒有人在第一時間跳出來否定。因此，即使大家心裡明白這樣的方式不對，也沒辦法導回正確的軌道。

我自己也沒能提出否定意見。當時的我也想過，他們的方法或許可行。每個人都客客氣氣、顧慮著彼此，用那些話矇騙自己。

可是，這樣是錯的。被否定絕對不是一件壞事。

有些事情必須經過別人點醒，自己才會理解。盲目而空洞的全盤肯定，才是最殘酷的否定與拒絕。

玉繩慌張起來，連珠炮似的開口：

「這偏離我們原本的企劃目的。而且，大家早已達成 consensus，也已經完成 grand design……」

他沒說錯。我們的確已經達成共識，也建立起整體構想。

這些共識與整體構想是怎麼來的？催眠自己「為了讓每個人都能接受」、要求所有人忍耐、把傷害平均分配給每一個人、要他們接受謊言，以及扼殺自我意志——用「這是既定事項」堵住別人的嘴、暗中威脅「反對的人都是異端分子」——他口口聲聲提到的共識，是這樣來的。

之後，萬一活動辦得不成功，他會以「這是大家一起決定的」為藉口分散責任，把過錯推給某個不知名人士，減輕自己的心理負擔。最後，再用「大家」做為脅迫，樹立共犯——啊啊，像極了某個空虛的箱子。

因此，儘管不敢說自己有多正確，我必須否定這樣的風氣。過去就是因為有人否定我，我才察覺到自己犯的錯。既然如此，我不可能接受這個結論。我很清楚自己是錯的，可是，這個世界的錯誤更加離譜。

我看著玉繩，揚起嘴角對他說：

「……你錯了。你只是以為自己很行，能把活動辦成功，所以即使發生錯誤也不願意承認。你只是想掩飾犯下的錯誤，才玩弄手法、說些冠冕堂皇的話、取得別人的承諾讓自己安心。如果能在犯錯的時候，隨便把責任推給某個人，總是會輕鬆很多嘛。」

我彷彿看見過去的某個人影，使得這段話染上幾分自嘲。

眾人和樂融融、不否定彼此的空間想必很舒適。議事錄上僅留下空泛的討論內容，為會議的存在做見證。我們可以藉此永永遠遠地矇騙自己。

可是，這只稱得上「偽物」。

四周頓時出現騷動。微弱的聲浪如漣漪緩緩擴散開來，以我為中心形成漩渦。

接著，我感受到一雙雙冰冷的視線。

「不是你說的那樣。我想大家純粹是溝通得不夠——」

「雙方先暫時冷靜一下，待會兒再好好溝通看看……」

海濱綜合高中方又有人開口，對方的聲音冷淡，宛如不會讓步。看來他們不打算改變態度，不否定我們的意見，堅持要求我們妥協。

此刻，另一個聲音打破情勢。

「想玩家家酒的話，可以去其他地方玩嗎？」

這句話的聲音絕對不算大，卻讓其他人閉上嘴巴，全場陷入鴉雀無聲。

那個人的話還沒有結束。

「我從剛才聽到現在，你們的討論毫無內容可言，只是賣弄一些學來的辭彙。像那樣假裝自己在開會，難道很有趣嗎？」

雪之下雪乃的語氣強烈，在場沒有其他人敢開口。接著，她緩緩說道：

「交換幾句曖昧的話，便認為達到溝通效果、覺得自己已經瞭解，卻不採取任何實際作為，怎麼有辦法往前進……這樣根本產生不了什麼、得不到什麼，也無法給予什麼……純粹是個偽物而已。」

雪之下緊握雙拳，眼睛盯著下方。

她重新抬起頭時，換上凜然的神情，用強烈的眼神直視前方。

「不要再浪費我們的時間好嗎？」

整間講習室的聲音彷彿被抽乾，所有人皆震懾於雪之下的氣魄，說不出半句話。漫長而得不出結果的討論，頓時飛進一片空白。

「嗯——共同舉辦感覺也滿困難的，不如不要勉強，就讓觀眾一次欣賞兩個節目嘛。這樣也能突顯不同學校的個性。」

由比濱努力擠出開朗的聲音打破沉默，徵求其他尚未回過神的與會者意見。

「伊呂波，怎麼樣？」

「啊，是。我覺得很、很不錯……」

她又把視線移到對面，看向折本佳織。

「那、那麼，妳覺得如何？」

「咦？嗯……滿、滿好的啊。」

面對突如其來的詢問，折本反射性地給了肯定的回答。但她對自己的答案沒什麼把握，又看向隔壁的人，對方同樣點頭同意。

無人提出否定的會議上，只要討論內容傾向肯定的一方，之後將立刻產生骨牌效應。

如此這般，漫長的會議終於畫下句點。

× × ×

會議結束後，講習室內恢復以往的吵雜。總武高中這一邊總算得到結論，終於能正式開始準備聖誕節活動。學生會成員把書籍與資料攤在桌上，討論起相關內容。

我側眼看著他們，跟雪之下站在旁邊聽一色抱怨，由比濱則是面露苦笑地看著。

「為什麼你們要說那種話？氣氛變得很僵耶～我差點以為活動要辦不下去

了——」

她站在白板前交叉雙臂，氣呼呼地鼓起臉頰，那模樣故意歸故意，倒也滿可愛的。

「我不認為自己有說錯任何話。」

雪之下倔強地把臉別到一旁，那番舉動觸到一色的神經，她「呼」地吐出一口氣。

「那些話或許很有道理，但也請看一下場合吧。開會不是也有開會的規矩嗎？」

雪之下再度把臉別開，這次不知為何看向我這裡。

「妳不能期待這個男的懂得說話看場合，他在社辦裡也是只顧著看表面的文字。」

「可惜妳錯了。練到像我這樣的境界，可是能夠讀出字裡行間的意思。還有啊，她明明是在對妳生氣。」

她聽到我這麼說，露出疑惑的表情。

「一色同學也說我的話很有道理，那她還有什麼理由對我生氣？」

「就是這點啦，妳就是這樣才惹她生氣。好好聽別人說話行不行？」

我們兩人你一言、我一語，一色終於按捺不住，敲敲白板以示自己的存在。

「請問～有在聽我說話嗎？我是同時對你們兩人說的喔～」

「好啦，算了啦，事情圓滿解決就好。」

由比濱進來打圓場，一色嘆一口氣，不再跟我們計較，但是從表情看來，她尚未完全釋懷。於是，由比濱繼續告訴她：

「而且活動也能繼續進行，這樣不是很好嗎？」

「唉……以這點來說的確是……而且，我也覺得心中舒坦了一點……」

我這個彆扭的傢伙不禁在心裡嘟囔：「這個人真不坦率」。不過，一色明明對學生會的工作不抱什麼興趣，現在竟然也在意起活動辦不辦得成……

這時，她又抱頭呻吟。

「可是，這件事跟那件事沒有關係吧！人家這樣很難做人耶——」

「啊，這點我很抱歉。」

讓她接下來不好做人，的確是我造成的，所以我老實地向她道歉。之前總是由我或一色直接跟玉繩交涉，但是剛才的會議鬧那麼僵，對方八成不會想再跟我說話。這樣一來，日後的交涉工作將通通落到一色身上。

「雙方不再合作的話，確實也會產生問題……雖然說是分頭進行，大方向仍然共通，那樣做可能有點破壞彼此的關係……」

雪之下撫著下顎思考，由比濱這時舉手提議：

「那麼，接下來跟對方的交涉與溝通工作，就由我跟伊呂波負責！」

「咦～我也要嗎？」

「妳是這裡的代表，當然要由妳出面。」

一色不是很情願，雪之下立刻責備她。

「是……是！不過……這不是雪之下學姐造成的──」

雪之下又瞪她一眼，她馬上清清喉嚨，把即將說出口的話吞回去。接著，她又過來對我說悄悄話：

「學長，雪之下學姐很可怕呢……」

妳錯了，她對妳的反應還算是友善──我當然不可能真的這樣告訴她，現在雪之下盯著她的眼神可是超銳利的。雪之下的耳朵一定是地獄耳（註43）……

「一色同學，請妳先去跟他們確認預算和時間的分配，並且精算出目前所需的經費。」

「啊，那麼，我們一起去找會計。」

一色回答後，帶著兩個人走向學生會的工作區。

我暫時沒什麼事可做，於是就近拉一把椅子坐下，靠著椅背看向天花板。沒有人接近我的四周，時間就這樣緩緩流逝。

不時有人將視線投過來。那些看著奇特事物的視線跟低聲的交頭接耳，對我來說早已是家常便飯，但我很久沒感受到這種視線，所以產生一種奇妙的熟悉。除了我之外，雪之下同樣接受到那些視線。

「比企谷。」

不知什麼時候出現的平塚老師，忽然把頭探進我的視線。

註43 出自動畫《惡魔人》片頭曲歌詞。

「原來老師來了。」

「中途來看看情況。」

平塚老師大概不打算久待，不坐到座位上。我一個人坐著感覺也很奇怪，索性跟著站起。兩人的臉靠近後，老師盯著我好一會兒，接著泛起苦笑。

「你又當壞人了啊。」

啊啊，原來老師當時就來了嗎……讓她看到那個樣子，我開始感到不好意思。

老師環視室內一圈，最後目光落在雪之下身上。

「不過，想不到她會做出那種事……我有點驚訝呢。」

「嗯，是啊……」

連我也不懂自己在附和什麼。雪之下當時說出那種話，我在驚訝之餘，也覺得可以理解，但又沒辦法明確地用話語解釋。平塚老師還是點點頭，低語道：

「一起受傷的話，或許就不算傷害……這是所謂的『走韻之美』嗎……」

「什麼？」

我無法理解這句話的意義，請老師詳細解釋。她沒有看著我，直接回答：

「即使是受過傷、個性乖辟、喜歡鬧彆扭的人，照樣有人覺得美麗，認為他們擁有價值……我並不討厭這個樣子。」

她這才轉過頭，用憂傷的眼神看過來。

「可是，在此同時，人們也會感到恐懼，懷疑這樣是否真的沒問題。畢竟，不被其他人理解的幸福，也可以說是封閉的幸福。」

「那樣會很糟糕嗎？」

平塚老師緩緩搖頭，瀑布般的烏黑長髮隨之擺動。

「這個嘛……身為一名教師，我能回答正確與否的只有考試答案……所以，你至少要繼續抱持這個疑問，並且持續思考答案。」

她留下這句話後，離開講習室。我目送老師遠去的身影，同時思索著該回應她什麼。

我所希望得到的，或許不是世間普遍認為正確的關係，說不定會拉住對自己伸出的手，一同拽入水底。這種感傷未免也太自私。

即使不用老師告訴我，我也會繼續詢問自己，找出答案。

× × ×

結束一天的辛苦工作，總算能踏上回家的路。我騎上腳踏車，慢慢離開公民會館。

騎到住家一帶時，後面忽然有人按鈴。嘖，搞什麼，我騎我的車又沒有礙到你？儘管心中這麼碎碎念，我還是靠到路邊，讓後面的人先過。可是，後面的鈴聲卻不停下。

我實在受不了，回頭看看到底是哪個傢伙。

結果，我發現折本同樣騎著腳踏車，緊緊跟在後面。她見到我的臉，馬上笑出聲音。

「為什麼不理我？笑死人了。」

「……是妳啊。等等，這沒什麼好笑的吧？」

按照常理思考一下，我們念過同一所國中，住的地方相隔不遠也是理所當然的事。如果我們在相同時間從相同地方往相同方向走，不用想也知道會在路上的某處碰頭。

折本騎到我的身旁。

「原來你還住在這附近。」

「我家就在這裡啊……」

「啊，也對啦。只是從來沒在這裡碰過你。」

主要原因是我不想見到妳，才盡可能減少出門的機會……若要列出「最不想再見到的人」排行榜，折本肯定名列前茅。不過，我不需要連這種事都告訴她。

「啊，等我一下好嗎？」她在自動販賣機前停下腳踏車。

若要列出「最不想等的人」排行榜，折本肯定照樣名列前茅。不過，她都當面對我要求了，我也只能坐在腳踏車上，耐心等她買飲料。

「來，請你。」

她遞過來一罐熱紅茶。搞什麼，怎麼不是MAX咖啡——好啦，我也知道既然是別人請客，當然沒什麼好抱怨，所以乖乖接過紅茶。

折本拿起買給自己的另一罐飲料，「鏗」地敲一下我手裡的罐子。

「耶——」

「喔、喔……」這是乾杯的意思嗎……

接著，她拉開飲料拉環，輕啜幾口，對我說道：

「比企谷，你有點變了呢。在我的印象中，以前你超無趣的。」

「是、是嗎？」

……原、原來如此～當時其他人是這樣看待我的啊。難道妳不覺得，這種情報一點也不重要？

她說我有點改變這點更讓我在意。跟國中時期相比，我是否有所改變？答案想必是肯定的。我變得比以前高，學到更多英文單字，更重要的一點，是我跟折本說話時，再也不會緊張得冷汗直流。除了這些，我應該還能列舉許多不同，但與其稱那些不同為「變化」，說是「回歸原始」可能更正確。

「不過，會認為很無趣，也可能是觀察的人有問題。」

折本這時流露的表情，才真的要用「無趣」形容。她搖晃幾下罐子，一口氣喝光剩下的飲料，然後「哈——」地喘一口氣。

「說是這麼說啦，但我大概還是不可能跟你交往～」

「算了吧，我現在又沒有跟妳告白。」

過去我的確跟妳告白過呢。是的沒錯。不過呀，那些都是過去的事了對吧？所以請妳把它忘了，謝謝合作。

「倒是妳，沒事提這個做啥？」

「今天的會議上，你不是突然說出那些話？要是真的有一個那樣的男朋友，我一定很受不了。根本搞不懂他想表達什麼。」

折本想起會議上的事，咯咯咯地笑著說道。過了一會兒，她不再笑下去，看向道路前方。順著她的視線方向往下走，會到達我們念過的國中。

「不過，當朋友的話感覺好像就沒問題，而且滿好笑的……反正，現在說這些都不重要了。」

她把喝光的飲料罐丟進垃圾桶，跨上腳踏車。

「還有啊，今天多虧你跟那個女生，我們的學生會也認真起來了，尤其是那個會長。所以，我們一定會贏過你們。」

「又不是在比賽……」

她聽到我這麼回答，偏著頭問道：

「是嗎？算了，都無所謂。再見囉——」

「嗯。啊，謝謝妳的紅茶。」

折本輕輕舉手，回應我的道謝後，踩著踏板離去。我同樣喝光剩餘的紅茶，把空罐丟進垃圾桶。這時，不遠處傳來一陣腳踏車的煞車聲。

「對了。」

「啊？」

我往聲音的方向看去，折本騎在腳踏車上，把頭扭過來問道：

「下次辦同學會的話，你要不要也來？」

「得了吧，我絕對不去。」

「也對，會笑死人。」

「一點也不好笑。」

她輕笑一下，再次踩下腳踏板。我不待她離去，便調轉龍頭，往另一個方向出發。

× × ×

那場會議結束後的翌日放學時段，公民會館內的講習室馬上忙碌起來。我們已經決定要演戲，卻還沒決定演什麼樣的劇目。

不過，在一色「戲裡至少會有天使吧」這個不明就裡的指示下，大家開始趕工製作天使的戲服。天使真的會出現嗎……那樣的話，場景該不會是死後的世界

（註44）？

直到不久之前，被我們視為大麻煩的小朋友們，此刻搖身一變，成為趕工時的得力助手，個個都是超強的戰力。果然，小學生真是太棒了！

鶴見留美的雙手靈巧，是個能專注在工作上的獨行俠，再加上初來此處的那一天，她是自告奮勇來問我們要做什麼的代表，所以現在已經成為小學生軍團的打雜菁英。

大家在聊天談笑、捉弄彼此的同時，天使的戲服也一點一點地成形。我待在遠處觀察，發現其他人見留美那麼投入，紛紛把自己的工作堆到她身上。

即使留美再怎麼厲害，也不可能獨自完成那麼多工作。於是我走向前，不經詢問便坐到她的身旁，打算幫忙製作道具。這時，她出聲制止我。

「沒關係，不用你幫忙。」

留美繼續手邊的工作，看都不看我一眼。

「我一個人就夠。」

「妳啊，話別說得太早……」

她說得信心滿滿，但我們需要的道具量也頗為可觀。雖然戲服設計成給小孩子穿的尺寸，通通交給一個人做，仍然太過勉強。儘管如此，她還是搖搖頭。

「不用。」

註44　出自動畫《Angel Beats!》劇情設定。

「妳一個人，真的做得來，是吧……」

看來留美真的打算獨力完成，但也不能排除她只是固執的可能性。要是到時候來不及做完，將帶給其他人諸多困擾。

即使如此，留美還是堅持一個人努力。可見她的自尊有多高。

我拉動椅子站起身，留美瞄過來一眼，表情顯得有點悲傷。接著，她慢慢地垂下視線。

我站在原處，拍拍自己的胸口。

「不過啊，我一個人能做的比妳還多。」

留美聞言，稍微愣了一下，然後發出無奈的笑聲，如同在說「受不了你」。

「……你在說什麼……跟笨蛋一樣。」

她不再阻止我幫忙，我們一起剪開厚紙板，做出好多雙翅膀。

「協力」與「信賴」恐怕遠比我所想像的更沒有溫度。

有些事情可以獨力完成，也有些事情只能獨力完成。學會如何不帶給別人麻煩，才能夠依賴別人；一個人有辦法生存之後，才有資格跟別人走在一起。

能夠獨立生存，凡事都能靠自己者，想必也能跟別人並肩而行。

我側眼觀察勤奮工作的留美，這個小女孩應該有辦法一個人生存。小學生能做到這樣，已經很了不起。再加上她輕輕鬆鬆便到達「可愛」的標準，所以未來一定會跟別人一起走下去。為了那樣的將來，現在最好先演練一下。

「……喂，妳要不要上臺演戲？」

我嘎吱嘎吱地剪開厚紙板，同時這麼問道。留美停止手邊的工作，瞪過來一眼。

「……我不叫『喂』。」

「啥？」

幹麼瞪我啦……難道妳是恐怖故事裡經常出現，會在旅館盯著別人睡著的臉猛瞧的幽靈？

「是『留美』。」

她沒好氣地說完，把臉別到一邊。那大概是要我用「留美」稱呼她的意思。可是，我對直接用名字稱呼女生滿抗拒的……除了感到難為情，我還擔心直接叫名字的話，對方會覺得「啊？你自以為是我的男朋友嗎？」

我在心中為這個難題掙扎不已，留美把我拋到一邊，埋頭繼續做自己的工作。看來在我用名字叫她之前，她都不會理我……

「我說……留美？」

她盯著桌面，輕輕點了點頭。

「要不要上臺演戲？」

YOU，上吧！跟我一起打造偶像傳說！妳的臉蛋這麼漂亮，一定可以的，讓我當妳的製作人，快點跟我開始熱情的偶像活動吧！

我不知道留美是否感受到這股熱忱，她稍事思考，詢問：

「……這個你可以決定？」

「啊？喔，是啊，因為我是製作人。」

另外，我還兼任提督與LoveLiver。雖然我也不清楚能不能擅自決定，反正到時候一定是由小朋友演出，所以沒有什麼問題。留美出神地看著我的臉，似乎在想什麼，接著，她把臉別開，興趣缺缺地回答：

「嗯……是可以啦。」

「真的嗎？謝謝妳，留留。」

「留留聽起來很噁心。」

這就是父親被女兒說噁心時的感覺嗎……想不到這種酥麻感還不錯。我沉浸在奇妙的感動中，留美繼續手邊的工作，把白紙貼到厚紙板上，繼續問道：

「要演什麼戲？」

「對喔，還沒決定呢。」

學生會那邊應該正在討論，不如利用這個機會，順便去看看情況。想到這裡，留美一把搶走我手中的厚紙板，擺出小大人的態度說：

「那還不趕快決定？」

這句話像是在說「這裡交給我，你們先走」。既然如此，我便恭敬不如從命，把工作交給留美，自己去做該做的事。

「……知道了，那我走啦。」

我從座位上站起，走向總武高中的工作區。現在必須先向一色確認工作，我四處尋找她的蹤影，同一時間，由比濱抱著牛皮紙袋走過來。

「啊，你有看到伊呂波或小雪乃嗎？」

「我也正在找。」

「是喔。我剛剛去要到錢了，所以在想該怎麼用。」

喔——她的意思是，跟海濱綜合高中拗到被他們把持的預算嗎？儘管不知道是怎麼做的，這個笨蛋對金錢管理相當有一套，頗有家庭主婦的感覺……

我跟由比濱到處尋找一色時，講習室的大門喀啦喀啦地開啟，一色本人有氣無力地走進來。

「妳怎麼了……」

她露出幽暗的表情，杵在原地。

「我去拜託葉山學長幫忙，卻被他拒絕了……」

「真的假的，妳說隼人同學？」

由比濱跟我都吃了一驚。聽到從來不會說不的葉山竟然拒絕別人，固然是原因之一，一色告白失敗後，還有勇氣再去找他，同樣很不簡單。話說回來，那個葉山啊……

一色難過地吸鼻子，低垂視線。過沒多久，她的嘴角漸漸上揚，接著把臉抬起，露出超級燦爛的笑容。

「唉——呀，這不是代表葉山學長很在意我嗎～糟糕，效果好像比我想像得還好！」

「是、是啊……」

我一時轉不過來，脫口這麼回應。這個女生真堅強，如果她的個性真的如此，的確很讓人佩服；即使是勉強裝出來的，一樣相當堅強。

「啊，不過，他說活動當天會來。」

「原來如此。那麼，我要不要也邀請誰來呢？」

一色若無其事地補充，由比濱對此表示贊成，詢問我的意見。

「好啊，雖然不關我的事。」

「……你還是老樣子敷衍了事。」

背後傳來一陣無奈的聲音。我轉過頭，看見雪之下已經站在那裡。

她對由比濱與一色打招呼、討論一些內容，再下達指示，過程中不時打個小呵欠。

「妳好像很睏。」

「昨晚在忙一點事情，所以沒有睡覺……」

雪之下輕描淡寫地回答。不過，有什麼事會讓她忙到整個晚上無法睡覺？我正感到納悶，她開始從書包取出一堆東西，盯著一色說道：

「一色同學。」

「是、是的……」

或許是沒有睡覺的關係，雪之下的目光比平常銳利。一色嚇了一跳，擔心她是不是又要生氣。雪之下見到她的反應，輕輕露出笑容，把幾張紙交給她。

「這些是我整理出來的東西，需要的話可以拿去用。」

「是……」

一色接過紙張，我也湊上去看個究竟。原來是核對清單與一些資料。核對清單包括建議在活動前完成的事項，以及需要的物品，資料部分則是雪之下個人的建議。

舉例來說，她建議準備一些獎勵，給參與戲劇演出的小孩子，所以在資料內附上聖誕蛋糕和薑餅的食譜，並且試算好材料費，連學校跟公民會館的烹飪室借用情形都調查清楚。

另外還有針對戲劇的建議，例如設計提升觀眾參與感的故事。喔～這個我懂，類似「光之美少女」劇場版中，發送給中小學生觀眾的奇蹟手電筒對吧？

我、一色與由比濱繼續閱讀資料，途中不時發出「咦——」、「喔——」的讚嘆。雪之下顯得有些窘迫，輕輕咳了一聲，又從書包拿出幾本書籍。

「還有這些。」

她把書籍也交給一色。

「雖然不知道合不合你們的喜好，我找的這些都是聖誕節的固定劇目。學生會辦公室裡應該還有可公播的音源CD，你們可以去找找看，這些都是演戲不能缺少的東西。」

「……非、非常謝謝。」

雪之下臨時塞給一色這麼多書本跟資料，她困惑地愣在原地。看到她準備到這個地步，我也有點驚訝。

「真是周到啊。」

她聽到我開口，把臉轉向一邊。

「因為我沒辦法像你跟由比濱同學那樣跟她相處。」

我跟由比濱對看一眼，接著輕輕笑了起來。搞不好雪之下其實也很想幫一色。這個人太難懂了！

「這樣子，比較大的難題都差不多解決了吧。」

雪之下交疊雙臂，撫著下顎，似乎仍然在思考什麼。我也想了一下，不過，現在連劇目都有著落的話，唯一剩下的問題大概就是準備時間。

「嗯，差不多了。」

「是嗎。」

她滿意地吐一口氣，轉頭看向一色。

「……一色同學，接下來該輪到妳全權指揮。應該沒有意見吧，比企谷同學？」

「沒有。我本來就不是發號施令的人。」

我之前不過是臨陣上場救火，根本稱不上擔任指揮。直到這一刻，他們之中從來沒出現過真正的領導者。

「嗯……」

一色不安地來回打量我跟雪之下，似乎想說什麼。雪之下制止她開口，先一步說道：

「妳儘管下達指示，不用在意，我也會參與工作。如果遇到問題，可以隨時來詢問。」

「可是，我……我可能還做不到耶，啊哈哈……」

一色發出不知所措的乾笑。雪之下只是閉上眼睛，緩緩搖頭。

「一定可以的。既然有人讓妳當上學生會長，妳大可相信這一點。」

經雪之下這麼說，一色小聲地回答：「是」。

10 各自的掌中明燈照亮之物

一年一度的聖誕節再度來臨。今天是聖誕夜，也是總武高中與海濱綜合高中聯合舉辦的聖誕節活動之日。

前天是結業式，學校只到中午便結束；再加上昨天的假日，一天半下來，工作還滿有進展的。

今天的活動是下午才開始，所以中午前還有時間準備。在一色的指示下，我整個早上都忙著烤蛋糕跟餅乾，再加上昨天一整天的事前準備，現在自己大概全身發出烘焙的香味。

儘管身上香噴噴的，現場氣氛卻不是如此。公民會館的烹飪室有如一片戰場。

雪之下化身為這間烹飪室的主人，站在流理臺前，雙手片刻也不得閒。

「比企谷同學。」

她僅僅叫我的名字，再也沒說什麼，大概是要跟我拿鮮奶油的意思。好歹說一下行不行……我一邊在心裡抱怨，一邊把裝鮮奶油的碗遞過去。

「喏。」

「謝謝。」

她接過鮮奶油，立刻開始塗到蛋糕上，同時對一旁的由比濱詢問：

「由比濱同學，烤好的餅乾都裝袋了沒？」

「嗯，剛剛裝好了！我要不要也幫忙烤蛋糕？」

由比濱轉動手臂，舒緩僵硬的肩膀，並且站起身問回去。雪之下絲毫不停下手邊的工作，想也不想便回答：

「沒關係。絕對不要去碰那些蛋糕，絕對喔。」

「那樣說很傷人耶！」

「然後，我放在學校的冷凍庫裡等著醒的麵團，能不能幫忙拿過來？」

她三兩下打發大受打擊的由比濱，對她下達新的指示。

「知道了──咦，那些麵團在睡覺嗎？」

「這只是一種表達方法。總之，請妳幫忙拿過來。」

今天的雪之下相當忙碌，無暇一一解釋。由比濱只能被晾在一旁哭哭喔～老實說，烹飪室裡真的很忙，所有機器都在全速運轉，剛才烤箱又「叮」地對我發出呼喚。

「麵團會睡覺嗎……」由比濱一邊嘟噥，一邊走向烹飪室的門口。

這時，有人緩緩地拉開大門。

戶塚把頭探進來。

「咦，小彩？你怎麼會來這裡？」

「嗯，學生會幹部告訴我你們在這裡，所以想說，要不要來幫一些忙。對吧？」

他轉頭對門外說道。接著，小町也冒出來對我揮手。我先前告訴小町，有空的話可以過來看看，結果她真的來了。至於從他們身後發出的鏗隆鏗隆咳嗽聲……就當做沒聽到吧。

「哥哥，小町也來幫忙吧！」

小町跟戶塚一起進入烹飪室。

「哎呀，戶塚同學跟小町，你們好。」

雪之下打招呼後，他們也開心地回應。

「他們也願意來幫忙喔。」

經我這麼說，由比濱敲一下手心，看向戶塚。

「啊，小彩，要不要跟我去學校拿東西？他們在睡覺，我一個人可能搬不動。」

「好啊……不過，是什麼東西在睡覺？」

由比濱的說明讓人不太放心，戶塚的頭上也冒出問號。看著他們走出烹飪室，有種看著小孩子第一次出門跑腿的不安感。那兩個人應該能順利把麵團拿過來吧……

「小町可以在這裡幫忙嗎？妳比較擅長做餅乾還蛋糕？」

「小町兩種都沒問題！」

即使是雪之下，這時也想請小町當幫手。

「是嗎？太好了。那麼，請妳幫忙做薑餅，食譜放在那個地方。」

「好——能跟雪乃姐姐一起做點心，真是好處多多，小町太幸福了！」

是有什麼好處……小町把手洗乾淨，隨即開始工作。

我滿意地點點頭，看著兩個女生一邊做點心一邊談笑。這時，身旁傳來一陣「鏗隆鏗隆啪唰」的咳嗽聲。等一下，這真的是咳嗽聲嗎？對方都靠到這麼近，實在沒辦法繼續裝做沒看到……我終於死心，看向站在自己背後的材木座。

「鏗隆鏗隆！」

「材木座，你也來幫忙搬餅乾箱。」

「喔、喔……我需不需要說明一下來這裡的理由？」

「不用了，沒興趣。啊，等一下再幫忙搬布景。」

「嗯。」

材木座的反應意外地乾脆。於是，他也加入我們的工作行列。

× × ×

聖誕節活動終於正式拉開序幕。

從舞臺邊的布幕後方看向臺下，觀眾來得相當踴躍，小町、戶塚、材木座也在其中，附近還有川崎與葉山等人。川崎想必是來看自己的妹妹表演，葉山那群人大概是一色與由比濱邀請的。

目前進行的是海濱綜合高中的節目，內容包括他們學校的樂團表演，以及外聘的古典樂演奏。儘管分量比原先預定的縮水很多，臺下的反應還是很熱烈。

節目內容減少後，古典與流行樂的反差更讓觀眾留下印象，演奏者們皆得到如雷的掌聲。

緊接著，輪到總武高中的節目上場。

在這次的活動中，我沒擔任什麼特定職務，頂多幫忙打打雜，說好聽一點是機動小組。即使如此，我還是沒有什麼事好做，於是開始到處閒晃。

一色他們接二連三地產生問題，也出了不少紕漏，好在最後都靠自己的力量解決。

我實在閒到發慌，在舞臺側的布幕後發起呆來。這時，有人反覆地吸氣、吐氣，我往那個方向看過去，發現一色正緊張地盯著觀眾席。

「狀況如何？」

一色轉過來，發現是我，才鬆了一口氣。

「啊，是學長。怎麼辦，一定會很慘啦～」

「你們劇本寫得不錯，綵排時也只有在走位上發生小問題，用不著那麼擔心。」

她聽到我這麼說，得意地挺起胸脯。

「因為這份劇本是我們的書記努力寫出來的。而且……學長學姐也教了許多東西……啊，對喔，我得去跟大家會合了！」

她最後如同要遮掩自己的害羞，很快地拋下這句話，便快步跑出去。離開舞臺側之際，她忽然停下腳步，看回來對我說：

「啊，最後『那個』的時間點，請學長跟副會長確認一下。還有，蛋糕也拜託了。」

「瞭解，會長。」

我簡短回答，目送她前去與學生會幹部會合。

×　　×　　×

舞臺的布幕緩緩升起。

觀眾席的照明是暗的，舞臺上也沒有亮光。

「一塊八毛七……只剩下這麼一點……」

黑暗中傳來旁白的聲音，舞臺隨之亮了起來。留美頭戴金色假髮，一個一個地數著銅板，不時發出哀嘆。旁白繼續說道：

「不管怎麼算，都只有一塊八毛七。明天就要過聖誕節了……」

我對這段開頭有印象。

一色從雪之下提供的幾本書中，選擇《麥琪的禮物》做為劇本。

《麥琪的禮物》篇幅不長，登場人物也不多，而且可以旁白為主體，推動故事發展，減輕每個演員的負擔，也不必特地把演戲跟念臺詞的人分開。在緊迫的準備時間中，這無疑是最好的選擇，甚至超越我提供的建議。老實說，連我都有點訝異。

跟上一個節目比起來，我們的舞臺完全以手工製作，顯得樸素許多。雖然服裝之類的道具經過一番精心挑選，仍然不脫小學成果發表會的水準。

臺上的留美將紮起的金髮解開，站到鏡子前，接著披上大衣，戴好帽子，走進舞臺側邊。

燈光暗下，重新亮起之時，臺上的場景變成聖誕節的街道。大片布景上的磚造建築是將紙箱跟三合板塗色、糊上紙張製作而成，正中央還有一棵聖誕樹。在布景的圍繞下，那棵樹顯得特別巨大。

場景切換到一間店面，聚光燈打在寫著「索弗羅妮夫人：專營各式頭髮」的偌大招牌上。舞臺上除了留美，還有另一位飾演店主的女生。

留美往前踏出一步，吞一口口水，鼓起勇氣，用顫抖的聲音對店主說道：

「……請問，妳願意買我的頭髮嗎？」

這個人果然有當偶像的天分……我很想繼續看下去，只可惜不能這麼做。

我看完這一幕，便轉身離開禮堂。

×　×　×

回到烹飪室後，我看見雪之下疲憊地坐在椅子上，由比濱咔滋咔滋地吃著餅乾。喂，那些是我準備帶回去的餅乾耶……算了，反正是多烤的。

「辛苦啦。蛋糕都好了嗎？」

我這麼問道，雪之下指向流理臺。

「總算趕上了……舞臺那邊怎麼樣？」

「很順利。那麼，差不多該把最後的份送過去了。」

我端起最後一批蛋糕，由比濱吃完餅乾，也把手拍乾淨，跟雪之下一同起身。

「我也好想看他們的表演喔——」

「至少還看得到最後一幕。走吧。」

我們帶著蛋糕走上樓梯，前往大禮堂。其他蛋糕已先行送到那裡。

大禮堂的門口有幾名托兒所的小朋友及保育員，副會長也戴著耳麥，守著一邊的門。

「時間差不多了，可以開始準備。」

「好──」

我把蛋糕交給由比濱，自己站到另一邊的門，握住門把。待會兒，我跟副會長要配合某個場景，一起把門打開。

我偷偷開啟一點小縫，觀察舞臺上的情況，目前已經要進入最後一幕。

「現在，妳就去烤牛排吧。」

飾演丈夫的小學生說出這句臺詞，舞臺上出現一桌小小的聖誕晚餐。接著，其他小學生輪流念出最後的旁白。

「在所有贈送禮物的人中，這兩個人是最聰明的。」

「在所有收送禮物的人中，像他們這樣的，才是最聰明的人。」

「無論在世界上的哪個角落，這樣的人都是最有智慧的賢者。」

「……因此，我們要為他們、以及各位，送上小小的心意──」

「聖誕快樂！」

最後，在所有人的同聲祝福下，舞臺側邊跑出一位天使。

「聖誕快樂──」

這位天使是川崎的妹妹──京華扮演，她捧著一塊蛋糕登場。我看向臺下的觀眾席，川崎懷著七上八下的心情，守候自己妹妹的表演。難道妳是她的老媽不成？

觀眾們見到那麼可愛的天使，無一不發出驚嘆。

同一時間，副會長用眼神對我示意，我們一起打開禮堂大門。

許多跟京華一樣扮成天使的幼稚園小朋友，陸陸續續走進禮堂，將手上的蛋糕分送給觀眾席間的爺爺奶奶。

爺爺奶奶看到這些可愛的小天使，都笑得合不攏嘴。

不過，表演尚未結束。

「聖誕快樂。」

舞臺上的京華、留美、扮演丈夫的男生一同點亮蠟燭。舞臺下的小天使們，也一一點亮觀眾手上的蛋糕蠟燭。

臺上的燭光亮起，臺下也漸漸形成一片燭光海。在舞臺唯一的聚光燈照明下，整間禮堂被包覆在溫暖而柔和的光芒中。

燭光將臺上與臺下交織成片，觀眾也融入這片景致。包括站在最後面欣賞的我們三人，所有人無不低聲發出驚嘆。

「……嗯，算是及格了。」

一旁的雪之下如此低語。雖然她只給了及格的評價，臉上還是洋溢著微笑。真是的，這個人怎麼一點也不坦率？

服務的本質在於顧客滿意度，僅此一次的娛樂表演就是靠觀眾當下的滿意度決勝負。這種演出效果無法反覆回味，所以掌握當下的氣氛才是最大重點。

這是一色聽過雪之下的建議，自己得出的答案。

能想出這樣的答案，確實很不容易。該不會是得士尼樂園效果吧……

「哇——好漂亮，這就是什麼fire的，對吧？」

由比濱看到忘我，大大地張開嘴巴。雪之下冷靜地告訴她：

「是『candlelight service』。」

「妳是不是跟營火的英文搞混了？」

「兩、兩個長得很像嘛！」

由比濱不悅地回嘴，我只是苦笑以對。這時，舞臺上開始謝幕。

演員與念旁白的人陸續上臺，在簡短的介紹後，向觀眾行禮致意。

扮演天使的京華上臺時，川崎拿起相機猛按快門。所以我要問，妳是不是她的老媽啊？

最後，輪到擔任主角的留美出場時，觀眾的鼓掌格外熱烈。她對大家的反應有些不解，但還是跟其他人牽起手，大大地行一個禮。

我待在禮堂的最後方，透過觀眾手上的蠟燭，凝視閃耀的彼端（註45）。看著留美站在隆重的舞臺上，我不由得感到一陣鼻酸。能當她的製作人，我真是太幸運了！

今天的這個舞臺，我是不會忘記的（註46）！

表演結束後，進入類似聖誕派對的茶會時間。先前分送的蛋糕與薑餅，自然成

註45 出自偶像大師劇場版標題「邁向閃耀的彼端」。

註46 出自偶像大師劇場版「邁向閃耀的彼端」製作人臺詞。

為配茶用的點心。

海濱綜合高中與總武高中的學生會，都一邊吃蛋糕，一邊談笑。

我們工作人員輪流招呼小朋友及年長者，在會場上到處穿梭，順便看看有沒有要收的空杯子跟餐具。

我四處觀察時，碰巧跟正在吃蛋糕的玉繩對上視線。他用手指撥開瀏海，把臉別向旁邊。折本坐在他的附近，拿紙杯跟朋友乾杯，然後爆出笑聲。

葉山等人聚集在舞臺附近，小學生們發現他，紛紛圍了過去。即使千葉村露營已是好幾個月前的事，葉山的人氣依然不減。

接著，我看到讓人訝異的景象——留美也出現在其中。

我無從得知留美跟葉山他們說了什麼。

不過，她現在展現的笑容，如同蠟燭渺小而溫暖的光芒，不再讓我感到心痛。

×　×　×

我走在夕陽時分的校舍內。

聖誕節活動畫下句點，善後工作全部完成後，已經到了這個時刻。

善後工作也包括把活動用的道具，以及一些雜七雜八的東西搬回學生會辦公室，但那裡早已被一色的私物占滿，使我們完全找不到地方放。

布置會場用的裝飾品本來要面臨被丟棄的命運，但一色認為未來可能還會用到，所以被她留下。這就是不擅長整理物品的典型……總之，那些東西暫時交給雪之下她們，保管在侍奉社的社辦。

放好東西後，我又被留下來幫學生會整理物品，直到剛剛才解脫。

接下來，只要回一趟社辦，向雪之下她們報告工作全部完成，即可解散。

寒假已經開始，所以走廊上除了我，不再有其他人影。我的腳步聲也顯得格外響亮。

抵達社辦，拉開大門，一陣香氣撲鼻而來。踏進室內，更是感受到一股暖意。

「啊，歡迎回來——」

「辛苦了。」

由比濱坐在她的固定座位，雪之下正在泡紅茶，我也坐上自己的位子，看著桌上的茶具組，門口的香氣與暖意正是從這裡發出。這樣的光景消失了整整一個月，如今回想起來，甚至有種恍若隔世之感。

「由比濱同學，紅茶泡好了。」

雪之下將紅茶注入杯中，對由比濱說道。

由比濱拿起印著懶洋洋小狗圖案的馬克杯，雪之下也端起茶碟上的精緻茶杯。

桌上剩下一只貓熊強尼圖案、沒有握把的杯子無人認領。

這只杯子同樣冒著熱呼呼的白煙。

「咦，這個杯子是怎麼回事？」

我猜得出這是自己的份，不過，之前倒給我的紅茶一向是用紙杯裝。由比濱與雪之下不約而同地開口，回答我的疑問。

「聖誕節禮物！」

「只有一個人使用紙杯太浪費了。」

妳們的說法出入很大喔，到底哪一邊才是真正理由……我看向由比濱，她喜孜孜地解釋：

「這是我們一起買的！我挑選款式，小雪乃挑選圖案！」

我想也是……看到裝紅茶的容器是沒有握把的杯子，上面還印著貓熊強尼的圖案時，我的心裡便多少有點底。真正讓我納悶的，是這裡什麼時候辦起交換禮物的活動了？難道只有我沒收到邀請？

「聖誕禮物啊……可是，我什麼都沒有準備……」

我搔搔臉頰，為只有自己收到禮物感到過意不去。雪之下將茶杯置於茶碟，平淡地說道：

「不用放在心上，只是買來代替紙杯而已。」

喔喔，看來她打算堅持紙杯替代品的說法到底……其實，就算是紙杯替代品也沒關係，我再怎麼彆扭幼稚，也不至於收了別人的禮物，還不懂得心懷感激。

「……謝謝妳們。」

「不用客氣～」

我坦率地向兩人說謝謝，由比濱也開心地回以笑容。接下來，我還要為另一件事向她們道謝。

「還有……也謝……謝謝妳們，接受我的委託，事情才能圓滿結束。」

我說完後，立刻向她們鞠躬致謝，時間長達好幾秒鐘。

好在我向她們提出委託，原本看似永遠也辦不起來、只能草草收場的活動得以順利落幕。我不敢說自己有沒有盡到責任，但還是想好好地對她們說謝謝。

「你的委託還沒結束喔。」

這時，雪之下說了一句耐人尋味的話，我倏地把臉抬起。

她輕撫茶杯的邊緣，泛起略帶無奈的微笑。

「……我不是說過，接受你的委託嗎？」

「對啊，但不是已經結束了？這是什麼腦筋急轉彎嗎？」

她愉快地笑了笑。

「說不定是喔。」

那副笑容跟賣關子的口氣，實在太故意了。我好像窺見雪之下褪去大人風貌，揭露自己從未見過的另外一面。然而，這道腦筋急轉彎依舊得不到答案。

由比濱出神地聽到這裡，忽然輕輕「啊」了一下。接著，她隨意看向某個地方，低聲說道：

「我……好像聽懂了……你不用聽懂沒關係。」

「啊？」

「好啦，先不說這個！」

她不讓我問下去，逕自用力拍一下桌面，站起身。

「今天是聖誕夜，等一下要不要去做什麼？啊，明天也可以！明天是聖誕節嘛，辦個派對怎麼樣？」

「算了吧，我才不想……」

由比濱不理會我的反對，轉而看向雪之下。

「小雪乃……妳已經有計畫了嗎？」

她大概想起前一陣子，大家應付式地聊到聖誕節計畫時，雪之下說她另有安排，所以現在問得有點保守。

「……有什麼活動的話，我可以把時間空出來。」

雪之下泛起苦笑說道。

由比濱聽了，立刻綻開燦爛的笑容。

「真的嗎？太好了——那就決定囉！」

「為什麼不問我有沒有空……這是在委婉地告訴我不要參加嗎？」

「因為你這兩天不可能有事嘛……啊，所以辦派對怎麼樣？好想吃小雪乃烤的蛋糕！」

「妳稍早吃的蛋糕就是我烤的……而且，今天一下烤那麼多，短時間內我不會想再烤蛋糕了……」

雪之下聽到蛋糕，瞬間露出厭煩的表情，看來她今天真的累壞了。但是在另一方面，她好像也樂在其中。

由比濱見她不答應，發出「唔～～」的沉吟。

「小雪乃不肯做的話……那就我來做吧！」

她得意地指著自己，一副在說「這個主意很棒吧」的樣子。但是，雪之下的臉立刻垮了下來。

「聽到妳這麼說，我再怎麼不願意，也不得不做呢……」

「那句話很過分耶！啊，不然我們一起做！」

由比濱開心地看著雪之下，使她一時說不出話。最後，雪之下終於投降，輕輕嘆一口氣，露出微笑回答她：

「……好吧，這個方法並非不可行。」

果然還是拗不過她啊……我看著她們相視而笑，自己也跟著苦笑起來，把視線移到窗外。

西邊天空的耀眼夕陽在沒入海平面前，發出最後一次閃耀，使整間社辦短暫亮了一下。然而，黑夜遲早會降臨，氣溫也將直線往下降。

不過，既然今天是聖誕夜，讓這股溫暖持續到晚上，或許也不錯。

如果心中的願望得以成真，想要的事物真的能拿到手——

我想，我仍舊不會有所願望、有所希冀。

能夠得到手的事物，肯定都是偽物，總有一天會消失不見。

所願不具有形體，所求禁不起觸碰。這份最珍貴的寶物一旦落入手中，將有毀壞殆盡之虞。

在光輝燦爛的舞臺上，我看到了那個「故事」的結局。

結局之後的發展，現在的我仍未知曉。

因此，我勢必會持續追尋下去。

後記

各位晚安，我是渡航。

春天來了！說到春天，便是相會的季節，也是別離的季節。你一定很想問：「到底是哪一種啦！」總之，我很希望自己趕快跟工作別離，與假期相會。懂？

不過啊，這個世界上，的確有許多讓人想問「到底是哪一種啦」的話語。

像「截稿期」就是一個例子。按照常理思考，我們會對截稿期產生「一定要準時交稿（使命感）」的印象，但也有一群傢伙會認為「我知道～這是為了催我趕快工作，才掰出來的日期對吧！再拖兩個星期都不是問題！」

不僅如此，每個人面對截稿日時，也會出現不同的反應。有些人會回答：「快、快完成了（說謊）」有些人會回答：「我根本生不出來啊（翻白眼）」還有人會哀求：「拜託讓我休息吧……（哽咽）」

話語的意義會大大地受聽者的素養、價值觀，以及身處環境左右。有具體內容的話語都是如此，僅含抽象概念的話語當然更不用說。例如「成長」、「變化」、「真物」這幾個辭彙，每個人在使用的時候，背後的意涵可能不盡相同。

照這樣思考，話語能傳遞的訊息比我們想像來得少，因此，就算我們自認為說得很清楚，對方一定能聽懂，實際上很可能完全不是這麼一回事，一切不過是自我滿足罷了。小說搞不好就是這種事物的最佳代表，雖然今天的我依舊敲著鍵盤。

——話雖如此，但願至少在這個當下，他的自我滿足能成為一種幸福。

如此這般，《果然我的青春戀愛喜劇搞錯了》第九集在此結束。

以下是謝詞。

ponkan⑧神，我每次都很期待您的封面草圖，繼小町之後，這次的平塚老師又讓我的興奮程度刷新記錄。真是太棒了！非常謝謝您。

責編星野大人，唉～呀，下次一定沒問題的啦！哇哈哈——真不知道我把這句話掛在嘴上多久了呢……每次都麻煩到您，非常對不起，也很謝謝您。唉～呀，下次一定沒問題的啦！哇哈哈！

此外，我在撰寫本書時，參考了歐．亨利所著之《麥琪的禮物》。

最後是所有讀者，多虧大家的支持，這個故事即將進入尾聲，之後還剩下一點點內容，如果各位願意陪伴到最後，將是我的榮幸。還有一點，感謝大家的熱烈支持，第二季動畫正式決定要製作了，真的非常感謝。

那麼，篇幅也用得差不多，這次請容我在這裡放下筆桿。

三月某日，在春天的強風中發著抖，用ＭＡＸ咖啡罐疊塔　渡航

國家圖書館出版品預行編目資料

果然我的青春戀愛喜劇搞錯了。9/ 渡航著 ； 涂祐庭譯.
— 1版. — 臺北市 ： 尖端, 2014.11-
冊 ； 公分. —（浮文字）
譯自 ： やはり俺の青春ラブコメは問違っている。9
ISBN 978-957-10-5781-1（平裝）

861.57　　101015957

浮文字
果然我的青春戀愛喜劇搞錯了。9
（原名：やはり俺の青春ラブコメはまちがっている。9）

著者／渡航　封面插畫／ponkan⑧　譯者／涂祐庭
執行長／陳君平　榮譽發行人／黃鎮隆
協理／洪琇菁　國際版權／高子甯、賴瑜妗
執行編輯／石書豪　美術編輯／李政儀
內文排版／謝青秀　文字校對／施亞蒨

出版／城邦文化事業股份有限公司　尖端出版
臺北市南港區昆陽街十六號八樓
電話：（〇二）二五〇〇—七六〇〇
傳真：（〇二）二五〇〇—二六八三
E-mail：7novels@mail2.spp.com.tw

發行／英屬蓋曼群島商家庭傳媒股份有限公司城邦分公司　尖端出版
臺北市南港區昆陽街十六號八樓
電話：（〇二）二五〇〇—七六〇〇（代表號）
傳真：（〇二）二五〇〇—一九七九

中彰投以北經銷（含宜花東）／楨彥有限公司
電話：（〇二）八九一九—三三六九
傳真：（〇二）八九一四—五五二四

雲嘉經銷／智豐圖書股份有限公司　嘉義公司
電話：（〇五）二三三—三八五二
傳真：（〇五）二三三—三八六三

南部經銷／智豐圖書股份有限公司　高雄公司
電話：（〇七）三七三—〇〇七九
傳真：（〇七）三七三—〇〇八七

一代匯集／香港九龍旺角塘尾道六十四號龍駒企業大廈十樓B&D室
電話：（八五二）二七八三—八一〇二
傳真：（八五二）二七八二—一五二九

馬新經銷／城邦（馬新）出版集團Cite (M) Sdn. Bhd.
E-mail：cite@cite.com.my

法律顧問／王子文律師　元禾法律事務所
台北市羅斯福路三段三十七號十五樓

二〇一四年十一月一版一刷
二〇二四年五月一版十二刷

郵購注意事項：
1. 填妥劃撥單資料：帳號：50003021戶名：英屬蓋曼群島商家庭傳媒（股）公司城邦分公司。2. 通信欄內註明訂購書名與冊數。3. 劃撥金額低於500元，請加附掛號郵資50元。如劃撥日起 10～14日，仍未收到書時，請洽劃撥組。劃撥專線TEL：(03) 312-4212 ・ FAX：(03) 322-4621。E-mail：marketing@spp.com.tw